Allegory of the
Crane

鹤形的
寓言

温文锦

著

图书在版编目（CIP）数据

鹤形的寓言 / 温文锦著. -- 南京 : 江苏凤凰文艺出版社, 2025. 2. -- ISBN 978-7-5594-9066-7

Ⅰ. I247.5

中国国家版本馆CIP数据核字第2024Y9B032号

鹤形的寓言

温文锦 著

出 版 人	张在健
责任编辑	胡　泊
特约编辑	王　璠　余慕茜
责任印制	杨　丹
出版发行	江苏凤凰文艺出版社
	南京市中央路165号，邮编：210009
网　　址	http://www.jswenyi.com
印　　刷	苏州市越洋印刷有限公司
开　　本	880毫米×1230毫米 1/32
印　　张	9.75
字　　数	190千字
版　　次	2025年2月第1版
印　　次	2025年2月第1次印刷
书　　号	ISBN 978-7-5594-9066-7
定　　价	56.00元

江苏凤凰文艺版图书凡印刷、装订错误，可向出版社调换，联系电话025-83280257

目录

001　前　传
069　正　篇

前 传

鹤形的寓言

我中意下雨，雨一来鹤就无路可去，光剩一只脚呆呆站在雨中，坐也不是走也不是。不管鹤也好，人也好，在雨中都变得相对简单。工厂背后的湖地边缘一到雨天就变得黏糊糊，不是不能走，是鹤和我都不愿意在上面走。

鹤统共有一百零五只。本来这个数目还可以再增长，但厂长说没必要，只要大体维持这个数目，足以填充工厂车间背后的鹤舍就足够了。若有哪家动物园或森林公园的大批量订单，势必能够源源不绝地把鹤生产出来，不需要什么过度的豢养。

眼下的雨尚不足以称为雨，充其量是蒙蒙水雾罢了。有几只刚生产出来的鹤背上的羽毛被弄得很湿，毛色看上去极为黯淡，沾染上水的地方羽毛多少有些开叉。虽说这并不是质量问题，让新鲜的鹤适应一段自然界的生活便会改善，但写成书面报告递交质检主管未尝不可——这个地方的工艺尚可改进，只消再抹上更多的蜡油便可。

我在称不上雨的雨中呆立了半天，随即打开伞。伞由透明的聚酯塑料制成，没有颜色也不怎么占据鹤的视线。牧鹤的工作最怕的就是惊扰鹤，牧鹤工人若能随同雨啦树啦湖水啦等等隐匿于自然是最好的，这样鹤也会悠然一点。牧鹤的工作每隔一个季度由人事主管分配调动一番，要体验鹤，就得在不同的工种之间轮番转换。像鹤的叫声啦，翎毛啦，尾巴啦，吃喝拉撒睡的时间啦，无一不需从头至尾掌握。

下午五点半是收工时间，我抬腕看了看表，还差一刻钟。我紧了紧工作服的腰带，鞋带上黏着的泥也顺手用树叶刮下。卷了卷手中的《安娜·卡列尼娜》，这本书我读到第三部，每次放牧我都带着此书，百读不厌。鹤是生生讨厌人味儿的动物，哪怕由人制作出来的鹤也是。按规定上班是不给抽烟的，手提电话随身听什么的电子设备也一律不许带。也只剩下读书了。

好在我喜欢读。又中意雨。鹤工厂背后的湖水也清澈——夏天爽爽快快地跳下去游泳绝不违反工作守则。除了烟抽不得——牧鹤是一项好工作。算起来，一年能轮上三四回，若是放假打算休息的话，平时主动要求留下来加班也是可以的。

在鹤工厂上班以来，个人的品位算是有了相当程度的改变。别的不说，就是音乐方面，鹤们青睐听莫扎特钢琴协奏曲的牧鹤人而非听红辣椒一类乐队的牧鹤人。至于读书品位方面，鹤们也倾向于与读博尔赫斯而非阿加莎·克里斯蒂类的作家作品之人打交道。鹤这一类动物，基本上不怎么表达，喜怒也不形于色。但总的来说，鹤有鹤的品位。制作鹤的时候，主管也会要求轮番交替播放莫扎特钢琴协奏曲和贝多芬钢琴奏鸣曲。艺术品位对于有洁癖的鹤来说，算得上是制作工艺流程的一部分。

鹤有名字那是以后的事。出厂之前一律用编码代替，T191啦，F828啦，K775之类的，搞得跟火车编号似的。鹤嘛，只有出厂后才被按需取上名字。鹤这种动物对名字的态度自然是不以为然，只有人类才需要鹤的名字罢了。

不过说实在的，一旦成为鹤厂员工，就难有辞职换工作的可能——入职前签署一份"关于鹤厂的保密声明"文件才得以换来这份工作。说通俗点，谁也不愿意知道自己在动物园观赏或者购买回家饲养的鹤是人工制作出来的。一旦这个秘密泄露,不仅鹤工厂要倒闭,就连自然界存在的鹤也恐遭威胁。

眼下这群鹤在蒙蒙雨雾中闭目养神,玲珑的神情犹如白皙的浮雕。

雨势渐渐大了起来,不到一刻钟,雨已经噼里啪啦犹如爆豆。我吹了声口哨,鹤们随即展翅追随,列队飞回鹤舍。

雨惊人地下着。

将鹤圈回鹤舍,我在更衣室换下制服,在工厂附设的地下餐馆买了餐券,吃了沙拉炸鸡饭,随即撑伞搭车返回公寓。公寓距上班的地方有半个小时的车程,说远不远说近也不算近,算是一响指的距离罢了。

遇见先生是在下车车站的报刊亭,先生一见到我就开口道:"等你好久了。"先生的话在哗啦作响的雨声中铿锵有力。

我点了点头。

先生有股惊人的气势,哪怕仅仅是戴着礼帽站在报刊亭读一份报纸,也不由分说地在人群中被彰显出来。

先生双手兜于胸前,手握卷着的报纸,看着我,低声说道:"下个月十五号之前务必将账本给我拿来。"

我只有点头的份。

虽然先生是头一次见,然而这个场景在我脑海里被预演过无数回。从两年前初次到鹤工厂上班,就一直接受先生教导。邮件左一封右一封地由先生或先生的助手发过来,虽然内容无非是三五个字的藏头诗，先生的形象和概况也由此一点一滴地透露出来，虽说接洽的时间我一无所知，但接洽的准备早已做好。

这一天来得正是时候，雨也下得正是时候，我们站在报刊亭的廊檐下确认彼此。先生撑着伞柄将滴着水的伞尖磕入水泥地面的缝隙，话音低沉而坚决："下个月十五号之前务必将账本给我拿来。"

"没问题。"我答道，说不清是自己的意志还是先生的旨意，我便这样回答了。

先生满意地点点头，倏然消失于雨幕中。先生本人和先生的邮件一样，具有一字千钧的威力。

我不太爱喝啤酒，平常只喝兑水的威士忌或伏特加。鹤本身并不讨厌喝酒的人。只要不过分，它们还是可以与人怡然相处的。在制作鹤的车间上班，车间对喝酒打牌一类的事儿也没有明确禁止，只要求不吃蒜和大葱。如果有员工偶尔违反规定，非但其制作的半成品鹤要被送回返修，还要强制性休假三天——没办法，鹤对这类气味敏感。人在鹤工厂上班，行为举止变得越来越趋近于鹤。

眼下我问酒保要了一杯加苏打水的威士忌，边看调低音量的球赛边等同伴来。同伴所在的第二车间要加班至晚上九点——指不定是十点，哪个时间也罢，只要一直等下去，他定会来。

酒馆位于工厂一侧的巷子里。这一带，奇奇怪怪的风俗店和小餐馆一家挨一家，鹤工们绝大部分的消遣活动，都被这些小店一手包办。说来也怪，这些人声嘈杂的门店，与放牧鹤的湖不过一厂之隔，环境便判若两然。

我现在逗留的这家酒馆，出出入入的也基本上是鹤工。每隔三五天我便来一趟，有时和同伴来，有时自己来。倒不是说有多么喜爱喝酒，就纯消遣性的地方来说，这里堪称完美。老旧斑驳的宽大的实木吧台，辅以鹤形吊灯，棉红色的酸枝木吧椅雕着鹤翅，加之走廊一排排陈列着的纪念昔日风光的鹤工联合会照片，怎么说呢，与我们那所光洁明亮的现代化设备厂房形成堪称鲜明的对比。也许正是因为与工作环境反差过于强烈又无不协调的原因，不少鹤工都爱来此消磨下班后的时间。

早两年我来这里的时候，酒馆还不算闹腾。现在连钢琴师和驻场歌手都有了，也算是愈发地有滋有味起来。

同伴来时已经过了十二点，雨也好钢琴师也好酒保也好，全都意兴阑珊，仿佛眼下这段时光是买家用电器附送的，多出来的时间怎么打发也无所谓。酒我也已经喝到第三杯。

"这么晚？"

"事情来了。"同伴朝酒保招了招手，说了声"老规矩"，接着掏出烟点上，"还不是没搞好，返工重来。"他说。

同伴所在的第二车间负责鹤模的制作，一般来说，生产出千篇一律的鹤是不被允许的。出于对大自然的尊重，每个鹤的模子也只能用三回，顶多用到五回，就必须销毁重新设计。"没有两片树叶是相同的"这一规律在制作鹤方面也同样适用。所以订单一来，鹤模车间势必首先开工，加班加点大量设计新的模子，其他车间才能再继续跟进。

"怎么搞的？"我说。

"忙不过来。"同伴饮啜了一口加冰伏特加，"这回订单来自明尼苏达州，量也大。"

"明尼苏达州那种冷得掉渣的地方需要什么鹤呢？"

"确实。就算生产出来，想必鹤也会飞走。"

我们沉默了好半晌。

少顷，我再度开口："那个，迄今为止有多少鹤出自工厂呢？"

"喔？"

我顶着同伴疑惑不解的眼神继续道："毕竟好奇嘛。说不定账本上有记载呢。"

"不好说。这种事是机密。公布出来难免人心惶惶，鹤心惶惶。"

"倒也是。"

"这种事，工厂负责人一直作为一级资料保密得死死的。你想，倘若被真鹤知晓同伴是人工制作的，难免会有种族歧视之举。说不定就此拒绝交配——以鹤的性情，这是绝对有可能的。一旦鹤不由分说地对自己同类拒绝交配，很快就会绝种了。至于人类本身，恐怕对鹤的感情也会受到伤害，自此不再喜爱这种动物也是有可能的。"

"唔。"我边喝酒边思索。

同伴抽了口烟，继而吐出。他比我早来工厂两年，懂得的也比我多得多。工作上的事务，很多都是通过他才了解。

"不过，"他定定地看着我，"你若真想知道，可以去问盲人。"同伴相当了解我，我真想知道，非常非常想知道，不是一般性质的打听。这状况同伴一眼就看出来了。

"盲人？"我说。

"就在那鹤舍顶楼住着，靠近水潭，每天听水的声音来着，他什么都清楚。"

同伴把那个湖说成是水潭，想必是对盲人而言。

牧鹤也有一段时间了。鹤舍楼上却没怎么见人来过，也没想过上面会有人住。当然，鹤舍这种地方和鸡舍狗舍什么的完全不是一个概念。这所鹤舍建在厂房后门处，是一座带有明清特色的西式建筑，与林地湖水仅有一墙之隔。说来也怪，这栋六层小洋楼，建筑风格完全与整座工厂的现代化建筑迥然不同，与其说属于工厂这边的房子，倒不如说是筑在湖边的别墅来得恰当。

鹤性喜洁净，鹤舍也整洁，微电脑控制的空调和淋浴设备等均一应俱全。一百零五只鹤有条不紊地住在一至三楼，三楼以上的地方，除了鹤，怕是没什么人去过。

这天收工以后，我褪去工作服，换上平常的穿着，轻手轻脚上了楼。保安之类的闲杂人员一律是没有的，之所以轻手轻脚，是怕鹤们扭过头来看我。一百零五只鹤齐齐扭头，那光景光是想一想也够壮观的。

六楼和其他楼层布局没什么两样，一样是迂回式的走廊，沿着走廊走至尽头，我直通通地敲了最后一间房的房门。既然选择了最顶楼，想必是最后一间房才对。

"请进。"回应快得迅雷不及掩耳。

我推门一看，够可以的。房间相当规整，俨如一个五星级酒店套间。榉木办公桌、外国真皮沙发和透明浴室一应俱全,半人高大小的花瓶里插满鲜花,沙发背后的装饰画一看就是价值不菲的原作(既然是盲人,何必欣赏什么画儿呢)。那人对着窗,倏然扭过头来看我。

果然是盲人。

就盲的程度而言,并不算视力全无。盲人较之一般人衣着更为时髦和一丝不苟,穿着袖口有褶的白衬衫,黑西裤笔挺的折痕尖锐得说能刮胡子或者削苹果也不为过。盲人并未戴墨镜用以掩饰眼神,相反戴着一副价格不菲的金丝眼镜,镜片是平光的,看样子并没有什么光学特性。他根据声音方向定定地注视着我,以及透过我的后脑勺后注视我身后的走廊风景。细看之下,他那如熄灭的灯泡般黯淡的瞳孔忽而浮现几缕幽微的光,又转瞬即逝。

"您好。"我走上前,说。

"我看得见声音,也就看得见你。"他沉吟,说道。

果然。

"个子不高,穿着墨色系的T恤衫,墨绿或者墨黑不好说。穿旧的运动鞋,左边的鞋带没系好。"盲人的声音沉沉的,在房间里鼓荡。

像是犯罪侧写。

"嗯,是墨绿色,偏黑。"我说。

"不需要反馈。"他的声音同表情一样没有感情。

"是这样的,有件事想请教你……"我开口,继而他面前的空气吞吃掉我的话音。

"听你同伴说了。"他不耐烦地打断我的话,"想看账本,是吧?"

"是。"我干脆也直接回答。声音利利落落的,想必连同我的神情一同传到了他的耳膜。

盲人"桀桀桀"地笑了起来。如果一个人的影子会发出笑声的话,盲人的笑声就属于那一类。他的笑声静静地掠过我的汗毛,抚过我的肌肤,我耐心感受,一声不吭。

盲人笑完之后又恢复了沉默。整个房间笼罩在无可言喻的沉寂中。这种投石问路式的沉默记得在哪里体验过——就像某个人多的场合,其中某人的沉默缓慢下沉,无可争议地取代了所有人的喧闹。眼下盲人本身的沉默取代了房间内所有的物体,我随同这一切缓缓坠入没有听觉之深海。

"上个世纪,"他依然注视着我,以及我身后的空气,"自然生长的鹤的数量远比现在多得多,种类也比现在丰富数倍不止,那是一个鹤的时代。人们常说,'没有鹤就没有繁华'。"

我屏息静气,沉默之人的语言自是相当珍贵。

"鹤式繁华在那个时代流传了很久,当年每个士大夫家里都豢养着鹤,鹤则任意地在人间游走,从这位士大夫门下云游至另一位士大夫门下,甚至栖身于寺庙,与僧人们一起羽化成仙。"他熟练地走到榉木办公桌前的沙发转椅上坐下,跷起二郎腿,把桌上的银烟盒拿在手上,打开盒盖,捏出一支烟,在手上轻轻磕两下,随即打开打火机嗤地点燃。这一系列动作熟练至极,虽然较常人缓慢了一点儿,然而丝毫没有一般失明人士的迟滞和摸索之态。

"至于鹤族是怎么衰败的,至今仍是个谜。"他深吸一口烟,朝自己肩部方向的侧面缓缓吐出。

我感觉出他话里的张力,那种就像被系缚于不得而知的某处的力气。如此言毕,对方再度陷入令人窒息的沉默。我想就此说点什么,却完全找不到一个切实的发力点。

盲人依然跷着二郎腿,吐出的烟雾在他上方游走。他看得到的事物,和我得以见到的事物,仿佛是一个球体的两面,倘若延伸下去,也是有可能交融的。

"账本并不在我这里。"盲人把烟摁熄在烟灰缸里,停顿片刻,"但在一个我所熟知的地方。"

"噢。"我说。

"那地方就实际距离而言,近得很。指不定你每天工作时都见得到,毕竟是工厂的账本嘛。不过,我可不能轻易地告诉你,毕竟还是要有个交换条件的。"

"什么条件?"

"鹤族的下落。"

"鹤族的下落?"

"正是。"盲人一声不响地看着我的脸(仿佛看得见似的),少顷开口道:"正是鹤族的湮灭,才需要如此孜孜不倦生产鹤的工厂。至于鹤族是如何湮灭的,你不觉得这是个关键的问题所在?"

"没有鹤就没有繁华。"我重复了一遍对方的话。

"我嘛,虽然视力不便,但很多地方自然是灵敏得不行。对账本啦,工厂的运作啦,鹤的研发啦等等大大小小的事情了如指掌。在关键的问题上没有视力反而提高了我对事物判断的准头。"盲人似乎黯然一笑，也可能并没有笑，只是嘴唇的肌肉牵动表情有所变化而已，"所以，在鹤的问题上，归根到底还是需要一个人帮忙演绎。"

"演绎？"

"我推理，你运算。说到底，就是在关键地方关键点上需要有人跑腿。"

"这个自然不难。"我说，"往下就可以把账本交给我？"

盲人换另一只腿跷二郎腿，"账本自是没有问题，我直接交到你的手里也是可行的。关键问题在于鹤，必须找出鹤族湮灭的真正原因。"

"这类资料在图书馆里应该是有的。"我说。

"像鹤族湮灭这类问题的答案，据图书馆资料来判定，意义不大。无非是说气候变化啦，捕捉过度啦，天敌泛滥啦，解释起来和其他物种湮灭的原因没有什么两样。你信？"

我摇摇头。

"鹤嘛，毕竟是与人类时代变化息息相关的物种，不可能因此简单地从人类视野消失得那么快。"

"说得也是。"

"我研究这个问题几十年了，线索是有的，但线索愈清晰，线索指明的方向却愈模糊。这种体验你怕是也有的吧？就好比一篇主旨明确的文章或是艺术品，总归来说观点愈是清晰有力显而易见，反而越不能表现出所要传达的寓意。"

我在心里暗暗叹气。

"也就是说,随着这些年研究的深入,个人感觉反而离真相愈远。有时候站在窗台,与那些扑棱棱飞过来的鹤并肩而立,我能感到它们身上那种悄无声息的无奈。"

"人造的鹤也是?"

"也是。"

我沉思了半晌,问道:"那么我能够就此做点什么?"

对方动了动身体,拉开抽屉,从中拿出一个A3纸大小的信封,放在桌上。"拿去看看。"他说。

我伸手拿了过来,那信封轻得俨然一枚鹤翅。我做过为数不少的鹤翅,大小重量几乎和手头这个信封相差无几。

拆开信封一看,果然是一枚鹤翅。

"找到它。它的主人。"

我眯着眼凝神半晌,眼前的鹤翅就样品来说可谓相当之不完美,整张鹤翅虽然看上去异常洁白,但总是给人一股风尘仆仆的意味儿,几根羽毛边缘处已经打卷泛黏,唯独中央粗大羽棱上有几簇浅色星状斑纹,更像是标记一类的东西,透出几分魅惑的味道。

拢共翻来覆去地看了两遍,结论仍然相同:这是一枚普通的多少有些年头的鹤翅,感觉像是天边一朵云被贸贸然撕了一角下来——云的一角拥有云本身全部的完整性,一枚有些年头的鹤翅也具有一只年老的鹤全部的完整意义。

"可以肯定的是,"盲人一下子提高了嗓音,"这枚鹤翅的主人来自鹤族湮灭时期。"

"噢？"虽说知道这是一枚多少有些年头的鹤翅，然而历经的年岁之久，仍出乎我的意料，"何以见得？"

"据先祖说，当年他在山中打猎，随着一声鹤唳，这枚鹤翅辗转从天上飘然而下。先祖抬眼望天，天空湛蓝湛蓝的什么也没有，没有云彩，没有任何飞禽的踪迹。那是一个鹤行将湮灭的时代，先祖对那声鹤唳耿耿于怀。至于究竟带给先祖怎样的触动，我们后人自是难以明了。"

我再次看了鹤翅一眼。

"不过，自那以后，"盲人似乎抬眼望了我一眼，继而低下头用食指摩挲桌面，缓缓说下去，"先祖怀揣这片鹤翅创立了这所工厂，经历几代人，传承来到我的手上。因为一开始就没怎么打算以此赚钱，因此经营上也是沿袭当初的作坊模式，到如今不过就是把作坊模式成倍扩大罢了。我的祖父，我的父亲，我，基本上没怎么在经营方面操过心，把大部分心思都放在研究鹤翅——或者说鹤族的湮灭上。我们家族，怎么说呢，为当年先祖听到的这声鹤唳操心了足足一个世纪之久。"

我想就此表达些什么，又觉得没有意义。喉咙深处发出一个低音，连自己都不甚了了。

"我现在谈得非常非常之坦诚，可以说，为了使您对自己接下来要做的事情有个明确的概念，这也算得上是一种公平交易。你只需要打听出鹤翅的主人——也就是当年先祖听到的那只鹤的下落便可，余下的事情我来解决。"

"可以。"我爽快地答道,在我看来,这种不可能完成的任务也有其实在的好处——毕竟谁也难以说清当年究竟是哪只鹤在其先祖头上鸣叫来着,有也大约死了。为此模棱两可地找出一个体面的说法,对生物学毕业的我来说不甚难。若是就此婉拒或是另找出路,我看恐怕比这还麻烦,索性答应便也罢了。

"至于工作嘛,照例给你办理休假手续,工资照发,各类开销出差补助等一律报账——为此你直接到财务部领取一笔经费即可。不消说,那笔经费让你绕地球大半个圈绰绰有余。"盲人重又拿起烟盒敲开一根烟,叼在嘴里用打火机点燃。"噢,对了,这枚鹤翅你可以拿去。我倒也不担心你把它搞丢,你当心别把自己搞丢就好了。"

我说不清他这话是威胁还是信任或者两者兼而有之,总之也爽快地把装着鹤翅的信封往胸前一揽。

"还有什么疑问?"

"疑问倒也没有,账本方面,下个月十五号之前……"

盲人冲着虚无的内墙桀桀一笑,道:"还有一个月零五天,你自己看着办吧。"

也罢。无非是一声鹤鸣的交代。

我转身朝门口走出去的时候,感觉盲人的视线一直深陷于我的背部。背部在他的盯视之下,仿佛成了空荡荡的飞机场,飞机统统飞离,只剩一群呆若木鸡的乘客铺满草坪。

我歪倒在沙发上拢共喝了三杯威士忌。一杯兑水威士忌,一杯兑水加冰威士忌，再一杯兑水加柠檬威士忌（冰块用完了）。眼睛涩涩的，感觉眼球转动起来嘎吱嘎吱地响。唱机仍在不知疲倦地播放肖邦《叙事曲》。我本来可以费点劲起身把这乐声换成莫扎特第四钢琴协奏曲，不过想想也没那个必要，肖邦和莫扎特对我而言犹如左耳和右耳的区别，把左耳换到右耳，把右耳换至左耳，没有区别。

是不坏，不过似乎暂时无此必要。

自从今早在人事处办完一个月的休假手续，从财务处支取迄今为止超过我人生所能调度的资金以来，我已经在自家公寓的沙发呆坐了一个下午加半个晚上之久，如果不是肚子饿得咕咕叫，我断然不会动起身的念头——依旧也可说是应该继续考虑左右耳互换的这个问题。

上午从财务处出来，在工厂餐厅吃的黑椒牛排套餐早已在胃中消化一空，恐怕连肖邦的《叙事曲》在空无一物的胃里都能够荡气回肠起来。我得起身给自己做点什么：冰箱里有两根胡萝卜，切了一半用保鲜膜裹着的洋葱，半包虾米干，还有冻得生硬的牛肉以及两听瘪了个角的鳟鱼罐头。无论哪两样组合起来都有些不伦不类，牛肉和洋葱最搭，鳟鱼干炒胡萝卜次之，虾米则两头不靠，怎么都混不上趟。

我想了想，决定来个牛肉炒洋葱，另外把鳟鱼罐头拌到速食酱汤里面煮了，心情好的话放上点虾米干。通心粉就放点番茄酱干捞好了。

就我而言，喝了三杯之后做此决定委实不易，难度比答应先生取账本和答应盲人找鹤的下落有过之而无不及。答应先生取账本在我而言乃自然而然的决定，自从应允先生来此工厂上班，我身上已经有些什么部分属于他了——类似某种精神性的契约。虽说就精神和肉体而言我是完全自由的，应不应允先生的要求也完全在我而不在于先生，但先生身上有某种神秘的东西吸引着我务必做出这样的决定。如果硬要给这种神秘的东西加个名头的话，大约可以勉强称之为"精神领袖"之类的说法吧。

至于盲人那边的要求，则应当属于"顺势而为"的说法。说到底，事情必须那样子办，就得那样子办，于我而言实在是没有转圜的余地。不，也许并不需要转圜。

眼下我眼睁睁地看着通心粉在咕嘟嘟烧开的锅里瘫软、柔绵，想起一个较之煮通心粉更为深刻的问题：该从何处下手找鹤呢？莫非继续喝上几杯威士忌又会有类似同事那样的人"嗵嗵嗵"地敲着我的脊背，了知我心意般地大声告知不成？

罢、罢、罢。

我捞出通心粉，熄火，沥干，拌上番茄酱，撒上紫苏粉，端上桌去。就着洋葱牛肉和味道千篇一律的酱汤大快朵颐。

吃罢饭，洗净碗筷，把空酒瓶连同今早吃剩的蛋糕、水果皮一并收进垃圾桶，给自己煮了杯黑咖啡，回到沙发上准备翻看几页《安娜·卡列尼娜》。至于那只年深月久的鹤，回头再想不迟。

夜晚的风黏得有些不透气，明天恐怕又是细雨迷蒙的一天。那群鹤，一百零五头鹤，想必和此前一样在细雨中踱步，偶尔把头拢进翅膀中沉思。至于牧鹤人，恐怕换成谁都不要紧。

它们不会对读《安娜·卡列尼娜》的牧鹤人产生眷恋吧？

恐怕不会。

醒来已是早上九点了。我睁开眼，目睹闹钟的秒针一顿一顿地踱过指在"9"位置上的时针，继而踱过指在"2"位置上的分针，才蓦然想起这将是无须再穿着制服按时打卡上班的一天。

一直以来养成的工作规律一旦打破，便会怅然若失。而找鹤的目标过于遥远，让人多少觉得有些不着边际。

我从床上起来，打开冰箱门拿出一罐速食燕麦粥倒在碗里，加入牛奶，放入微波炉按了加热按钮之后，我按照往日次序对着镜子刷牙洗脸刮胡子，微波炉"叮"的一声响起，我的盥洗程序也基本到位。端来热腾腾的燕麦粥，打开一袋夹心蛋卷，坐在餐桌前，开始了新的一天新的工作——如果吃早餐也算得上是找鹤工作一部分的话。

吃饭的间隙，我从门口信箱取来报纸，边喝边瞄报纸上那些醒目的标题。今天才星期三——一个与周末相距甚远的日子。我在一个与周末相距甚远的日子里做着和周末早上差不多的事情，优哉游哉地吃早饭，读报，漫无目的地朝着那个鲜明目标前进，感觉起来，也够离奇的。

一般来说，我拿到报纸通常会跳过头版，从体育版开始往前浏览。不过今日竟然莫名其妙翻起民生版来。民生版不过是社会逸闻罢了，大体上是一些类似于某公园门票涨价啦，连日阴雨导致西瓜滞销啦，市政局启动"健康知识进万家"活动之类不痛不痒的新闻，跟我现在工作最为接近的内容也不过是"男童为躲安检，宠物龟藏裤裆"——小男孩险些被乌龟咬掉命根子之类的事儿罢了。至于鹤，在人类的报纸上只字不提，简直像是鹤在人类脑海中根本不存在似的。

我想起盲人提到"没有鹤就没有繁华"那档子事，想必那个时代的报纸俱是鹤的信息吧？

遇见女孩是我泡在酒馆的第十五天。

实际上，就找鹤工作来说，我也就是每天严格按照日程表有条不紊地做事：早上七点起床，盥洗刷牙之后做五十个仰卧起坐、五十个俯卧撑，尔后吃饭上图书馆翻阅资料至中午；中午在外面吃个便当回家小憩一阵便开始给与鹤相关的各大公司、事务所和大学的研究机构打电话，以要进行鹤类产品的推广等借口加以拜访；晚上则到工厂旁边的酒馆喝上两杯。

半个月下来，就手头积累的资料和联系的人员了解的情况来说，成绩绝对算得上不菲：查阅复印有关鹤时代历史的资料约有一肘之高，积累的"鹤"类人员名片也已达三位数，得出鹤时代消失的结论则五花八门。工作绩效就数量来说那是相当达标，而真正有用的关于鹤翅的线索则一无所得。

可以了。

说实在的，在我看来这事儿也就差不多能搞到这个调调上了。盲人兄既然无所不知，想必对我的努力也会有所耳闻。所以这样多少也说得过去。至于先生那边呢，在我找鹤翅主人这段时间基本没什么消息，偶尔在电子邮件上有这样那样不明不白的暗示。总而言之，盲人和先生两者基本上都没有催促或是了解进展的意思。

如果不是女孩，我恐怕就这样一直孜孜不倦地忙乎下去。

对女孩来说，酒馆是第一次来。第一次来就同我聊上了。

"这些鹤，还真不赖。"女孩举杯对着走廊上一排镶着镜框的照片说道，好半天我才反应过来是在同我讲话。

"那是。"我说。我看了看她，女孩的头发剪得很短，露出来的额头宽得有些过分，说话时语气平常，好像在对着熟人或者电线杆一类的角色说话。听闻她的感叹，我突然想要滔滔不绝地介绍下去——白天所做的功课太多，几乎是本能地想要找个人倾诉一番。

女孩所说的鹤是20世纪70年代鹤工人联合会合影时在工会领导背后站成一排的几十只鹤，有模有样秩序井然地守在工会成员的周围，那神情俨然是以鹤为首的合影，而中间的工人们不过是作为陪衬的存在罢了。

"你也有这感觉？"女孩说。

"是啊。"我说，"那鹤们分明甚有主见嘛。"

"不是一般的想法噢。"女孩端着酒杯拢在胸前，杯里尚有四分之三的透明液体，分不清是威士忌还是苏打水。

"鹤，你中意？"我问她。

女孩点点头，"看角落里那只，"她把酒杯换到左手，用右手食指指着照片上左斜下角的一只普通白鹤，说，"真真是生动，我敢肯定，那家伙拍照的时候肯定心里藏着什么难为情的事儿。"

那架势，感觉像是电视上鉴宝栏目专家在对藏品悉心指点。

"你好了解伐？"

女孩嘴唇抿成一条线，脸上现出认真的神情："算不得呢。不过，小时候家里来了只鹤，不知从哪里扑通通飞过来的，在我们家院子里一住住了九年。从我六岁到十五岁。算得上对特定的鹤有特定的了解吧。"

我昂起头，重新细细观察女孩的脸，宽宽的额头下眉眼细长，说完话嘴也抿得直直的，那表情就像被老师拎出来回答问题的小学生般一板一眼。

"十五岁那年毫无征兆地飞走以后，我直哭了五天。"女孩嘻嘻笑起来，喝了一口杯里的酒。"你呢？"她问道。

"我嘛，这阵子从事鹤的研究。"

"好工作。"女孩感叹道，眼神像是充了电般来了兴趣，"给讲讲。"

世上的事儿不外乎分为两种，预料之内的和预料之外的。同女孩睡觉属于哪种，不好说。就我而言，单身也快半年了，结交女孩或者同女孩一起的机会不是没有，但都被我自己有意无意地放任或者任其错过。说到底，单身的生活就像海底水母一般，一旦进入海底下方，往上的欲望就会愈加淡漠。

半夜醒来，发现女孩湿乎乎的胳膊软软地搭在我的右肩，匀称的鼻息吹拂着我的下巴连同脖颈，感觉痒痒的。仔细一瞧，她套着我的旧T恤的上身露出肚脐，在窗帘布透过来的暗色微弱街灯下随着呼吸一起一伏的，俨然像什么小动物的眼睛。我稍稍转了转身，把毛巾被往她肚子上掖了掖。眼下已经九月底，虽说夏日暑气已经褪过大半，我觉得晚上睡着了还是要注意防止着凉。

趁转身的机会，我捏了捏她软软的植物茸毛般的头发，不由得莫名感伤起来。女孩睡得酣然，呼噜也没有一个，不知怎的同人睡觉竟然半夜突然醒了，这在我还是头一遭。可能单身得太久了吧，睡着了后若身边躺着什么活物，一下子就会醒来。

女孩头发的质感甚是令人舒畅，既不是普通长发那种柔滑，也不是通常刚刚生出的短发那样扎手，而是带有一种羔羊般的温驯，摸在手里沙沙啦啦的。回想起今晚发生的事情，我感觉相当之不可思议，何以我同女孩只聊了鹤，几乎一整晚只聊鹤——她便愿意同我回家睡觉呢？抛开什么鹤之类的知识就我本人来说，一个三十又四的中年男子，衣着简便，长相平常，言谈举止也说不上有甚魅力可言，读过的书听过的唱片种类虽多，但似乎从未对女孩们构成任何吸引力。而眼下这个女孩莫名其妙地犹如出水芙蓉浮现在我面前，二话不说地同我睡了觉。

我侧侧身对着女孩，伸出左手轻轻拨拉着她的头发、她的发际线，一下一下的。女孩搭在我右肩的胳膊动了一下，嘟囔着嘴，发出了类似"qiu ou"的单词。我停止拨拉她的头发，静静地躺着。以为她会醒，结果她睡得更沉了。

及至街灯熄灭，晨光一点一点地从窗帘缝隙透进房间，我抚摸着她发丝的手才渐渐松开，睡了。

醒来后脑子异乎寻常地清醒，仿佛脑袋里的零部件被清冽的井水洗濯过了似的。尽管前一晚的缠绵加之半宿失眠，感觉浑身肌肉酸酸的，但脑袋不知怎的格外灵敏。我从床上一跃而下，套上polo衫和漆灰棉布长裤，探头往客厅一瞧，只见女孩上身仍穿着我那件旧T恤，下身则套上了牛仔裤，优哉游哉地坐在沙发上喝咖啡，翻杂志。初秋薄薄的日光穿透她的脸和半边身子，感觉那半边像是另外一个人似的。

"醒了？"她抬头，恬静带笑。

"起得好早嘛。"我说。

我进洗手间刷牙洗脸刮胡子，梳洗一通后把前一天的面包放进电烤箱（五十个俯卧撑和五十个仰卧起坐今早就免了）。隔夜的面包用以待客虽不是什么良策，不过在这当儿显然也没更好的办法。冰箱还有一瓶橙汁和一瓶牛奶，我举着橙汁和牛奶探头对女孩说："喝哪个？"

"橙汁就好。谢谢。"

过气的面包在电烤箱中散发出沙漠一般的气味儿。在等待面包加热的当儿，我把橙汁倒了两杯端到客厅。

"谢谢。"女孩把书倒置放在膝头，端起杯子。冰冻的橙汁在玻璃杯上沁出细细的水珠，那样子有点像下雨时黏在窗户上的感人的雨珠。我扫了一眼女孩读的书，是我那本《安娜·卡列尼娜》。

正想坐下来同女孩说点什么，电烤箱"叮"的一声响了。

女孩喝橙汁，我吃面包。白天的光线使得她看上去有种气定神闲的质感。

"昨晚睡得可好？"

"好。"她说。她没穿内衣，穿着我那件沾了污渍的白T恤——好像是某公司庆典附送的海报T恤，坡形的乳房随着她的讲话上下起伏。

甚是耐看。

女孩喝完橙汁，直通通地打了个呵欠，随即拿起一块面包往嘴里塞。唇边黏着一颗橙粒，还没等我来得及看清晰，已经被面包裹挟着进了嘴里。

"想看下鹤翅。"这话随着坡形乳房的起伏被她缓缓道出。我想起来昨天和她讲过鹤翅，小心翼翼地，不涉及来龙去脉地讲过找鹤那事儿。

"喂，真想看？"

女孩点点头，胸部也随之抖动。

我拿鹤翅来的时候女孩像看什么求婚戒指似的，眼神惊叹地放在手里翻来覆去地看了好久，那样子简直就像马上就要放在背上试穿似的。

"真是悲伤啊。"女孩最终吐出这话。

"何解？"

我盯着她，她盯着它。

女孩摇摇头，"不晓得。总之简直是因为什么伤心事使得翅膀掉下来似的。虽然同鹤相处的时间就那么七八年，它们那类心意我还是晓得的。"

我屏息静气，希冀女孩多说点什么来。

女孩小心翼翼地捏了捏鹤翅边缘的羽翎，凑近鼻尖嗅了嗅。"有点儿害怕。"她想了一阵，"虽然我不能就此继续说点什么出来，但是那东西，那东西的心意牢牢地附着在这上面……"

我伸出手，握住她拿着鹤翅的手——近乎一个小型的拥抱。

"你晓得它的主人吗？能感受得到？"

女孩闭上眼睛想了好一会儿，我拢着她的手。昨天夜里我抚过的短发，在窗棂照过来的日光里犹如淡金色缓缓生长的小麦。

"不成，什么都想不出来。光知道那鹤是那样，怎么说却很难。"女孩抬眼看我，"你想找它？"

我点点头，定定地看着她。

"不成，你那样做不成的。"女孩果敢地摇摇头，仿佛把什么放进心里去了似的。

尔后我们俩手握手面面相觑，什么都做不成，翅的主人找不得。我们只得又爬回床上，重复昨晚做的那事。

当女孩重又套上我那件公司庆典白T恤，双腿蜷曲缩在被窝深处，我抬眼望了一眼闹钟，时间已经接近上午十一点。

"饿？"

女孩摇摇头。

"渴？"

女孩点点头。

我起身从冰箱里拿来苏打水，啪地拧开瓶盖，递到她手里。

女孩拿着瓶子咕咚咕咚不假思索地往嘴里灌,停都没停一口。

"好些了?"

"好些了。"

做完爱,胃里干干涩涩的,先前填进肚里的面包似乎早已随着汗水化为沙土。我们不约而同地不再提到那鹤,甚至几乎什么也不想提。我搂着她靠在披着枕头的床背上,拿过她手里只剩三分之一的水,一口气喝干。胃里还是涩的,荒漠一般。

先生不期而至,说是来检查工作进度。当时女孩刚刚离去,我正一个人闷头整理房间,橙汁空罐、面包屑、女孩喝剩下的沾着两颗橙粒的玻璃杯以及犹如褪下的皮般软塌塌地留在沙发深处的白T恤,无一不让人回想起女孩留下的体温和余味。

"你麻烦大了。"先生门也没敲就径直进来,一屁股在沙发上坐下。我暗暗叫苦不迭,他坐在女孩之前坐着的位置上,扶手上还趴着女孩翻看过的那本《安娜·卡列尼娜》。

"你同她睡了?"先生说,"麻烦大了。"

我呆呆注视着先生,第一次当面听先生讲这么多话,加之又是如此严肃和深入的话题,一时间反应不过来。

"那女孩,是盲人的女儿。我晓得你到盲人那儿去了,找鹤归找鹤,不料搞出这等事来。"

"盲人的女儿啊。"我坐在先生对面,一如今早坐在女孩对面,搓着手并未表示任何意见,默默倾听空调的风声。如今回想起来,那女孩同盲人身上的的确确有某种相互应和的东西,微妙得让人说不出来。

"总之，不可和那女孩再有什么来往。"先生温和到近乎严厉地说，少顷，他缓了缓道，"至于账本，若为这个缘故，不要也罢。"

我些许迟疑："何至于如此……"

"交往不得。"先生果断地说，"你看过沙丘人的故事吧？"

"哎。"我摇摇头。

"曾有个男人，在撒哈拉沙漠的沙砾里遇到一个曲线玲珑、性感非常的沙丘人，他同那个沙丘人做爱，就等于同整个撒哈拉沙漠做爱一般。有类似沙子那样的东西在他身上传染，直至成为另一堆沙子。"

匪夷所思的情由。

先生离去后，我继续闷头打扫房间。女孩存留的温柔气息经先生的光临，早已荡然无存。

将杯碗洗干净，打蜡的地板重新擦拭，花瓶换水，把几日来堆在洗衣筐的衣服连同女孩穿过的那件T恤扔进洗衣机。洗衣机工作时发出令人为之安心的低低的流水般的呜咽。打扫完毕，我随即冲了个热水澡。全自动的电热水器无声无息地淌出与体温均匀一致的温水，将我淋了个透净。

这一天里，女孩来过，先生来过，将我近半个月来的在图书馆调查、在各大机构奔波的努力完全归零。

"不成，你那样做不成的。"

"至于账本，若为这个缘故，不要也罢。"

说到底，找鹤是不成的，同女孩睡觉是不成的，因此，账本也可以不要了。归结起来，这是两人的话的全部意思。

从浴室出来，我套上 polo 衫和栗色长裤，打开唱片机，陷入沙发里。为了帮助思考，我倒了杯威士忌，加上少许冰块和柠檬。

怎么看上去都像是一场空——除了女孩，和女孩可能带来的麻烦。事情的进展比我想象的快得多，快得连我都追不上那个什么的步伐。喝了口威士忌，我再次从信封中抽出那枚鹤翅，迎着灯光细细察看。

鹤翅还是女孩抚摸过的那枚鹤翅。逆着光线看去，洁白的羽翎边缘泛着黄晕晕的光圈，像要融化到光里面似的。我竭力想象附着在这上面的令女孩"有点儿害怕"的感觉，那样子，就像折了翼的主人来到我面前耳语着什么……

我把鹤翅塞回信封，身体埋进沙发。

对于先生一贯以来的教诲，我是全盘接受。尽管他时常有这样那样晦暗不明的暗示，对我来说，先生的存在相当感人，与其说先生作为一种客观存在的事实，倒不如说他是我自由意识在他人身上的投影。

简言之，先生的出现提醒了我，等于我自身的潜意识提醒了自己。

醒来的时候发现是个雨天。将视线投向六点刚过半的窗外，烟雨蒙蒙。想必今天工厂里那伙鹤又要在湖边的雨中流连，同另一个不读《安娜·卡列尼娜》的牧鹤人在一起。

刷牙，淋浴，冲咖啡，烤面包。

等待面包烤好的间隙，我草草翻阅了这几天没来得及读的报纸。报纸这东西，昨天和前天，前天的和大前天的，加之前几天的，对像我这等普通人而言，实际上读起来区别不大。确定没有发生什么"鹤类新闻"之后，我从烤箱拿出面包，端来咖啡，边吃早餐边考虑接下来一步该怎么办。

图书馆和研究机构断然是去不成了，女孩的出现固然有其突兀之处，然而她的话却不无道理。自从她对我说了那一番话，那种感觉就像是有什么打动了我，愈是细想愈是觉得蕴含了种种可能。

自从认识先生以来，听由先生的吩咐和叮咛在鹤工厂工作至今，而今先生明令我不许再接触女孩——这真让我叫苦不迭。并非说同女孩睡觉对我有多么重要，只是倘若我因为担惊受怕便毫无缘由地弃女孩之不理，多少有失君子风范。

思来想去，索性先去盲人那边，把鹤翅归还他的好——反正账本不要了，便不存在什么任务不任务的。如此一来，同盲人的瓜葛便可减至最低。

思及此，我一气喝干马克杯里的咖啡，去衣柜重新换了套称身的白衬衫，灰色长裤，鞋也用鞋油擦了——于我这算得上是相当正式的打扮了。再像模像样没有了。

刚刚换好鞋，电话铃倏然响起，"丁零零，丁零零"，从未听电话铃响得这么开宗明义过。

"喂。"我说。

"喂。"他说。果然是盲人。"想要过来找我是吧？"

"是的。"我说,"居然知道我要来找你。"

"一般的事情我都知道。"

"除了鹤的下落。"

"呵呵,是那么回事。想来找我的话,明天下午四点,牧鹤湖边。"盲人说完啪嗒一声把电话挂断了,不留余地。

盲人把水潭说成湖,想必是相对我而言。

得得,又平白无故多出一天。我穿着白衬衫灰裤子,光鲜得哪儿也去不成。联系女孩断然不成——盲人那边的事情还没办妥;工作上的事儿也暂时不用考虑,眼下离休假结束还有两个礼拜之久。仔细想来,除了读鹤中意或不中意的小说,听若干种鹤喜欢或不喜欢的唱片,工作这两年来,我消磨时间的技能几近为零。

最终还是去酒馆落了脚。光天化日之下来到酒馆喝酒,还是头一遭。好在有雨,雨不大,但足以掩盖光天化日这个事实。

在酒馆落定,要了啤酒。在等啤酒的间隙,我支棱着脑袋在吧台上,什么事情也思考不成,一任视线在潮湿黯淡的光线里随波逐流。白天的酒馆人不多,头顶的空调口呲呲作响,送出的风不怎么凉,大约开的是除湿功能。音乐的音量比夜里小得多,放的也是乐音低沉的萨克斯独奏。才一天没来,侍应生便换了人,眼下这个五官有些松懈的年轻侍应怎么看怎么眼生。

"嗨,您的啤酒。"侍应生说。

"谢谢。"我顺口问,"新来的?"

"不,我通常白天上班的。"

"怪不得。"我搔了搔鼻子,其实也没什么可奇怪的。奇怪的大约是我罢了。我啜了口啤酒,凉凉的,落肚下去整个胃都回响起来。一天大概可以就此打发过去,有生以来似乎还没有过如此无趣的一天。五官松懈的侍应生站得笔挺,笑的时候,五官看起来紧致了些。旁边一对情侣两个头挤在一起喃喃低语,再远一点坐着一个中年男子,正在埋头看一本看起来像口袋辞典的书籍。

不管怎样,白天的酒馆基本没有鹤工出没。工厂的上班时间是上午八点半至下午五点半,在此时间内的酒馆看上去和其他酒吧没什么两样。

啤酒喝完了。枯坐半晌,我信步走到那幅照片——女孩所啧啧称赞过的20世纪70年代鹤工人联合会合影前。整张照片快赶得上我的胳膊长了,里面估计足有三四百人,怪不得百看不厌——光是把里面人脸统统细看一遍恐怕都要花上个把钟头。

我仰着头,胳膊拢在胸前,以女孩的心情女孩的看法逐一看过去。把鹤看了一遍,然后看人。在鹤的地方有鹤,在人的地方坐着人。不过,我仔细看过去,在人的地方也坐着鹤?

盯视半晌,不管是以女孩的心情女孩的看法抑或是我的心情我的看法看过去,那个人坐成一排的地方的角落处,的的确确坐着一只鹤。

前天晚上,光顾着同女孩聊天来着,什么也没看清或者说只看见自己想看见的也是有可能的。

打算细看那只鹤。不过在此之前,觉得还是先喝一杯为好——若是喝完一杯鹤还在那位置,再细看不迟。如此一股脑地笼统看下去，也不见得看得到什么，我想。

遂又叫了一杯啤酒。五官松懈的男侍应生问我要不要来点小吃。我想了想，午饭还没有着落，索性叫了番茄奶酪三明治，外加一小份莴苣沙拉。

我慢慢地喝啤酒，慢慢地吃三明治，慢慢地想着那只鹤，感觉脑袋犹如架在旋转餐厅上一般，边吃边匀速旋转。心下已经打定主意，那鹤坐人坐的位置也好，站鹤站的地方也罢，总归这两天的奔波有了个交代。

看鹤的时候鹤仍在那里。啤酒和三明治落肚，胃里像被打了包票般结结实实的。鹤坐在那男人身边。周围的鹤伸腿站着，或两只或一只腿，这只鹤则坐得有模有样，乍一看好像和其他鹤没什么不同，实际上它的双腿如同人腿般从端坐的椅子上垂下，神情模样甚是得体。

定睛一看，这只鹤左边的鹤翅似乎少了一只，空荡荡的左翼处长着淡白色的茸毛，令我联想起女孩短而温柔的发梢。

莫非此鹤便是我要找的那头鹤？我把胳膊支在下巴处，茫然良久。

茫然凝视它的时间里，鹤在某处打动了我。那状况犹如不声不响的告白，鹤以鹤的神情对我告白着什么。我已经顾不得弄清它究竟是否是我要找的那头鹤，一门心思想同它的精神世界联结在一起。

我稍稍后退半步，以在美术馆鉴赏画的姿态重新以某个稍远的角度聚目凝视起鹤来。同鹤打交道两年多了，从我手中生产的、豢养过的鹤数目之多，连我自己都甚难搞清楚。倘若说各种各样的鹤有什么一致的、值得进入的精神世界的话，从这里大概找得到路吧。

我想。

就算看作是认领旧日情人也不为过。

难怪女孩要同我睡觉。她先于我发现了这一点，先行进入了那里。她同我谈话，同我睡觉，同我在一起，奉劝我不必再找鹤。因为她已经到了那里。

想到这里，我不由得深深忧愁起来。到了那里是湮灭的原因，不是吗？

除此我无论如何也思考不出更为确切的答案。我想现在就去领回那女孩，同她睡觉。

鹤在此端坐的年头，同这张照片一样久远。不，宁可说更为久远。我感到一股深深的突如其来的疲倦，先生明白什么，盲人明白什么，连我的同伴也大概明白什么，他们指给我一条道路，平静而幽微的道路。各个人在各自的指示路标上等待着我，待我经过，令我茫然。

女孩蹚过去了。最终我也不得不去那里。

我回到座位上，重新叫了一瓶啤酒。不晓得我在那张照片前待了多久，再回吧台时五官松懈的侍应生已经下班，换了原先熟悉的晚班侍应生。

"要点什么？"他问我，好像我刚来一样。

挟着信封来到湖边,盲人早已等候在那里。

我比预计的时间提前了半小时,盲人却来得更早。他背对着我,面向湖水,往清澈的湖里投放鱼线。一群鹤围绕在四周,或踱步,或伫立,神情萧索。我在或者不在,萧索的鹤仍然萧索,端庄的鹤依旧端庄。

原来我休假时,牧鹤的人是他。

"还真得说声谢谢才行。"我用多少有些打趣的口吻说道。

"不谢。"盲人对着犹如镜子的湖面吐出二字。

我沿着湖畔走上前去。

盲人坐在湖滨一角的平平延展的岩石上,看上去很近,走上前去则需绕道甚远。石上有青苔,青苔绿过湖水。天晓得一个视力近乎全无的家伙如何来到滑溜得像龟背一般的石头上盘坐且能够钓鱼。一头鹤在他身畔忙不迭地拢着身下的翎毛,另一头鹤则背对着他施施然而立,样子像在放哨。

"你的确干得漂亮,有一手。我早听你的同伴讲过,你的的确确是那么一种气质纯真的家伙。"对方说。

凑近了才发现,盲人手中把持的那条钓鱼线未免过短了,透明的线头在鱼钩的悬垂下,随风轻曳在水面,那样子和岸边垂柳无甚区别。

我叹了口气,"一开始就打算让我这么干?"

"阿挚的事自然不在我的预料范围内。本来我以为以你这种一股脑毫无保留的个性,怎么着也能多少接近事实真相,时间问题而已。只是,"对方叹了口气,"没想到阿挚这丫头会贸贸然搞进来。"

我这才晓得女孩的名字叫阿挚。

"问个问题好吗？"

"鹤的下落你自然是晓得的？"

"从道理上来说，可以这么说。打从一开始就说了，我推理，你运算，需要有个人为我演绎这一点。"

"为什么不一开始就告诉我鹤的下落呢？"

"因为我希望你以自身的能力找到鹤，你只有依靠自身的能力自动自觉地找到鹤，并据此做出选择，我的推理才有意义。"盲人身后的鹤朝我这边扭了扭头，不晓得它对盲人的话领会了多少，但扭头的时机看来相当微妙。

"况且我现在也没有真真正正找到鹤，不过瞥见它的影子般的存在罢了。"我站在湖畔的草丛中，伫立不动。过膝的草多少次在此拢着我，不过这一次，我并非为牧鹤而来。

"你来就是同我讲这个？"

"算是。"我耸耸肩，索性把话往简短里说，"账本可以不要了，鹤翅还给你就是。"

"好了，"对方手中的鱼线在空中摇颤不止，几次掠过水面。"找鹤的事儿很快便可水落石出，由于多了我计算外的因素，事情显然比想象的稍微复杂了几分。不过，会解决的。"

"怎么说好呢，我这边还是打算退出不干。"我略一踌躇，把话说出了口。

对方嗤嗤地笑起来，惊飞了身畔两只鹤。

"当然，干不干在于你。"他顿了一顿，转过身来看着我以及我身后的树林,道,"找鹤这种事,犹如竹筒里的蛇,只有上去或者下来两种出路。即便不要求你,恐怕你同你的个人意志,也会想要找下去。"

盲人话里的意思我自然是十分了然,这一层面的意义我倒也晓得。我和我的个人意志,到底能不能够放弃此事,心里也没有多少底。

"谢谢提醒。"我语气断然。

他摇摇头,黑魆魆的目光透过我,看向更远的地方。

"令爱现在可好?"我接着问道。

"可能的话,我本来不想谈她。一直以来,我都尽力把她排除在这件事以外的地方。那孩子,你也看得出,具有非同一般的天赋。这种天赋的存在,对她来说是种伤害。虽说作为鹤工厂的继承人,她总有接触到这件事的这么一天。如果可能的话,我希望这一天来得越晚越好。"

我低头不语。

"甚至我希望,能够找个代替她完成这件事的人,比如你。你也好,她也好,身上有种共同的纯真。"

"一开始你就发现并利用了这一点?"

"希望是这样。只可惜,那孩子还是钻了进来,同你的接触加速了她的这种倾向,并愈来愈往那方面去……"

我好像明白了点什么。

盲人清了清嗓子,把喉咙里的余音一股脑地倒了出来:"我把那孩子隔离了,这也是迫不得已的。希望你能凭借自身的气力早日把事情办妥,这样的话,也许她还有望从那里回来。"

我唔叹一声。

及膝的草丛轻起轻伏,白色的鹤影笼罩四周。我的喉管里似乎堵着一团云翳,想继续就女孩的事情说点什么,声音却渐渐哑了下去。

盲人这人,我怎么都喜欢不来。至于女孩,是听之任之好呢还是不管不顾地找到那只鹤再说?我手里攥着信封,手心细汗濡湿了那硬挺挺的牛皮纸。

同伴来时已近十点。其间我瞧了两次表,喝了两杯威士忌,报纸看进去两份,没看进去的也有两份。新来的歌手不明所以地唱着披头士的歌,歌本身自然非披头士莫属,然而光头歌手唱起来仿若改了模样儿似的面目全非,只剩得孤零零的歌名在台上回响。

下午同盲人谈完话,循着老路去了工厂附设的餐厅,吃了卖相不佳味道差强人意的猪肉照烧饭——人的习惯想来相当可怕,没上班半个多月了,一从湖边牧鹤场出来仍直奔工厂餐厅,倒不是说餐厅的食物有多么可口,怕也不过是因为那条道儿熟得不能自已。其间我一直在想女孩的事,盲人把那孩子隔离了。所谓的隔离是怎么隔离法?是肉体的隔离还是精神的隔离?如果我同女孩进一步联系是否会加强她身上所谓的那种倾向?如果不同女孩联系,势必连眼下的现实性问题都无法搞清……

种种疑问纷至沓来,我从吃猪肉照烧饭一直考虑到喝完两杯威士忌,直至光头歌手唱披头士时才戛然而止。其间我想过再去琢磨一下那张事出有因的工会联合照片——都坐进酒吧了,却怎么都奈何不得。"犹如竹筒里的蛇,要么上,要么下,此外别无出路。"盲人这话着实实在。

> 话语不断涌出,就像无尽的雨滴入纸杯,
> 它们划过时尽显其飘逸之姿,
> 它们滑落着最终越过万物。
> 愁积的水潭,
> 欢乐的浪花,都从我开放的头脑中流过,
> 刹那间拥有了我,爱抚着我。

虽然整个意思被歌手唱得不伦不类,然而其内核还是碾过我的身心,使我得以终止思考,最终读进去两份似是而非的报纸。

"怎么搞的?"同伴一来就说。

"什么怎么搞的?"我说。同伴不是我等来的,而是我来不来他都要来。所以我来了,而他竟然也知道我要来。不过他这个问话,大有问责之意。

说归说,同伴气定神闲地坐下,招呼侍应生来了杯伏特加,从兜里掏出一包"希望"用全自动打火机点上,这才继续道:"听说你把那事搞砸了?"

"唔?"我没有答话,只眉毛约略一扬。

"盲人那边好像搞得不是很愉快吧?连带对我都没有好脸色。"

"这事儿,跟愉快或者不愉快关系不大。"

"那人确实难说话一些,本身就是个不怎么待见别人的人,凡事不讲情面,直通通地把事情按他想要的方面做。本来也没多少人和他有接触,我算是好说话的。我要是晓得你的事,早替你办了就好了。如今你一连串地同他打起交道来,往后麻烦的事儿多得很呢。"同伴自顾自地说下去。我听他絮絮叨叨地说了半天,基本上没有说到点子上。

"没事。"我说,用右手食指磕了磕手中的杯子,玻璃杯面锵锵有声。

同伴把后面的话闷闷地绕回肚里,转头抽他的烟。

"你休假这段时间,工厂生意好得不得了。不知怎么搞的,连毛里求斯和斐济之类的地方也有不少订单接踵而来。我们开足马力生产,就差没扩大规模继续招工,才两个礼拜的事儿……"

"进入繁殖旺季了吧。"

"差不多。"酒一上来,同伴先闻了闻,继而小啜一口。神情和先前别无二致。

我想起盲人那句"没有鹤就没有繁华",无端端地觉得怪怪的。

接下来的时间我俩有一搭没一搭地说着球赛、女人和眼下的天气,同伴还聊到近日的电影,我也饶有兴味地听了听。除了一开始他说的盲人的事,大体上我们还和往常一样,然而夜愈深就愈不可自拔。

坐出租车回到公寓门口,半夜都已经过了。感觉上醉意犹如淋透的雨毫不留情地将我从头浇到脚，嗓子眼里火辣辣的堵得慌。心绪乱得一塌糊涂。我递给的士司机一张钞票，摆摆手说不用找了。下车的时候步履踉跄得像头大腹便便的母鹅。脑袋重得像所大厦。我用脑门抵着小区门口的路灯杆站立了好长时间才站直。

为了醒酒，我在便道上的自动贩卖机上买了罐冰绿茶，饮料出来的时候红黄指示灯扑簌簌地闪烁，看得我一愣一愣的。一口气将冷滋滋的茶水灌下肚去，嗓子的干涩不但没有缓解，而且连同腹部一块儿憋闷起来，最终将胃里那点东西一倾而泻。我按着路灯杆，提着黏糊糊的裤管叫苦不迭，喝得这样烂醉几乎是十多年前毛头小伙时的事儿了，何以今天搞成了这个样子？

或者下意识地觉得，倘若把盲人开出的研究经费统统换成威士忌喝下肚去，那事怕就能大功告成？

第二天醒来头脑钝重，左半边脑袋像灌了铅似的无法动弹，右半边则运转如常，感觉身体的另一侧像是另外一个人的。在床上呆呆地躺了十来分钟，起身从冰箱拿出一瓶橘子汁，一气灌了下去。随即进入浴室打开热水器，用沐浴盐猛搓身体，热水浇灌着的肌肤一点一点地恢复正常感觉。刷牙的当儿，我对着浴室镜子看了看自己的脸，镜中面孔甚是狼狈，尽管面孔连同身子被刷洗一通，然而怎么看怎么觉得镜中人过于脸生。

罢了。

最近这段时间，越活越找不着北了。

关掉热水器，我往腰上缠了条浴巾，折回厨房重新拿了瓶橘子汁，对着冰箱门再一气猛灌。昨晚呕吐一并失去的液体不知带走了些什么，倾倒一空的身体渐渐恢复过来。再次打开冰箱，冰箱里干涩涩的面包感觉像是砖块儿，我开了一罐速食燕麦粥，加了牛奶放进微波炉。

听着微波炉匀速转动发出的声音，我将目光投向窗外。窗户对着对面公寓的屋顶，屋顶上潦草地用围成一圈的花盆种着几样菜，疏于管理的菜和杂草一并迸发着天真的绿。

旁若无人的生机。那里种着的菜，我一次也没有见人采摘过。

微波炉叮地响了一声。那响声同我心里那什么的声音一模一样。我想了想，不管怎么说，还是得先给女孩打个电话。盲人的说法听起来固然像那么回事，找到女孩的话，终归能找着办法。

将燕麦粥端到客厅饭桌，我转头摘下电话听筒，拨动女孩号码。那号码夹在那本《安娜·卡列尼娜》里，先前只看过一遍，因为一直犹豫，倒是记得很牢。

连续不断的信号音在我手中一遍又一遍地响着。

我按了十五次重拨键。

手中的信号音连同窗外那不知是谁在练习拜厄钢琴练习曲的声音叠合起来，似乎印证了什么。

女孩的的确确不在电话那一头。

确认这个事实以后，我放下听筒，坐到餐桌前，开始我的早餐。

暖热的粥告诉身体一个事实——你同你的思想需要在哪里行动起来，不光是被隔离的女孩，只怕连同那些鹤都在期待你。

饭毕，我换上 polo 衫和牛仔裤，回到书桌前开始整理半个多月以来收集的资料。这些沉甸甸的资料观点迥异，百无禁忌，唯一的相同之处便是，永远无法指明真相。

接近下班时间我返回工厂去看鹤。昨天光顾着同盲人谈事，他手里那群鹤完全没来得及留意。鹤是要看的，半个月没有上班，那群家伙在盲人手里被照顾得怎么样倒也难说，况且盲人本身对鹤究竟持何种态度还真难以揣测。

下午五点半刚过，我持工作卡径直进了工厂大门，来到后备区时不免遭到保安一通盘问："不是休假了吗？""下班时间回来有事吗？"……我一律搪塞了过去，好歹在此工作两年多，大体上的工作制度还是熟悉的。即便我的回答听起来有小小的纰漏，也不怎么碍事。

进入鹤舍之前我到更衣室换上土黄色工作服，鞋也换成硬挺挺的工作靴。这个时间点盲人想必已经把鹤们圈回鹤舍，只要不惊动其他人，我大可安心察看鹤。

初秋的傍晚天色尚亮，鹤舍里没有灯，室内仍然出奇地明亮。鹤们大多立在光洁的牙白色瓷砖地面上闭目养神，间或一两只在鹤群中来回走动，像在检阅着什么。一只鹤走近身来，侧脑疑虑地盯视我半晌，我蹲下身摊开右手伸向它，鹤凑过脑袋闻了闻，轻啄我手心。

鹤的态度倒是无甚变化。

我抬头看了看，鹤舍打扫得极干净，食槽满满的，水槽的水也相当洁净。同我上班时别无二致。想必盲人除了牧鹤，另安排了其他工作人员负责打扫卫生。

靠着墙我趁势蹲坐下来,同鹤般闭目养神——连同鹤一起就此思考点什么。鹤舍四下安静,从湖畔吹来的凉风一阵阵掠过耳梢,感触极为超然。

有什么在变化。

鹤舍暖烘烘的,夹杂着一股淡淡的动物身上的味儿,像冬日青松上的积雪融化时发出的气味,略涩但沁人心脾。

我想起这里头有两只鹤曾经受过伤,伤好之前一直养在这里没有调走——从生产线上出来时各自受了不小的伤,一只左腿扭断了,另一只则刮伤了从脖子到脊背的翎毛,秃得活像拖拉机。两只鹤都得每天清洗,上药——这在我走之前是同另一个饲养员交代过的。眼下左看右看不见这两个病号的身影。扭断的腿、刮伤的脖颈怎么说也不至于两周就痊愈,被调走出售则更加不可能——本是作为检验不合格产品留下来的。

"嘘嘘嘘"地唤了半天。鹤们以疑惑的眼神注视我,更多的是讶异。不断有鹤拢过来,我起身挨个注视它们。从一楼巡走至三楼,各层都察看过了。好端端的鹤仍然好端端,消失的鹤则消失不见。哪儿都没有受伤的鹤的影踪。

意识到这一点,天色黑得极快。

暮色笼罩大地,五指摊开来,愈发只见得到淡淡的影子。周围的鹤仍以鹤的姿态休憩,不过拖了更为悠长的身影。

我重新挨着墙蹲坐下,十指拢在唇前呆望着眼下这一切。雨味儿慢慢漾起来,要下雨了,我想。

得设法在雨滴聚集起来之前搞清楚这一切。鹤们的眼神在稀释了的蓝灰暮色里犹如熠熠发光的尘埃。

烟抽不得。酒在这里更喝不得。帮助思考的什物一样也没有。我顺手拾起一枝干枯的树枝在瓷砖上画着弧线。受伤的鹤有受伤的活法，一只无法走，另一只则无法飞。究竟去了何处，直接问盲人是最简便但又最难得到答案的办法。

"啪嗒"，"啪嗒"。

我被聚集起来的雨滴声吵醒了。醒来时四周一片黏糊，淡黑色裹住了整个屋子。我抬腕看表，星蓝色的夜光指针指向八点一刻。竟然不知不觉地迷迷糊糊睡了一个多小时。鹤们仍在四周休憩，静谧得像星辰。我用力靠了靠墙，松懈一下刚刚蜷缩得太久的四肢。

夜愈暗，鹤们的呼吸就愈安静。聚集起来的雨滴似乎在提醒我某个事实，我瞥见却无法正确指出的事实。一场熟睡过后我的头脑比之前更敏感，更向往那里。

有什么东西在黑暗中淡淡地叹了一口气。

尔后那叹气声迅速消融于雨幕中。

但那不是我。

"好冷。"我出声嘟囔道，回声在沉寂的空气中激起微波，听来犹如天外来音。醒来后的凉意连同雨意一点点地侵袭身心，我站起身，用手拍掉沾在裤子上的灰土，沿着墙根慢慢走动。

灯的开关近在咫尺。我想了想，把双手插回牛仔裤兜。有的鹤睡了，有的鹤仍醒着。靠墙的鹤悄无声息地避让我，那举动让我意识到它们俨然把我当做它们其中的一分子。乖巧，警觉，体贴，温存。

嗨，你们好，我说。我将背靠在窗棂处，冷冰冰的金属浮弹出我黯淡的体温。

你好。它们说。

过得还好吗？那人把你们照顾得可好？几天不见，想你们来着。

鹤们在黑暗中点头，沉默有顷。

好难呵，找得我好苦。我说。

不要紧，慢慢来。它们说。

受伤的同伴怎么样了？

上百只鹤齐齐噤声。

我叹息。

知道你找得到的。它们不断如此低语。

谢谢。我说。

我沿着窗棂拐到门边，缓缓走下狭窄的水泥楼梯。下一层也是鹤的居所。在黑暗中我摸索着走出大门，反手关上门——在这段时间里，感觉得到身后有鹤注视着我，目送我离去。

换下工作服后拦了出租车赶回公寓，走至半途才想起晚饭没有吃，肚子饿得咕噜直响，胃像被强盗抢劫过一样空虚。回到家照了照镜子，才发现自己脸色铁青，浑身散发着一股过期饲料的味儿。

在浴室里足足冲了半个多小时。出来后倒了杯威士忌定神，随后给自己做了青豆咖喱炒饭。隔夜的米饭有点夹生，炒出来硬硬的，我就着罐装啤酒一扫而光，连带啃了冰箱里一只苹果两个猕猴桃才作罢。

总算把自己安顿好后瞥了一眼挂钟，不到十点。拎起话筒往女孩家拨去，照例是空洞的嘟嘟声，连个语音留言信箱都没有。

一共拨了九次。拨九次我才能确认这个事实。

我望向窗外，淡淡的雨幕化为雾霭。雾霭深处是一眼望不到头的黑夜。

此后的一周时间，我是在平稳与沉寂——欲说无力的平稳与沉寂中度过的。不知为何，盲人所说的鹤唳一直在耳畔回响，像是亲耳听见似的。秋意一天浓似一天，雨不再下，对面楼顶的菜园里的青草夹杂了几许枯黄，但其疯长之势让人疑心很快就会蔓延至自己这栋楼。附近时不时有人在焚烧枯叶，淡淡的植物灵魂的香味有时在楼梯间也闻得到。我照例一日给女孩挂九个电话，上午五个下午四个或者上午四个下午五个，电话那头静谧纯粹得像是世界尽头。

放下话筒那一刻，觉得心脏也要休憩好久。

散步，抽烟，喝红茶，继续读《安娜·卡列尼娜》，每一天过得大同小异，此外想不出更合适的事情可做。我已放弃了和与鹤相关的事务所、研究机构联系的行动，也没有向盲人打探受伤的鹤的消息——明知这事儿就是出自他手笔，何必再问。只消如此再挨一个礼拜，我便回去厂里牧鹤，到时再处理不迟。其间同伴来过两次电话，一次问我去不去酒馆，另一次则邀我到哪里打桌球，我皆一推了之。

唯独先生沉默如斯。

先生总在出乎意料的情况下给予指示，而这次一言不发得太久，感觉先生的沉默重如泰山。也许我现在的做法对先生来说，暂时还称得上是符合其宗旨罢。

周日到了。我早早地醒来，剃须，刷牙，吃蘑菇鸡蛋三明治。喝红茶的当儿，对面楼顶酢浆草上停着的一只布褐色喜鹊喳喳喳叫个不停。我打开唱机放上莫扎特的钢琴协奏曲，斜躺在沙发上边听边望对面风景。

天空湛蓝，日光晴好。我觉得自己应当出门去哪里一趟。一星期以来，红茶喝得够多，书也读进去不少，秋天有可能在什么地方等候我。

决定去趟动物园。

自从在鹤工厂上班以来，动物园我可以说是一趟也没去过。光牧鹤的工作就耗去一半精力，断不至于再跑到哪里去欣赏动物。我想起上一次去动物园，还是同前女友刚认识时的事儿了。

她在大象馆问我喜欢大象还是喜欢河马，在熊猫馆问我喜欢浣熊还是喜欢斑马，又在水族馆问我喜欢海狗还是喜欢狗。我自然不记得当时的确切回答，只记得自己甚为深沉老实地几经考虑回答了她一系列的问题，最后她得出结论我最喜欢的是袋鼠，且是没有口袋的公袋鼠。

尔后我同她漫步，从天鹅湖走到百鸟园，又从百鸟园返回天鹅湖，接吻的时候有几只黑纹小鸟啾啾叫着掠过头顶，使我同她连同她的吻一起在水中姿影永驻。

多少年前的事儿了，想起来还历历如昨。

我在入口处买了两罐啤酒。五年没来，动物园的门票还是一成不变，而当初看过的那几只大象却可能老去不少。我略微惆怅一番，拎着啤酒走入园区。

在猩猩馆我喝了第一罐啤酒。为首的大黑猩猩面色冷酷，看来有些不近人情，在笼前踽踽走了几步之后回窝里倒头大睡，母猩猩和小猩猩倒是在一旁抓耳挠腮逗得挺欢实。第二罐啤酒是在黑熊馆喝的。冷冰冰的熊馆里我只见到一只大黑熊，起先它笨拙而威严地沿着池子散步，尔后便将整个身子没入水池子，只剩飘浮在水面的半个头。光是给游客看半个头也真不够意思，直到我把整罐啤酒喝完，黑熊都再没声息。这个大约也不能完全责怪这熊，熊馆实在是太寥落了，池子里积着青苔，湿漉漉的、巨大而冰冷的水泥墙从里到外透出一股腐朽的气息，日光是有的，直通通地从廊檐投射到水池，怎么看都像是失去了温度。

任谁住在这里都要发霉，怪不得熊。我捏了捏啤酒罐，没找到垃圾桶，于是又捏了捏。

来到鹤岛时已接近中午。鹤的居所在天鹅湖对面，湖心深处远远摇曳着几只白天鹅。鹤岛是一个面积比轮渡稍大一点儿的岛，沿着称不上桥的小径来到鹤岛，临近正午的阳光在水面反射出镜面一样的光来，几只闭目养神的鹤在远处白得有失真实。我走进树林躲避有些晃目的日光，眯着眼看着岸边几只鹤。那鹤仍是鹤的形态，而鹤的神态则一无所有，像是蒙着面纱的什么人站在我面前似的。

我又走近了几步，那只左腿受伤的鹤径直闪入我的眼帘——特有的因为受伤所形成的站立弧线，稍微乖离的背影，绝不会看漏。

伤鹤蜷着受伤的腿，仿佛盯视什么似的望着湖心。

我轻手轻脚地走过去，鹤不动。蹲下来继续看鹤，鹤仍不动。二十多天的光景，伤鹤变化不大，腿上的纱布早被卸下，袒露的伤口结成细密的疤。

鹤扭过头来看我，盯视着我犹如盯视湖心。

我摊开手，伸到它面前——这是一个礼节，说你好的意思。

鹤低下头轻啄我的手心，一啄再啄。鹤的眼神蕴含着某种无可言状的感伤。

怎么到这里来了？

是那人把你遣送来的吗？

另一个受伤的同伴呢？

在这里过得好吗？

鹤惊疑不定，我眯起眼迎着潋滟的湖的泛光细细地看鹤，用手抚摸鹤的翎毛。鹤带有女孩的表情，但不明确，我想。

索性盘坐下来，鹤侧立于我的身畔。我俩像看夕阳的情侣似的双双凝视湖面，正午的湖水刺目而荡漾，白天鹅在远处曳长的波纹形成某种超出现实界限的启示。

怎么到这里来了？

在这里过得好吗？

是谁遣送你来的？

另一个受伤的同伴去了哪里？

我在心底一而再地索求答案。

回到家时已近五点。我往杯里倒满橘子汁，一气灌了下去，尔后脱掉鞋子，倒头陷入沙发深处。竟然在动物园一动不动地同鹤待了两个多小时。牧鹤以来，同鹤相处的时间自是不会少。而这一回，同鹤相处的感觉乖戾得无法诉诸语言。同伤鹤在动物园相逢，让我回想起自己不晓得在哪里看过的一个故事。

一对新婚夫妇到异国旅行，他们来到当地著名的购物景点，妻子看中某服装店的新衣，随即拿着衣服进入店里的试衣间。丈夫在门口左等右等不见妻子出来，拉开门一看发现妻子连同衣物一起人间蒸发了。更为离奇的是，店员众口一词地摇头说没有看见他妻子。不屈不挠的丈夫硬是在当地找了大半年，自是一无所获。当偶然的一天丈夫来到巴厘岛，在一间破旧的房间里参观畸形秀（freak show），他从那破败的半身不遂的女人身上认出了妻子的脸……

故事多少有些落俗，从伤鹤身上究竟认出了什么实际上不得而知。大抵是故人相逢、尤有余悸。如果可能，一味地同鹤在湖边坐下去可能会有更清晰的解释。我垂着头，什么也思考不成——一切都过于唐突了。如果可能，将我弃置至事件的哪个中间点重来一遍，可能会更好吧。

恐怕睡一觉会更好。

我拉起沙发那头的薄毛毯，往身下一摊，继续躺倒。像是在森林间彷徨已久的孩子般，筋疲力竭、无所适从地睡了。

梦中的我在哑白色的地方走路，一不小心便失去了翅膀。

是的，走路的失去翅膀，飞行的没了它的腿。

醒来后暮色四合。窗外是隐隐霭蓝的霞光，房内黑得更快，已经罩上一片幽灰色的白。窗户没关，透着凉味儿。可能要下雨，也许已经下雨了。一点一点地醒来后，才感到冷。

索性不开灯，披着毛毯来到电话前，拨打女孩的号码。上午去了动物园，上午那五次还没拨，我想。

女孩接起电话是我第五次拨打时。

"喂。"她说。

"你……还好吗？"我迟疑着，怕惊动了她的存在的不确定性。

"呃。"女孩说，声音略微弱，但柔和。

"你现在在哪里呢？为什么不愿见我？"

"终于来看我了，你。"

"……"

片刻的寂静，电流声嗤嗤地响着。

电话那头顿了顿，接下去说道："一直希望你来这儿，找到我，了解我，并以你所掌握的事实将我从那头领回来。晓得你办得到，但是不知道你什么时候才能办到。"

"你，你受伤了？"

"受伤的不是我。只是依附于那个受伤的地方。"

我沉了沉，怀着歉意道："如果鹤不受伤，你也不会迷失进去，对吧？"

"不，只是迷失的方式不同罢了。"我感觉到电话中那头的她在摇头。

"没有受伤就好。回来吧。"我说。

"唉……"她像是有什么梗着似的叹了口气,"刚刚湖边真安静啊,有你在,我都快睡着了。"

"不知道是你,知道就带着你回来了。"

"没用。"她在那头的幽微里摇摇头,沉默许久。

我在话筒前想象女孩咬着嘴唇沉思的神情,少顷开口:"这段时间以来,我一直在思考,究竟何为出口。觉得肯定有什么地方被弄错了,不然怎会活生生地错过。你也好,鹤也好,都在冲我招手,是我自己,怎么也过不去。"

"不,"她说,"你已经做得很好了。最最关键的地方,是我的父亲不再是我的父亲。你我所熟知的那个盲人,背叛了我父亲,利用他或者直白地说利用父亲能利用的一切包括他的思想,干了这个那个的事情,才会搞到今天这个地步。"

"一开始,先生让我找账本,是出于这个原因?"

"想必是的,账本里藏着那人的原始记录,他断然不会让你得到。"

"那么你的父亲现在怎么样了?"

"唉,他一开始控制了父亲,接下来是我。除非你能够跟得上那人,破除他所制造的迷翳,不然恐怕我很快要追随父亲的路子。"

"父亲寄存在另一头伤鹤里头?"

"是的。"

"账本在哪里?"我想了想,口气坚决而有力地问道。

"如果我没估错的话,应该在那石头底下。垂钓的石头下。"

"好的,我这就去救你们。"

女孩挂了电话,那句"小心点"犹言在耳,天已经黑得无法无天,房内的器物杯子也好组合音响也好蒙上了一层黑衣,看上去像是不动声色的兽。我仍回到沙发呆坐,灯也没有开。或者黑暗更能让人看清些吧。辽远处的高楼霓虹闪烁如同星辰,更近些的对面楼上的灯一一点亮,散发出这样那样的人间之情。

我摸黑打开冰箱,开了一听啤酒,幽幽地灌下肚,晚饭也没有吃,不声不响地仰卧回沙发。

沙发过于松软,事情的转折又过于柳暗花明。我将脑袋一次又一次地排空,摒心静气地等待天明。不知过了多久,我睡着了。

短暂的睡眠中有若干支离破碎的梦境,当我从两个碎梦之间醒来时,天色欲亮未亮。夜晚的寒气轻轻地侵袭脚心,我先是意识到脚,脚心,沙发,窗外的晨星,继而想到女孩,账本和垂钓的石头。

四点差一刻。戴了一晚上的夜光表忠实地告诉我时间。我从沙发上一跃而起,伸了个长长的懒腰,深吸一口气,打开客厅的灯。白炽灯刹那间还原了整个现实性的客厅——现实得有些意外。我走进浴室,迅速地洗澡,刷牙,必须赶在八点半上班前到湖边取回账本,除此之外,一切未知的未知都在等着我。

将面包送进烤箱的当儿,我从工具箱翻出一把栽花用的小型铁锹,一根四五米长的结实绳索,另外找了头箍式手电筒和两捆胶纸一个防水塑胶袋,一并装入登山背囊,紧了紧背带。拿出军用水壶往里灌满啤酒，拧好挂在包上。自己也换上牛仔裤和轻便的运动鞋，在马球衫上罩了一件防风雨衣。

草草吃完面包，喝了两杯咖啡，确认一切就绪，就准备出发了。临走前我想了想，将那只装鹤翅的信封一并装入背囊。

走出楼梯的时候四周漆黑如墨，星光熠熠洒在头上，这场景一瞬间天真得让人有些失神。我打了辆出租车，直奔湖边。

不经过工厂也可以走到放牧的地方，不过要绕过一小段泥泞而隐秘的林中路。这段路甚少人走，如果不是牧鹤，我也发现不了那条路。

在湖与酒馆街道的分岔路口下了车，付好车费后，我背上背囊拐入林中。一开始是有路灯的，渐渐地路灯被抛诸身后，浓黑的密林在眼前徐徐展开。我从包里拿出电筒，打开后调成最暗戴在头上，继续往前走。丛林两旁浓郁的露水很快沾湿了上衣，入秋雨露的寒气显然甚是厚重，幸好穿了防水风衣。哪里传来乖戾的鸟叫，叫声像是婴儿和怪兽的沉闷混合物，时不时地扰破森林的寂静。

约走了三里地，从林梢深处窥见天边稍有些融融亮，星辰仍在，只是黯淡了不少。我停下来，拿出军用水壶往肚里灌了几口啤酒。前一天晚上的倦意突如其来地袭来，让人觉得眼下的一切还在昨夜的梦中。沁凉的啤酒入口后，倦意消失，眼耳鼻舌身各类感官重新洗濯一新。

愈走愈觉得渺然，之前几次走过这路的记忆在脑海里竟然荡然无存。不过倒也不存在迷路的可能，我只需要按照手表上夜光指南针的指示走就行了。为了摆脱纷至沓来的念头,我把注意力集中在前方两米左右的地方,匀速向前走去。

路过水洼时我吃了一惊。印象中这条路上不存在什么需要蹚水的地方,不过近半年没走过,加之这段时间一直下雨,水积蓄得多,形成不固定的水洼也是可能的。本想绕道过去,然而这个水洼面积几近操场那么大,临时找路恐怕已经来不及。我想了想,把长裤和上衣脱下塞进背囊,把背囊打包后结结实实顶在头顶,将头顶灯的角度拧了拧,让灯光正对着身下的水面。

我首先一只脚进去,探了探,水只及膝深,接着另一只脚也迈了进去。水冰凉冰凉的,好在水质本身没什么问题,都是山林水,漫上来有股透彻洁净之感。我扶着那些浸入水中的树干慢慢往前探去,心想这一洼水总不至于像海水似的有什么八爪鱼之类的生物游来游去。

水渐渐地深了,几至腰间。好在树多,交替扶着浸在水中的树往前走,断不成问题。尽管如此,我还在担心水中有什么莫名的生物冷不防地将我齐腰咬掉,而且愈走这个念头就愈强烈。头顶的电筒光只冷冷地照出水面粼粼的波光,而黑暗这东西统治着我腰部以下的地方。

为了不浸湿顶在头上的东西,我走得相当缓慢。及至水洼边缘时,浑身已经冷透了。卸下头顶的背囊,我拿出随手带的纸巾擦了擦身体,将湿漉漉的内裤一扔了之,套上长裤和外套,这才缓和过来。抬头望去,天际浮现淡淡的黯白,隐隐已见得到工厂褐红色的围墙。

牧鹤的地方就在不远处。抬腕看表，五点差一刻，时间算来大体有余，但也未必。背上背囊，我加紧了脚步。

林间的光线已开始变亮，乳白色的水汽氤氲在四周，仿佛一伸手俱是水。鸟鸣转换成轻快而富有乐感的啼声，初初那种乖戾的叫声不复耳闻。

到达牧鹤的岩石边时，我深吸了一口气。耳膜鼓鼓的，感觉有什么新鲜的事物充盈鼓荡。湖水一派灰蓝，喑哑的湖面撩动着一股未知的气息。从未在这个辰光里光顾过这个地方，意识被四周的景致撩动得薄薄的，跋涉过森林的身体此时也逐渐变得空盈。

岩石还是那块，稳稳地如龟般趴伏在岸边，不至于因为盲人在那上面垂钓也不至于因为我到来而改变固有的形象和质地。不过因为雨季，湖水涨了不少，连带岩石也隐没去一部分，岩石下面的土湿湿的，因为连日来雨水的泡涨那些土松软了不少。我环视了一圈，发现石上有个泥渍的脚印，从大小和新旧程度来看，大约是前一天留下来的，看样子像是盲人的。

视察完毕，我找了旁边一块略为干燥的草丛放下背囊，拿出铁锹从土壤最松软处开挖起来。几个月没干体力活儿，还是花费了一点时间才适应过来。可能是挖土这项工作本身蕴含的性质令我有些许不自在，我不自觉地哼起许冠杰的《天才白痴梦》开头几小节来。

天逐渐亮了。那种亮法像是被撕裂了一个口子的天空露出来了几许光线，慢慢浓郁起来。我把电筒从头上摘下来，头箍上满是汗渍，混合着黏黏的泥浆与叶片，让人疑心是女娲造人时戴过的家伙。放电筒的时候我从包里掏出水壶来喝酒，啤酒早已经不凉了，有种欢快的温和的适口度。喝酒的时候我突然觉得这样一直挖下去倒也不坏，起码是种相当美妙的甚至略带冒险气质的体力活儿。

铁锹"咯噔"响了一下，以为是见到那玩意儿了，弯下腰才看清不过是枚拳头大的石头。不料继续挖下去，石头越来越多了，我索性用手刨起来，一共大大小小刨出七八个石子，颜色倒是怪好看的。

随着挖掘的进行，岩石下的坑呈现一个马桶形的口子，因为雨季雨水充沛，近一米深的坑里已经出现了少许积水。

"挖下去也是水，是湖水。"我自言自语地嘟囔着，扭头时吓了一跳。

原来是鹤。那只受伤的从脖颈到背部翎毛全无的鹤。

鹤在一米开外的地方悄无声息地注视着我，眼里充满了怜悯之情。是的，怜悯之情，我跳到一旁，也同样定定地看着它，确认自己没有看错。

何故来的怜悯呢？

我摇摇头，说："你好，你是……阿挚的父亲？"

显然鹤不会抑或是不打算回答。它从左绕到右边看我，又从右边绕回原地。鹤的举止甚是悠闲，看样子在这里已经待了相当长的时间。没有返回鹤舍大约是因为不肯回去吧？我心想。自那天发现它不在鹤舍以来，算起来，它流连在野外有好些天了。

"嘘，嘘嘘。"我改用惯用的牧鹤的声音招呼它，鹤全然不予理会。它将双脚浸入泥水中，以老僧入定之姿稳稳地站住，看样子不打算动摇了。

也罢,来个监工也不错,我心想。反正这事儿关乎阿挚和阿挚的父亲,这家伙在这里站着,说不定能看出点什么门道儿来。我拎起一旁的水壶,拧开盖子灌了几口啤酒,微微喘息一番,继续干下去。得趁盲人来之前抓紧把这事儿搞定,否则一切就白费了。

鹤来了以后,挖掘工作异乎寻常地顺利。渗出来的水与四壁的土壤融为一体,坑里的土因此软乎乎的,我加快了速度,朝四周掘去。慢慢地,坑越来越大,四壁面积都快与岩石齐平了,却丝毫不见那所谓的账本的影子。

眼看就要八点了,我多少有些焦躁起来。天色此时已经透亮,明媚的霞光染得湖面一派粉红。

汗流浃背的我蹲坐在一边的草丛中,用铁锹支着下巴,心中暗暗叫苦:这下好了,哪儿见什么账本的影子呢?

我忽然发现鹤换了位置。它不紧不慢地来到坑里,站在左侧纵深拐角最里的位置上,用爪子刨了刨地面。好家伙,我多少明白了些什么。

"谢谢。"我说。

鹤一声不吭地跳到一旁,我也开足马力卖力地往那个位置挖下去。

听到"咔嗒"一声时,已经挖了快一米深了。

"还真是。"我嘟囔着,看着泥里面露出一个浅铅色的铁皮盒子,我叹了一口气,用两手沿着边缘刨起来。

盒子不过饭盒大小（或者说简直就是个饭盒），看起来相当精致，四周镶嵌着箱盖钉。当我蹲在草坪上，一颗一颗地拔除铁钉的时候，感觉自己像是成了盗墓者——罐头鱼那么大小的棺材若是有，那我手中这盒子里面装的是什么还真不好说。由于没带钳子螺丝刀一类的工具，开罐工作进行得相当棘手。

"找到了？"耳畔响起的声音令我心下一紧。

"知道你会来，天天来此等你。"盲人站在我身后，眼神的焦点落在湖面虚空处。若不是那眼神，我定然以为他是微笑着的。

我转身立起，将盒子藏在身后，才想起他是看不见的。

"不看也罢。"他捻动手中的钓鱼竿，另一只手里提着的水桶一晃一晃的，显然空无一物。"无非是证据。"

"终于承认了？"我额头上冒着汗，双手捻动身后的盒子。盒子握在手心凉冰冰的，似在尽全力带走我的体温。

对方闭着眼沉默了几秒，随后转过身去面对湖水。"说一下我的想法，无论如何你都会觉得那是辩白——不中听忘掉便是——正是那只失掉翅膀的鹤委托我，而我又因此放逐了大哥……也就是阿挚的父亲……"

"好像在说戏梦巴黎。"我说。

盲人背对着我自顾自说下去："我同大哥相识于孩提时代。四十多年来，作为他忠诚的儿时伙伴和左右手，我们在感情和思想上已经算得上不分彼此。也许你很难理解所谓的不分彼此是怎么回事——大约就像是一条绳子上的两个蚂蚱，共同拥有的是这系缚脚端的绳子。可以说，除绳子外，我们别无他物。"

"所以那又怎么样呢?"我用眼角余光瞥了瞥远处,鹤们陆续飞来,沿湖踩踏,无声地将这片草地包围。

"所以最后只剩那条绳子。我也好,大哥也好,最终被系缚脚端的绳子共振为一体,而绳子又倾覆了我和他——现在的情况是,我不过站在大哥的肉身上看风景。"

"哦?作为说法甚是有趣。"我耸了耸肩,继而左顾右盼,怎么也没发现刚刚那只伤鹤的身影,"所以你占领了大哥的身体,掌握了他的权力和工厂,甚至操纵了这一切,而他只寄生于鹤身上虚度余生?"我瞄着对方,盲人大约是意识到了我的眼神,转身将空洞的眼光投向了我。

"你大概觉得我的话荒唐无聊。或许真的荒唐无聊。我只是希望你理解这一点:没有鹤就没有繁华。鹤工厂如果倒闭,鹤作为动物的一种就会绝种于这个星球。并非说鹤的存在决定了一切,而是鹤的不存在决定了一切。总的来说,人类与鹤同呼吸,共命运——当人们意识到这一点时,恐怕鹤已经消亡了。"

我将盒子拿到胸前,摩挲着满是沙砾的盒面。

"第一时间意识到这个问题的是大哥,一直以来,作为鹤工厂经营者的大哥,兢兢业业地经营着这个厂,鹤源源不断地输出,受到大众的喜爱和赞赏。六年前的一天,大哥突然对我说工厂需要减小规模,压缩生产线。何以一贯以来顺利运作的工厂需要作此决策呢?我产生了莫名的怀疑——而前面跟你说过的,我同他毕竟是一条绳子上的蚱蜢,一举手一投足几乎是相当程度的共振……意识到这一点,我才搞明白,只有一揽子解决鹤的生存前景的问题,鹤连同鹤工厂才能生存下去。否则，制造再多的鹤也是白费……"

一只鹤迈着小八字步走上前来，个子不高，像是尚未发育完全。它探长脖子往我胸前的盒子瞅了瞅，继而掉头扑棱棱飞走。

"大哥显然意识到了这一点，只不过他采取保守维持的方式——鹤的生存环境持续减少，鹤的数目自然是一年较之一年地减少。大哥只能通过人工减少鹤的数量来维持整个生态系统的运作，毕竟数量一多鹤无路可去。"盲人叹息了一声，屈身蹲坐在草丛中，低头摆弄他的鱼竿，"你不认为我该为此做点什么？"

"所以你利用了他的肉身做了你认为该做的事？"

"从外人的角度来看，可以这么说。"盲人从桶里拿出抹布，一圈一圈地擦拭起鱼竿来。"不过，自始至终，我和大哥都是服务于这个系统的。系统崩坏，人类也无处可去。没有鹤的人类世界一片杳然。"

我呆呆望着不远处几只提脚独立的鹤，默不作声。

"首先，为了寻找当初那只鹤——也就是大哥先祖所遇的那一只，颇费了一番周折；动用了迫不得已的手段迫不得已地请大哥暂时离开，视力是那以后逐渐减弱的，可能是我的精神本身与大哥的身体不甚协调的缘故，不过也很难再有别的办法。大哥寄养于鹤的体内，我不认为这是件坏事，他的精神寓于鹤体，休养生息得极好不是吗？"

"那么，阿挚的事情你怎么说？"

"那孩子是个意外，意外中的意外……对于这一点，我感到很抱歉。一直以来，我都是将那孩子当做是自己的亲生女儿加以爱护，谁知竟被她硬生生地闯了进来，在我与鹤进行协同性操作的时候。不过，"他用抹布擦拭着鱼竿，一面擦一面摸索着在鱼竿上接上鱼线，"如果不是你这个偶然性因素，我料想那孩子进不去。谁知道她竟会认识你又瞅见那枚鹤翅，说到底，是偶然中的必然吧。"

"说法那东西说过就算了，不管怎么说，对于她和她父亲的事情，无论如何你得负上全部的责任。账本已经在我手里，这里头清清楚楚写的，恐怕是比你说的要清楚得多。"我说。

"的确，迟早是要还回去。鹤翅的工作我也已经进行了大半，接下去怎么做倒也不担心，你和那孩子胜任余下的工作足够了。"盲人桀桀地笑了，"希望你尽快将鹤翅送返原处，可能的话，明天天亮的时候我就会作为鹤同你在一起了。"

"还差一项？"

"这项由你来做。借由偶然契机的偶然性之手打开这道门，往下发生什么都不是你我能够控制的。这样也好，事情的发生犹如春去秋来，冬雪消融。"

"我来？"

"记住，你只要坐在这里，用鹤翅垂钓湖面。风起时吹风，下雨时沐雨。"盲人把缚住鱼线的鱼竿递给我，又重复一遍，"用鹤翅垂钓湖面。风起时吹风，下雨时沐雨，办得到吧？"

"你怎么办？"

"我呢，会自顾自地回去。至于大哥同那孩子，只要事情办妥了，不出天亮他们就会回来。"

我沉默下来。

"喜欢我也罢,不喜欢我也罢,事情步调按照规律稳步进行。一开始你按照我的吩咐那样做了,恐怕到后面还得按照我的吩咐办下去,不那样不成。"

"不那样不成?"听罢盲人的言语,我总觉得有什么如鲠在喉,问又问不出,吐也吐不出。突然强烈地渴望抽烟,烟当然没有。我顺手拿起水壶,单手拧开壶盖,咕咚咕咚灌了一气啤酒。

一切无从设想。盲人故意不厌其烦地说服我做这事那事,把我引诱一番最后返回原地——本来在此牧鹤好好的,兜兜转转一大圈还得回到原地解决问题。这是何苦?就算要送返鹤翅,随便找个人估计也比我干得心应手。

我多少有些气恼。这等瓜瓜葛葛的事情摊到我头上,不全部搞个清楚似乎就没完没了。鹤翅问了,女孩睡了,账本也找了,眼下鹤翅还得送返原处。不那样似乎也不行,既然女孩托与我,我也只好凭本能一味地干下去。

头脑的混乱平复以后,我感觉左肩有什么东西紧紧地垂坠着,转头一看肩上立着鹤。那只伤鹤不知从哪儿钻出来,悄无声息地站立于我肩头。

"想清楚了我就走了。指不定你很快搞好后我们又见面了。"盲人伸出长长的鱼竿过来,伸过来的那头系缚着透明的鱼线,看起来像英国皇家卫队的交接仪式。

"记住,用鹤翅垂钓湖面。风起时吹风,下雨时沐雨。"

可能是肩上存在一股无声压力的缘故,我下意识地伸手将鱼竿接了过来。

"祝你顺利。"他说。

盲人离去后相当长的一段时间，我坐在草地上无法动弹。四周秋风飒飒，阳光泻满湖面，鹤们四下觅食——景致同一个月前牧鹤的情形无异。风早把我身上被汗水湿透的马球衫吹干，额头的汗水和泥巴混合物已板结成块，硬邦邦地扒在脸上。我觉得有些凉，转头拿风衣套上身。早起的困倦和刚刚长时间挖掘的疲惫一下子涌上来，为了对付这股疲乏，我起身松了松肩，用双手形成的空掌拍打身体各处关节，感觉多少恢复了一点生气。

眼下手中物件有二，一是账本盒子，二是钓鱼竿。我晃了晃稍许沉甸的铁盒，顺手塞进了背囊，并将装着鹤翅的信封翻找出来。由于裹着报纸和防水袋，一路过来鹤翅没有受到什么损伤。我把鹤翅拿出来勾在鱼钩上，悬垂着白色翅膀的鱼竿看上去有点像过了时的舞台装置，散发着老式的时髦气息。

距之前放牧已经差不多过去了一个月，十月的第二周，是这个季节距离春天和夏天最为遥远的时节，树林依然葱郁得滴水不漏，尽管此时晴空万里，雨水却随时酝酿于天际。若什么事也没有，我现在想必正端坐于酒馆的哪处边喝威士忌边听唱片。如此怔怔思考一番，我背上包，拎着挂好鹤翅的鱼竿踏上岩石。

岩石底下已被我清早的挖掘工作掏空大半，倒也不见得有什么松动。感觉像是蹲坐在一只象龟背上似的，如此悠悠地伸出鱼竿往水面一探，大约会触动湖底的什么也未可知。

我换了个舒适的坐姿盘坐起来,伸向湖面的鱼线停立半空,起风时鹤翅在水面飒飒扇动,鹤翅尾端的翎毛时不时撩动湖水——这种垂钓方式让人觉得鹤翅像是自身肉体的延伸,似乎坐久了身体会化为鹤似的。

如此想来,总觉得有些不可思议。和鹤打交道的时间够久了,这种方式却是头一回。如果有咖啡和书,倒不失为妙事。同先前牧鹤那种方式比起来,实际上只是手中少了书而多了根鱼竿,事情却发生了实质性的转变。我抬眼瞅了瞅周围的鹤,它们仍一如既往地散步、觅食、休憩和戏耍,当我不存在似的按其自有的规律行动,一只鹤定定地注视湖面,一只鹤悠闲地在草丛中埋头察视着什么,一只鹤则来回踱步……如此种种不一而足。总而言之,鹤们并没有因为盲人和我的关系转换而做出什么与之适应的反应,至于我手中的鱼竿、鱼竿上的鹤翅,它们也是坐视不理。

鹤世界和人类世界的交集部分大概就是眼前所见的这么一些,再多的超出边界的部分恐怕类似盲人和阿挚所面临的境况,想到这里,一股黯然的感伤裹挟着我,心绪如同飞机迫降在万里荒漠。

伤鹤踱过来时已近中午时分。虽然明知晓他是阿挚的父亲,理智上却难以接受。这只鹤在我手上默默地饲养过相当长的一段时间,褪去的翎毛几乎不可能再长全。据兽医说,这属于真皮表面的器质性损伤,毛囊已然失去,只能作为颈脖和脊背没有毛的鹤来照料。及至盲人的提醒,我才想起这只失去翎毛的鹤在鹤舍已有相当长的一段时间了,从一开始我来时便存在。莫非掉毛这件事,也是因为阿挚父亲本人的精神属性与鹤的身体不相适应而产生的排异性反应?

我摇了摇头,一思考问题头便隐隐作痛,连日来一系列接踵而至需要思考的事情已经搅得我头昏脑涨,遂专心垂钓。

湖里时不时地有鱼跃出水面,飞溅的水花一瞬间打破平静。风起时吹风,下雨时沐雨。我想着盲人那话,雨未下,风则反复鼓荡耳膜。

意识到鱼竿那一头的鹤翅消失时,已是日暮时分。

重量是一点点地失去的,犹如日光减退般令人难以觉察。我将鱼竿从右手换至左手,手心出了一窝黏黏的汗,透明的鱼线反射出暗红的暮色,看上去像不存在似的。

有什么东西从我手里飞走了。

给予我的是这样的感觉啊!我伸了个懒腰,一整天的疲惫和困意一扫而空。转头望去,鹤们仍四下散落,逼近的暗暮色让它们在草丛中看上去更为莹白。收好背囊和鱼竿,我站在岩石上"呜"地吹了声口哨,鹤们抬头伺望,随即展翅飞翔,追随我的步履。临走前我仔细察看一番,鹤群里面没有伤鹤的身影。

"大概是不再打算回来了吧。"我心底喟叹一声,离开。

将鹤们送返鹤舍后,我径直坐进出租车返回公寓。饥肠辘辘的我在楼下便利店买了一份金枪鱼三明治、一份鸡蛋卷外加两罐咖啡,还顺手买了两盒"万宝路"。回到公寓淋漓尽致地冲完澡后,才将厚厚的三明治和鸡蛋卷塞入胃囊。本想饭后抽根烟将一日以来的思绪在脑海中打发干净,岂料抽烟的兴致怎么也上不来,只好折回冰箱倒了杯威士忌一饮而尽。

临睡前,我从背囊中拿出铁盒,找来抹布细心擦拭了一番。铁盒盖得甚为严实,掂在手里不轻也不重,恰如一盒体面的礼物应有的分量。钳子有,螺丝刀也不缺,打开盒子的想法却没了。我想了想,打开书橱最上层抽屉,将其塞进抽屉最深处。遂回卧室倒头就睡。

一夜无梦。

翌日起身,我盥洗进餐后,按部就班返回了工厂。在人事部办完上班手续,来到鹤舍。盲人既然引退,我没有理由不回来照看鹤,虽说比休假的时间提前了五天回来,负责人事的人员对此倒是毫无异议,大约本来就懒得对负责牧鹤的事情再做调剂,我能自觉地回来上班对他们来说倒少了些麻烦。

在更衣室换上工作服,我熟门熟路打开鹤舍的门。沉睡的鹤犹如多米诺骨牌般纷纷惊醒,随即扑棱着翅膀起身伺立。我细细用眼光搜寻一番,倒也未能找着昨日盲人所说的"作为鹤共存"之实质。罢了,即便盲人的精神真真寄生于鹤体内了,我恐怕也无从觉察。

"出发了。"我吹了声口哨,带领鹤群沿着小径走向湖边,初升的太阳在林翳中时隐时现,透出的光芒像极了散开的烟火。

拐过一个弯角时发现女孩穿白衬衫黑缎短裙站在湖边,她远远地望着我,我冲她招了招手,加快了步伐。

正 篇

鹤形的寓言

雪一下就肆无忌惮。铺天盖地的大雪覆盖了马路，路旁的银杏树，银行招牌，霓虹灯和喑哑无声的电话亭。裹挟着寒气的出租车时不时地从身边驶过，无情的红色车灯映亮了路上闪闪发光的雪。

突然被映红的雪，大概是雪的灵魂吧。

我走路的速度并不算慢，与四周明亮却寂然不动的景色相比，算是快的。寒气丝丝地从鼻腔沁入喉管，再由喉管浸入胸腔，之后一点点地渗入肺腑。

便是这种程度的冷。

因为长时间行走，驼毛围巾上的雪屑化为沙土样的水，星星点点地在脖颈上黏润。凉倒不怎么凉，只觉得有些湿涩。我把插在黑呢大衣兜里的双手拿出来，哈着气在嘴前搓了搓，发木的指尖多少还原到属于自己身体的地步。

雪再大一点怕是不能往前走了。不知何故，风雪愈紧往前走的念头就愈强烈，简直像要勇往直前与雪中幽灵搏斗似的——来到唐人街189号，站在锈红色的大门前我吁了口气，漫漫然的水汽霎时间消融在冷空气里，涣散得像头刚刚死去的动物。

这家的主人像门神一样地守在家里——这是我按响门铃时的第一直觉，银白色的门铃被湿雪浸得有些哀冷，触上去犹如直通主人心脏似的跳响："那人正待在家里，说不定守着鼓鼓热的火炉读劳什子侦探小说。"

"哔"一声响后，门铃对讲机传出工整但不无低沉的男中音："门没锁，直接进来吧。"

我推了推门，虚掩的大门在积雪的重裹之下发出轻微的咯吱声,趁势一推,门廊的夜灯昏黄的辉光便暖暖地洒进大衣、头发和几近湿透的皮靴上。这个地方,真像它该像的样子。

这栋带有巴洛克风格的别墅,浑然如蛰伏在暗夜中的兽,边缘的窗户透出几近虚无的幽光。就触感而言,这栋房子比想象中的更为虚幻,又更为实际——长且厚重的门廊两侧,竖着守门人一样的铜铸廊灯,雕花大门的颜色在昏黄的光线下看上去几近哑褐色,一、二楼层的窗户开得很高,影影绰绰看得清是旧时那种上下开合的两扇式。虽是雪夜,可无论从哪里都感觉得出这栋透着流风遗韵的建筑物此刻的凋敝。

罢了,这或许又是主人之性情使然。

在廊檐下的门垫上蹭掉雪渣子,拍掉身上的浮雪,推门而入时我感到客厅里一股温暖凝厚的空气袭遍全身,相比来时路上的阴冷,一瞬间这屋内暖洋洋的气息来得有点儿过于突然,用了小片刻时间我的意识及身体才适应过来。

客厅大而空旷,挑高的天花板直通通地连着屋顶。淡金间玫红的古典沙发像三头搁浅的象龟般趴在客厅,壁炉里的火熊熊燃烧,跳跃的红色火苗在屋内投下巨大而古怪的影子。我默默地站定,感觉自己鼻子湿漉漉的,大约是鼻翼上的积雪融化后形成的尸体吧,我想。

我观察着火的影子。火及其投射事物所造成的影子无声而有威力地改变着这个房子的景观,变形的烛台,沙发,马车造型的红酒架以及桌台上的花瓶,皆无时无刻不在变幻着影子的形象。仔细看来,这些影子的某个部分也投射到了我的身上,使得我及我的躯体与这房子密不可分。

到底，这就是冬季雪夜的内核吧。我提神静气，道："先生！"

那个人从房间最深处的阴影中发出一声"咳"，接着是缓缓转过来的摇椅，摇椅里先生的脸连同上半身沉浸在影子里，连同墙壁及阴翳构成了并非子虚乌有的存在。

先生的存在感那样地深，一瞬间我感觉连篝火的舌尖都往他那深处略微倾斜。我屏息静气，等待先生开口——洋溢着温暖气息的房间连同先生的沉寂构成了一种神秘的张力，先生若再不开口，恐怕我连同自身眉梢、鼻翼和袖口上的雪都要归之于化灭。

没有任何说辞。阴影中的人抽着烟斗，鼻尖同烟斗所构成的弧线在烟雾中化为恬淡的虚线，仿佛为了证明什么似的，他的脸迎着侧面的虚空停留了好久。

时间又过去了一阵子。

先生略微歪起脖子鉴定似的看了一会儿我的脸，他的表情在阴影中甚难察觉。

"来得正是时候。"是先生的声音。

我略略上前几步，径直来到先生面前的沙发坐下——暖而松软的沙发有种异乎寻常的触感，僵冷的身体与沙发糅合一处后，多少打开了眼前的局面。"是吗？"我说。从眼下这个距离看过去，先生的脸被火光勾勒出淡淡的表情，他的表情是这样淡，如果不是火，几乎无从察觉。

先生没有回话，抑或说他的回答已经笼罩在无可言喻的沉默中。

"那么，是什么时候呢？"我把这句话缓缓推向先生，犹如吐出话语的电话答录机般等待答复。

"该去寻找鹤君了。"

先生的话将我的思绪推置于暴雪漩涡之中——四面暴风雪滚滚席卷，而风雪中心的内核却展露出平静祥和的实质，稳稳位居核心的青年仙鹤君以其正直的风貌向我走来。

我回过神，思绪被拉回现实，先生依然凝视着我，静静开口道："翎毛的位置长着翎毛，并不是领结。"

"翎毛的位置长的不是领结。"我重复着先生的话，愈重复语气就愈空洞。

"这么说未免过于抽象，所以从现实问题开始好了——鹤君离开鹤工厂后，整个鹤的现实世界开始倾斜。"

"倾斜？"

"简而言之，鹤君离去后，鹤工厂随之消失。这一点你可有耳闻？"

"略知一二。"我想起三个月前电视新闻中报道的鹤工厂改建为儿童乐园的新闻，梳着飞机头的播音员语气平滞地吐出这条新闻的情景我还历历在目，其间事实的真相却无法从飞机头平滞的语气中领略出什么端倪。

先生微颔首，似乎打算吐出什么真相来似的。我屏息静气地等待下文，岂料先生话锋一转，道："那就拜托你了。"

我费解地望着先生，他已将注意力集中于口中的烟斗，徐缓吐出的烟雾犹如其尚未回答的语言的一部分，袅袅散逸于空中。

"那么，我去找好了。"

"唔。"先生继续吐出烟雾，将他所说的那个词裹于阴翳中，仿佛在鉴定回复的方式。"我们需要做的是搞明白鹤君究竟是何许人也，鹤君究竟去往何处，倾斜的鹤世界是否能得以恢复。"

我点点头，目视着火影深处的先生。摇椅摇曳起来，先生的上半身连同摇曳的椅子形成某种真相不明的形体，将投射过来的火光晃动成淡蓝的混合物。

1

夏日接近尾声的一个周末下午，我没去上班，躺在床上一边摆弄女友的头发一边一个劲儿地思考工作上的事。她把头发削得薄薄的，发梢处摩挲在手里粗粗棱棱的，跟老虎的胡须差不多——当然老虎的胡须我没有摸过，就想象而言，是那么回事。

"喂，晚餐吃胡萝卜面拌鱼子酱可好？"

"呃。"我以从肚脐眼发出的声音回答了她。

"好不好嘛。"

"没什么不好。"

我俩无所事事地卧在床上差不多三四个小时的光景，其间做了两次爱，喝了四听啤酒，听掉三张淡而无味的电子唱片，剩下的时间，她考虑吃的，我考虑工作上的事。阳光从午睡前的挂钟上方一直拖曳到了床脚的两对红蓝双色拖鞋上，我们则依旧在床上玩味对方的脸颊、发梢和锁骨。

"想什么呢？"

"老虎胡须。"

"老虎胡须？"女友用胳膊支着头，无不惊奇地看着我。

"想老虎胡须有没有可能长在女人的脑袋上。"

女友从鼻子里"嗤"地吐出一口气，不晓得是赞同呢还是反对，"这件事嘛，留给动物园的老虎考虑比较好。"

我点点头："说的也是，我这种人还是考虑晚餐是胡萝卜面还是炸虾面比较恰当。"

女友对我的回答深以为然，拢了拢头发，一骨碌爬起来套上我的T恤跑到厨房煮面条去了。

我伸长胳膊，将床头柜尽头的烟灰缸揽过来，顺手点起一根香烟，将思绪从老虎胡须转移到新的工作上。说起来，新工作较之先前的工作，其差异大过了天与地。我一味地抽着烟，反复回顾这段时间身边发生的事情，或编排序号，或将其中可能存在的选择填空题分门别类，或就自身行为的正确与否加以思考。可能是腹中空空如也的缘故，思索的过程并不顺当，思绪时不时地跳到女友的锁骨及老虎是否反对吃胡萝卜面的事情上面，最后脑袋中的老虎大叫一声：吃冰镇啤酒和凉拌黄瓜算了。

"喂，开吃了。"女友从厨房探出头来，打破了我的沉思，沉思连同烟蒂上的烟灰落到床单上，看上去跟什么动物的骨灰差不多。

面是胡萝卜面，冰镇啤酒也不在话下，独独凉拌黄瓜没有登场，有的只是加了彩椒的紫甘蓝沙拉。

女友和我默不作声地吞食着食物，每当她累了，吞食起食物来便俨如巨大的鲸。

女孩从那个地方返回之后，便成了女友。我们重新租了一间较大的公寓同居，除了书籍、唱片、音响和几套衣物是从旧公寓搬过来的，新居的家什可以说是焕然一新。我们在俨如沙滩的新床上入睡，在厚重得像头海象的沙发上喝咖啡，在闪闪发光的厨房制造食物，在有露珠的阳台上晾晒床单被套。

有时候我想，女孩同女友，大约只有一鹤之隔吧。

"说一下那时的你好吗？"

"说不太好。说实在的，我自己都不太能够确认那时的自己。"

"但感想是有的吧。"

"有是有，"她说，"可那不是我真正的感想，总觉得混同于鹤的感情之类的，若要真正说出来，还真得使用鹤的语言才行。"

我不太明白。

"总而言之，我若是有那样的躯壳、那样的翎毛、那样的长喙，倒也能谈出那时的感受。"

如此的问话进行过多次，最后总不了了之。说到底，那时的女友，身处何方，思虑何事，已经无从知晓。

吃面的当儿，我顺手按下了电视遥控器。支离破碎的电视频道在我们面前闪烁，起先是除臭剂广告，接着跳到儿童频道的《猫和老鼠》，然后是卡拉 OK 大赛的颁奖礼，再然后是大型综艺类的相亲节目,哪个看来都不具吸引力,甚至可能抵消眼下的食欲也说不定。

拿着遥控器按了几个来回,女友抬眼瞄了瞄屏幕,漫不经心地说道:"看这个吧。"

荧屏正中是个梳着飞机头,穿着暗红衬衫的女孩,脸型有点方,又不乏圆润的弧度。无论怎么看,都是一张宜于担任地方台新闻播音员的脸。摄像头一动不动地停在她静止的腰部以上,使得观众的视线不得不集中在她由于过长时间微笑而僵硬了的脸上。

我吸溜着面条,时而拿起桌上的啤酒小酌一口。

"由于旧城改造,湖滨路原有的工厂迁到新区,旧址上将盖起儿童乐园。这是我镇第一所儿童乐园,占地面积一百零八公顷,引进了全球领先的游乐设备公司前来投资,项目内容包括垂直过山车、超级大摆锤、U形滑板、碰碰车、摩天轮……"

"遗憾。"我说。

女友扭过头看了我一眼,并未作声。

电视里那女孩仍以不疾不徐的速度吐出事实。她长得不算漂亮,却有一张群众喜闻乐见的脸,嘴角浮出的笑容几乎不受播音内容的影响,旧城改造也好,镇长选举也好,乃至天气抑或大小交通事故,她的面容看来基本上是一如既往地平和。我嚼着最后一口紫甘蓝沙拉,边喝啤酒边注视着她的脸。她好像在盯住我们似的就儿童乐园的话题说个不停,什么规模、设施、外宾参观、何日开业典礼,以及市民对票价的建议等等。

我在研究她的神情。在工厂搬迁、新建儿童乐园这件事上,我同她的人生不期而遇了。作为播音员，她播出了我人生中某个事件某个环节，在这一点上她也许并不知情。而我的生活某部分却因她播出的内容被改写了。想到这里，我默默地喝了口啤酒。无声之酒。

"那你工作怎么办？"

"班照上，日子照样过。"

"噢。"

"只不过从照料鹤变成了照料儿童。"

吃完饭，女友把双腿蜷进海象形的沙发里，看样子她对这个答案有些无可奈何。桌上放着光秃秃的大小不一的四五个盘子，俨然消亡一空的城邦。唯独啤酒泡沫在玻璃杯里依旧生机勃勃。

我的鹤工厂变成了他们的儿童乐园。

女友按了一下遥控器的静音开关，客厅一下静了下来。飞机头播音员依然面带微笑地端坐荧屏里，小而紧致的嘴唇一张一合。无论她吐出什么内容，都难再撼动我们的小日子。

"喂。"女友把双腿摊到我的膝头，伸了个狡黠的懒腰。她用玻璃杯抵住鼻尖，从漂着浮沫的地方看过去，脸变成了啤酒的一种。

天黑了下来。一百只鹤在暗处无声地哽叫。

2

我仔仔细细地洗脸，剃须，煮咖啡，烤面包。早餐后又开始打领带，穿鞋并拿上当天的报纸，然后乘公共汽车去上班。车还是那号车，路还是那条路，甚至同事也几无变化——工种倒是换了个翻天覆地。若说相当适应那是不可能的，若说有多么巨大的变化倒也不见得。

只是工作节奏变了。一到周末或是节假日，涌进游乐园的孩子多如过江之鲫，打发这群孩子一个个轮番登上摩天轮，在天空中摇曳一通，又轮番下来——跟完工后亟待检疫的鹤差不多。制作完成的鹤经过流水线依次通过各种检疫后，方才得以在世上成活。很长一段时间，此种意象在我脑海里都挥之不去。长时间呆坐在机械控制室里，每隔十二分钟摁下操作键，隔着厚实的玻璃窗倾听孩子们的嬉笑声，恍如坐在海洋馆的正中央察视头顶的无数浮游生物。

便是这么一种工作。

秋末，日光的温暖一天一天减弱，阳光中愈发感到一丝丝寒意。尽管如此，反射着阳光的绿色草坪上，时不时传来孩子们银铃般的声音。我打了个大大的呵欠，拿起保温杯喝了一口咖啡。后脑勺涨乎乎麻晕晕的，鼻孔里黏滞滞的，一点儿也不通气，似是昨夜着凉留下的后遗症。为了驱除倦意，我不断地喝着咖啡，同时揉按太阳穴，感觉像是要把太阳穴揪出来似的。

咖啡喝下肚，除了令发涨的脑门更加臃肿，几乎毫无效果。"一小时，再坚持一小时就轮班休息了。"我盯着面前若干监视器，从平板的监视器荧屏看出的世界呈深铅色，寥寥落落的游客在各个监视器中穿梭，时不时地出现机械运作的轨迹，从各个角度拍摄的人与机械交错的画面，让人想起新浪潮电影。

眼下是周二，游客少得可怜。每十五分钟发出一趟的过山车和每十二分钟转一圈的摩天轮，基本上跟寒冬街头的行人一样寥落。

打开控制阀按下操作键后,我垂落眼帘,生生地瞅着操作屏幕上跳跃的电子数字。

女孩便是在那时出现的。

这个梳着羊角辫穿着印有彩虹乐队 T 恤衫的女孩,以相当狐疑的眼神瞪着"我"看个没完。当然,她看的是监控摄像头,经由摄像头传递过来的她的眼神,有种挑衅的意味,看样子在打量什么怪物似的。

我一再地盯着监视器看她,她也一再地看着"我"。"我"在摄像头里自然是不存在的,何以她盯着那猫眼样儿发着红光的透光滤镜看个没完?

女孩儿看样子不到十三岁,说是十一二岁也是有可能的,背着软不拉几的挎包,嚼着香口胶样儿的东西,双手插兜,相当有模有样地站在设备仓库拐角处。那地方没什么人,前往摩天轮的游客也不经过那里,只有摄像头不动声色地潜伏在那里发着光。

"喂喂喂。好歹说说话。你这是怎么了?莫非远道而来的大象将你的魂儿勾走了一半,导致迷路了不成?"我对着监视器灌了一口咖啡,女孩的出现令我发蒙的脑袋清醒了少许。

小女孩竟然笑了,笑得相当有礼貌。若把监视器当做电视屏幕的话,难保不觉得这是一出《我爱我家》之类的喜剧镜头。少顷,她揉了揉鼻子,像要把鼻子揉圆似的。登上摩天轮的风华正茂女孩子一千个一万个不止,唯独这个小女孩对着摄像头把鼻子揉圆了。

我费解地摇摇头,转而察看另一台监视器,聚精会神地等着摩天轮入口与地面重合那一刹那按下按钮。

算起来，这是我今天第二十一次操作程序。待摩天轮在蓝得不可开交的天空中再画五个圈，我今天的工作就算结束。

小女孩离去后，我仰靠在工作椅上就她的神情进行了一番思索：先是好奇，接着专注，再然后笑了……开心地笑了。这等情况这等旮旯地方有个这等年纪的女孩有这种笑法，笑容再怎么可爱都算得上不可思议。

我眯着眼，看着厚重玻璃外摇篮一样挂在蓝天里的摩天轮，几经兜转，又复流连，叹了口气。

换完班才三点多，我到更衣室换下工作服，信步走到草坪边广场的椅子旁坐下。秋天的草地走上去毛涩涩的，有种不尽如人意的触感。草坪尽头是海盗船和旋转木马，船也好，马也罢，都在开，都在跑。旋转木马的乐声听起来跟八音盒差不多，一开始放的是《妖精的旋律》，接着是《无忧歌》，再后来便不太晓得歌名了，听上去隐隐觉得像是没有前奏的圣诞歌。仔细看过去，一匹木马头上蹲着一只硕大的乌鸦，无言地等待着木马的跑动。这地方白天属于人类，一到日暮凉薄的夜晚，附近森林的乌鸦便飞来夜宿，占领了各式游乐设施。

我眯着眼望向远处的摩天轮，从这个距离看过去，摩天轮跟玩具飞碟差不多，鲜明光艳地屹立于晴空碧日之中，其真实感跟距离的远近成正比。一想到自己日日操纵的就是这么个巨大家伙，委实觉得不可思议。

自从鹤工厂改建成游乐园之后，原先的建筑杳无影踪，厂房和设备一股脑消失，直如连根拔起。取而代之的是齐整的草坪和一色光鲜的游乐设施，俨如世界各地的儿童乐园连锁分部开到了这里。游乐设施固然与一般儿童乐园没有什么区别，只是各个项目之间隔得老远，使得原本崭新的游乐场所给人冷清寥落之感。本来这个城镇上的居民就不怎么多，一下子不由分说地建起这么大型豪华的儿童乐园，多少显得不合时宜。除了周末和节假日游客熙熙攘攘之外，像这会儿上班时间这地方游人稀疏如坦桑尼亚河马背上的虱子。

海盗船背后一溜儿的老式红砖围墙倒是旧时工厂遗物，围墙很高，铁门不知道重涂过多少次漆，可能是爬满了常春藤的缘故，现在已经被扔下不管了。围墙上停着一大一小两只乌鸦，旁若无人地俯视着广场。眼下这个光鲜的游乐园何以仍然使用如此老旧的围墙，就这个问题我问过同伴——他的说法是那个地方尚有不为人知的地带需要加以保留，说白了这道墙是个结界——鹤工厂的结界。此种看法既成熟又得体，深得我心。关闭多年的铁门上仍残留着一块工厂铭牌，几乎所有的字都被风雨吹打得无法辨认——"那东西是必需的，为了证明新闻报道所言非虚，此地乃老式工厂新陈代谢的产物。"同伴这结论也不错，不过，想要窥视围墙里面的风光是不可能的，两人多高的围墙上竖着防盗的铁钉，除此之外两边摄像头也毫不留情地察视着墙头的动静。说到底，我们作为儿童乐园的员工，无非是大型游乐项目设施上的一个无言的操纵设备者罢了。什么企业历史企业文化的，压根儿就是白瞎。

我点了根"万宝路"，胳膊搭着椅背，转而仰看逗留在路旁银杏树上的秋光。转黄的银杏叶子泛着淡金色的光泽，同幽翠的草坪形成鲜明的对比。点点蔚蓝色从叶子缝隙里透过，直教人疑心那点碧空是树的果实。

工厂也好，游乐园也好，皆乃人类工业文明加诸此地的产物，这地方原本是湖畔森林。如今，能证明这点的怕是只有路旁依稀明翠的古老银杏树了。我轻吐烟雾，方才头昏脑涨的感冒症状似乎得以消泯，对眼前景致的感受力也逐渐恢复到常态。

我看眼前的景致无疑看了很久，回过神来，羊角辫女孩正站在我旁边盯着我看。狐疑的，略带研究性质的眼神，夹杂着天真坦然的好奇，那种看法跟看显微镜下的单细胞生物差不多。

方才出现在监视器的脸直现眼前，俨如新浪潮电影里的主角走下来直接同观众见面，一瞬间我有些不自在了。

"请问有什么可以帮到您的吗？"我按抑住心内的吃惊，说道。

"对不起，"女孩问话的方式相当谨慎，"您知道鹤舍怎么走吗？"

我略一迟疑，摇了摇头。

"鹤舍。"女孩不屈不挠地重复了这个字眼。

我细细打量着这个女孩，这孩子长得相当好看，宽宽的额头，眉眼分明，五官一点也不含糊。相比监视荧屏上所见的她，真人看来更清澈更明亮，近乎萌芽式的少女气息，隐约浮现又被童真所倾覆。说起来，那是一种接近无限透明的、无可言喻的美，由于美得过于微妙，反而时不时地若隐若现，让人无法屏息静气地欣赏。女孩神态里有股让人信服的真挚，我不再坚持自己的否认，笑道："这里不是动物园噢。"

"晓得。"女孩眼神里有股倔强的不屑，语气又是相当认真，"这是游乐园嘛。"

"看鹤的话，动物园有的是。"

"噢，"女孩揉了揉圆鼻子，"就知道你也不晓得。"

我蹙着眉看了她一会儿，微微地笑了。女孩无所谓似的兜着手插在牛仔裤袋里，长袖T恤衫松松旧旧的，印着彩虹乐队的地方脱落了一些胶膜，穿在身上有种不经意的不羁。

"刚才鬼鬼祟祟在仓库边看来看去的，是你吧？"

她略微噘起嘴："怎么啦？"那眼神活像看见什么大马哈鱼跑上岸似的。

"当真以为这里有鹤？"

女孩没有答话，只低低发出一声既像叹息又像是哼鼻的声音。少顷，她再度开口："宇文叔叔，带我看一看好吗？"

"晓得我姓宇文啊。"

"员工表上有的，有照片嘛。"女孩说话的语气颇为老道，似乎认为这是一桩不值得讨论的小事。

摩天轮窗口的员工表上倒是确确凿凿地贴着我的证件照，一张穿着灰黄色制服照出来老气横秋的脸，下面写着我的姓名、工种和员工编号——如此老气横秋不堪一看的脸竟然能被她认出来，当真了不起。

"你叫什么名字？"大约是为了取得某种平衡，我也问了起来。

"沙。"

"莎？"

"不，沙子的沙。"

"潇洒。"

"是吧？"沙眨着眼睛看着我，那样子就像是在确认她的名字的潇洒程度似的。

"够潇洒的，给女孩子取这个名字。"

"怎么样，带我去看看呗？"沙转而低头用脚划拉着草地上的落叶，眼睛盯着草地里的某个中心看过去，那样子不像在向我求助，反而像是淡淡地提起什么事儿似的。我不晓得这年头这般大的小鬼跟成年人打交道有这般老练，或者索性就是有什么来头不成。

"喂喂喂，你这时间不在学校好好上课，来这里找鹤做什么？"我对这个叫沙的女孩摆出了相当严肃的面孔。

沙嗤嗤地笑了。那种笑法跟成年人的笑法相似，却又扑朔迷离，搞得我连带警觉起来。

"逃课啦？"我问。

沙摇摇头，垂下睫毛。

一时间不知说什么好。这个年纪不在学校学习勾股定理和被动语态，来这地方闲逛的少男少女，她大概属于其中的百分之几抑或千分之几、万分之几？我吃不准。身为摩天轮操作员，似乎只管操纵摩天轮供游客上上下下，无权对游客的学习状况发表看法。我一径盯着手里快要熄灭的烟头，道："在游乐园捣蛋可是要不得的哟。"

"拜托你。"沙说。

我决定不再对此事发表看法，摁灭手中烟头，径自拿起卷在手里的《海明威短篇小说集》翻了起来，目光落在那篇《雨中的猫》上。老实说，我有点读不下去，拒绝一个少女的请求——哪怕请求相当乖戾，都超出了我以往的人生经验。

沙并未说什么，只听得一句相当礼貌的"很抱歉，打扰您了"，她便悄声离去。

读了半篇《雨中的猫》，我抬起僵硬的脖颈，只见到穿着淡灰T恤衫的沙的身影，在远远的草坪上趴着，像是失去尾巴的蜥蜴，仰着头倔强地在阳光下晾晒自己的脊背。

3

我靠着厨房水槽，喝了一杯山楂汁。惊人的感冒症状过去后，只剩下干涸的胃和肺。冰箱上企鹅形状的磁力贴上黏着女友的便条：晚上有课，不回来吃饭。我边喝果汁边盯着便条看，约是想从女友的瑜伽课程同自己的感冒痊愈之间取得什么联系，但未果。喝完汁，最终还是思考起晚餐如何解决的问题来。

喉咙干涩涩的，不适合任何煎炸类的食品。我打开冰箱，四下探看一番，拿出番茄汁煮了燕麦粥，炖了茄子肉片，并用橄榄油和黑醋拌了一份紫椰菜沙拉。热乎乎的燕麦粥很暖胃，吃饭的当儿不知怎么我想起那个叫沙的女孩儿来。这女孩何以会来游乐园寻找鹤，莫非她晓得这地方原先是鹤工厂不成？新闻里宣称儿童乐园是由旧工厂拆迁改造而来这点没错，可关于工厂是制作鹤这一点，怕是无人知晓。有关方面对此事捂得紧，为了保守秘密，连儿童乐园的员工都不再对外招聘而沿用鹤厂的老员工。至于我们老员工，先前在鹤厂便签订了保密协议，如今只管按精确到秒的效率操纵机械，什么鹤的下落工厂去向一律打听不得——这便是所谓的职业操守，养鹤有养鹤的职业操守，养猪有养猪的职业操守，分工不同罢了。我叹了口气，用筷子将剩下的紫椰菜夹进嘴里，快速喝完粥，将碗筷拿进厨房水槽，回到客厅顺手打开收音机的古典频道。

眼下七点不到，正是万家灯火厨室生香之时，我却呆呆地窝在沙发里思索今天碰到的女孩。怕连十三岁都没有，学也不上，一径意志坚定地寻找那什么。我反复回想女孩在监视屏幕的脸，在我面前说的古怪又老道的话，按理说我如果继续问下去怕是能晓得更多——可是这不成，哪方面都不成，无论是从儿童乐园员工的职业操守还是鹤厂员工的职业操守来说。

我烧了水，用马克杯泡了杯红茶。天气凉丝丝的，拉上窗帘以后，只有收音机里沙沙响的莫扎特的钢琴协奏曲在房间内回荡。

女友回来时已经快十点。挎着形如豚鼠的大兜袋，束着茶色瑜伽发带的她看上去神清气爽，她把装着紫苔蛋糕和酸奶的便利店袋子往桌上一放，转头进了浴室。

说来也奇怪，女友每次下课回来，我总感觉她的身体看上去比先前紧致了那么一点——就整个人而言，微妙地往内收缩了些。

怕是错觉。不过这错觉回回都有，也够真实的。

"怎么样？"从浴室出来，她边用浴巾擦头发边说。

"什么？"

"感冒好点了吗？"

"好了。"

女友不再作声，转而专心对付她那一头老虎须般的短发。我一边盯着她的背影看一边思索鹤与义务教育的问题。

"喂，你十三岁时在干吗？"

"什么在干吗？不都在上学吗？"擦罢头发，女友从盒子里抽出一根棉签，用手指尖转了转，伸进左耳里细细地卷着。她微闭着眼，那样子像是享受什么盛宴似的。

"十三岁……"

"哦，对了。读了《红楼梦》，学会了溜旱冰、二次函数和抽烟，还会弹奏《威尼斯狂欢节》和《迷人的小猫》。"

"不错。"我用指尖笃笃敲击桌面，倘若女友交给我一份"十三岁成绩单"，我定在上面评分"A$^+$"。

"怎么问起这个来了？"

"游客嘛。时下游客心理相当难搞嘛。"

女友点点头，转到一边对付她的右耳去了。"对了，"她突然扭过头来，认真盯着我说，"能不能把纸巾递过来？"她说那话的样子温柔而节制，平平淡淡的语气听来却有不可思议的张力。

"好。"我说，心下纳闷今天跟女人打交道的角度，多少有点不得劲儿。

4

周三的儿童乐园，就寥落程度来说，基本上同周二没有太大差别。可能是今天的阳光比昨日又稀薄了少许的缘故，隔着玻璃窗看过去，摩天轮的轮廓又鲜明了几分，其存在势头堪比白垩纪的波塞东龙。操纵这么个庞然大物，有时候会产生坐在游戏厅的错觉——十三四岁那年在游戏厅打发掉的时光，又历历重现。当然，如果那时的我能预知二十年后的自己干着同当年别无二致的事儿，恐怕会转投别的什么兴趣爱好，桌球、象棋、羽毛球乃至二胡都成。

我吁了口气，伸个懒腰，拿起马克杯时顺手用勺子搅动了一下咖啡。一大早来了两拨旅游团，穿着齐整的旅游团成员拿着通票如同鸭子上架般地玩着一系列游乐项目，这是游乐园在非节假日期间唯一相当有排场的时刻。旅游团走后，褪去喧哗的游乐园徒留孤零零的乌鸦和灰雀在草地上徘徊，其荒谬程度直逼世界尽头。也罢，大约每座城市都有那么一两座经不起市场经济考验的场所，其存在就是为了孤独及证明其孤独。

操作盘的霓虹色指针显示在十一点零五分，离换班时间还有四十五分钟。我的思绪跳到昨日那女孩身上，时不时下意识盯看仓库那头的监视器荧屏。那是一个常年没有变化的镜头，呆滞地反映出空洞的仓库拐角之明暗，除了墙上贴着的"消防通道"红色标语看上去比较引人注目，整个画面就像一幅后印象主义时期的静物画。

我屏息静气地观看了那画面相当长时间，没有女孩出现的那幅画显现出那些静物原有的质地。通道、拐角、标语、角落边缘与墙壁颜色相差无几灰色的通风管道，乃至残留在地上的几个烟蒂，除此之外别无他物——这便是这幅静物画原有的风貌，连广场上的乌鸦都对此不屑一顾。那个叫沙的女孩何以对此兴趣盎然？我把右胳膊搭在工作台上，支棱着下巴，目不转睛地注视着这片由各种灰色静物轮廓构成的灰色地带。

一无所获。

这团灰色混沌组成的灰色静物画简直像要把我的注意力吞噬似的，令我的太阳穴隐隐作痛，昨日恢复得差不多的脑袋钝重感又袭来，我喝了一口咖啡，转而将注意力集中在玻璃窗外光鲜的波塞东龙身上，屏息静气等待下一组操作指令。

同伴换班时迟了十五分钟，制服纽扣最上端一粒扣错位的他显得有些心不在焉。

"抱歉，久等了……"同伴一边说着，一边在排班签字表上签名。

"没关系。"从操作席上起身，我拍了拍他的肩，"加油。"

同伴点点头，心不在焉的神情从他脸上褪去大半。

走出控制室，一股秋日特有的甘爽气息迎面拂来。饱含着淡淡湿气的空气，有湖泊、银杏树、水杉、黑泥土和混合着钢铁的阳光的气味。我深呼吸一口气，拉上夹克式制服的拉链，沿着游园通道，往游乐园附设的饮食店走去。偌大的游乐园有好几个为游客提供餐饮的地方，汉堡牛肉饼店，日式拉面馆，粤式风味的茶餐厅和一间像模像样的露天咖啡馆，几间售卖冷饮的便利店也提供不少关东煮和鸡肉蛋卷。说到底，这地方建的时候就充分考虑了"国际化""现代化""全球一体化"之需求，除了连锁式餐饮，连卫生间、导游租赁处和交通服务处都一应俱全，大凡国际都市游乐场应有的设施这里无一或缺。

最新款的游乐项目，最齐全的服务配套。

问题是，偌大的儿童乐园对这个城市来说，未免过于小题大做。这点从餐厅里稀稀落落的顾客也可以瞥见端倪。餐厅收银台上寥落得简直停得住一头大象，便是这么一种光景。

来到茶餐厅，我同往常一样要了份窝蛋牛肉饭和青柠鲜虾沙拉，饮料点的是柑橘红茶。牛肉饭里五成熟的鸡蛋窝得恰到好处，沙拉也清爽可口，吃着吃着我觉得不满足起来，又要了份酥皮菠萝包。

我一边嚼着口感酥脆的酥皮，一边将温热的柑橘红茶缓缓送入胃里，不禁茫然思忖：自己竟会在这等豪华的地方成为这等悠闲的机械操作工，既非个人意愿，又非先生意愿，仅仅出于一种不可知的神秘外力罢了。鹤厂已不复存在，不管我对它曾经怀着怎样的情感和需求，其原址上拔地而起的是一座像《爱丽丝梦游仙境》般的具有国际理念的连锁儿童乐园。那些鹤如今何在？是否在某个地方按其原有的生活轨迹自然运作？

我双手拢着微温玻璃茶杯，凝视着远处吧台边穿着紫色暗菱格纹制服的女侍应，她正低头熟练地擦拭着手里的玻璃杯，即便是面对杯子，脸上也浮现着营业性质的洁白微笑——当真不得了。那女孩我曾在第五车间见过,是专门负责为鹤校准体温的兽医。如今摇身一变成为具有相当水准的餐厅服务员,想想都觉得不可思议。

我喝完最后一口茶,并借此收回思绪,结账后离开了餐厅。

在轮班的当儿,我通常会在午饭后到中央广场的木椅上小憩一会儿,抽根烟,顺便读半小时海明威的短篇小说或福克纳的《喧哗与骚动》,偶尔也到露天的咖啡馆看看报纸消磨时间,之后便到管理中心确认机械状况后返回控制室。

沿着餐厅门口的小柏油道往草坪的方向走,我照例来广场边的木椅上小憩。可能是天气过于凉薄,阳光又过于暗淡的缘故,坐了不到十分钟我觉得鼻翼凉凉的,甘爽的冷空气也让人觉得脚底冷涩。

到底是转凉了。

都快入冬了,黄灿色的银杏树愈加深沉,叶子落了大半,树干直如日渐凋敝的少年性秃发。金黄的小柏油道看上去阒无人迹,清晨时分被清洁工人打扫过的路面,风起时又落叶满地,简直像某种宿命。

抽罢烟,我低头往回走。打在这儿上班,中午休息时间都是在这里消磨的。再过上一阵,怕连坐都坐不住——椅子扶手摸上去凉丝丝的,大概是凌晨那会儿结过霜冻,金属里渗入了某种程度的冷。

天色愈发地晦暗起来。方才露面的稀薄阳光,转眼遁成了云块的阴影。草地、广场、树木和远处的摩天轮,不知不觉染上了淡灰色。及至我走近摩天轮时,整个游乐园好像褪了层皮似的黯淡。入冬后,这样的时日会愈来愈漫长,随之成为常态吧。

不知不觉来到了仓库入口。设备仓库位于摩天轮控制室另一端的地下室，入口是有的，除了工作人员，几乎没人留意得到——灰败的裹着暗气的甬道，跟旧时的防空洞差不多，既无标识又无照明，说是蛇穴怕都有人信。

我睥了一眼手表，离换班时间尚早，想想便也拐了进去。甬道里阴凉阴凉的，这跟方才户外的寒气不同，是一种因为空气常年凝固所造成的滞冷，静静地沁入肩胛骨、脊椎、后腰，最后才抵达四肢。便是这种形式的生冷。

我往前迈着步子，每一个脚步声都形成轻微的回响，仿佛甬道因为我的到来而微微扩张。前方十几米的拐角处亮着昏暗的白炽灯，映着墙上半残不旧的"防火通道"的标识，那地方正是装着摄像头，那个叫沙的女孩四处探看的角落。

灰尘和霉菌的气味愈发浓厚起来，离开这盏白炽灯再往前，便是一片黑色的虚无。这地方原先同修理工来过几次，不过是搬缆绳和换铁索时帮忙搬下什物，印象中没有那么幽黑。何以今天独个儿过来，感觉上阴森了许多。

呆呆地在白炽灯下站定，正是女孩站的那个地方。不远处的摄像头发出暗红的微茫的光，直如狼一类的兽的眼睛，静静地凝视我，俯视我。说来也怪，成日在这摄像头背后的监视器上察看，现今站在它面前，未免有些心虚。那是一种实实在在的怯意，只听得自己心跳的怯意。一想到眼下同伴正在摄像头另一端察视我，只觉得古怪——此刻同伴真的看到了我不成？我朝摄像头招了招手，意即自己来仓库办点事，也不知道对方看到与否领会与否，也就算作例行公事。

接下来是冷静观察。

灯光照亮了脱落些许墙皮的铅青色墙壁，许是浑白光线的缘故，墙壁已经分不出原有的颜色了。我凝神细看，在暗红色的"防火通道"标识旁边，约一米高的地方用粉笔画着个奇怪的人形。图案相当小，不过半个巴掌大，凑近了细看，那人形长着混沌的眼睛，与其说是人，不如说是类似人形的象形字。

（☉o☉）
　　| |
　_.-""--.._　　//'.--.

我直直地盯着那团图案，像这样子符号式的形象，说是哪个调皮孩子随手写写画画的恶作剧也是有可能的。毕竟画在一米多高的地方，图案从哪个角度来看也不像是有绘画功底的人所为。

罢了，回去仔细琢磨或许能想到什么，我掏出手机对着墙壁拍下那幅图案。光线过暗，手机摄影时发出的闪光灯唰地一下照亮了这片角落，直如刷新了眼前一幕。我的思想犹如闪光灯倏忽明灭，一阵轻微的快门声后又复归原位。

什么结论也得不出。我扫视混沌色的地面，拐角缝隙的蜘蛛网，以及隐隐锈蚀的标语边缘，眼前的一切比从监视荧屏上见到的画面更为虚幻更难把握，就实感而言，我宁可相信自己从监视器上所获得的景象。

但也许什么也没有。

本来就什么也没有。

我想。不过，这地方到底是哪里呢？不是儿童乐园，此处没有一丝一毫儿童乐园的实感。我现在追寻女孩的脚步来到一个全然陌生的地方，这同先前跟随修理工来过的仓库通道完全不同。

我下意识地看了看摄像头，仿佛期待摄像头那头的同伴给予回应似的。

毫无回应，死气沉沉。深红色的摄像头依然发出兽一样的眼神。

我想到那个叫沙的女孩，眼前的境况大概便是沙那天的遭遇吧。像她那样的小女孩能够在这种境遇中保持镇定，认真搜索，当真是晓得了点什么吧。何以她并未继续前行，反而折返回来央求我带路呢？莫非仓库那头有什么地方是她去不了的不成？又或者那种地方只有我才去得了？

是的。我必须像她那样行动，先她一步抵达那个地方，把她去不成的地方弄个水落石出。

白炽灯光照不见的地方，是黑茫茫的空洞。我打开了手机上附设的手电筒，凭借更暗更苍白的亮光往甬道拐角的另一头走去。我沿着墙缓缓走着，手电筒照得见的空间只有眼前一小片，其余为墨汁般的黑暗。

甬道遽然变窄，感觉墙壁另一边的黑暗涌了过来，将我囚在眼前一方苍白色的光里。钝重的脚步在甬道中不再发出回响，仿佛脚步声被黑暗吸附了去似的。我迈着步子，扶着墙一味地朝前走，黑暗无休无止地延伸开去。每走一步，迎接我的是更加幽黑更加虚无的深处。我想到此刻正在头顶轰隆隆旋转的摩天轮，想到我驾驶着的那座钢铁般庞然大物的心脏，兴许就埋藏在这地底最核心处。

这座摩天轮整日饱载着各色人等在蓝天逍遥，其实质却在地底核心处——我莫名其妙想到这个。这座大家伙将其扑通扑通跳动的心脏隐藏起来，袒露出一副无所谓的、布尔乔亚式的英俊面孔，一上一下地流连人世间。陈奕迅有首歌叫什么《幸福摩天轮》，歌词也够玄虚的："在高处凝望世界流动／失落之处仍然会笑着哭／人间的跌荡／默默迎送／当生命似流连在摩天轮／幸福处随时吻到星空……"人们把摩天轮美化成这个样子，大概意想不到其隐藏地底的本质吧？

如此这般胡思乱想着，愈走愈觉得其内部非比寻常。太阳穴突突地跳着，后背也沁出一丝丝冷汗来，半个小时前温裹着胃的窝蛋牛肉饭、菠萝包和红茶似乎荡然一空。我开始回想带我前来这里的修理工，回想那次我们抱着沉重的器材穿过甬道时说过的话。

对了，我们说过话。那个声音洪亮胡子发白的修理工富有见地的谈话内容曾在这个场所哐当哐当回响来着。他到底对我说了些什么？我沁着细汗的右手粘了些墙皮，左手则因举着手电筒而有些僵硬，身上的关节开始变得生涩起来。

对了，他说的是女人。一个过气的对我这个年纪的人来说令人兴味阑珊的电影明星。何以提起那个女人？我想了想，好像是因为当时谈起游乐园东门刚开张的日式拉面馆的豚骨拉面，老头子说那面条的筋道跟夏末秋初的芨芨草差不多。我何以晓得芨芨草的滋味，老头便说起了那女人。真是怪哉！国际连锁儿童乐园企业竟然派出了能打出这等比喻的修理工人，这让我的想象力在当时经受了严峻的考验。

我不晓得回忆修理工的话是否有助于我恢复对这条通道的记忆，也许借此就知晓了这地方的真实所在也是有可能的。我继续思考着，当时我对那名相当资深的影视明星到底有没有发表自己的看法呢？实在是想不起来。

　　手机电筒的灯渐渐暗淡了起来。我瞥了一眼手机显示屏的电池指示，多少有些焦虑。与其说顾虑在未找到答案之前电池耗尽，倒不如说是来自自身的惶恐——按这种走法，早该来到仓库大门，当时随着修理工人搬运什物时走过的地方顶多一个球场的距离，如今恐怕走了约莫三五个球场不止。我蓦地后悔起来，当时女孩站在拐角处的摄像头前，左顾右盼的，怕是现实通道与非现实通道的分界线。她在那头驻足稍许思考半晌随即抽身离去，而我则什么也没想地闯进来，怕是糟了。

　　黢黑中我听得自己的喘气声，像什么变形的动物从腹腔发出来的声音。在黑暗中我的知觉似乎发生了某种程度的扭曲，由于没有现实基准的参照物，令人难以判断。我只晓得自己的知觉一味地被喘气声淹没，除此之外还有点别的什么声音——

　　"谁呀？

　　"谁呀？

　　"是谁呀？"

　　通过自身的呼吸声确认了那话声的存在，的确有人在用粗闷的嗓音问我，从黑乎乎的，不包含任何生气的黑洞里发出。那声音如此微妙，一遍，两遍，三遍。直到第三遍才形成声波，遂同暗黑震动我的耳膜。黑暗中我的耳膜已经失效得太久，这声音令耳膜反复振颤，一刻也无法停止。

我关了灯。等同熄灭了自身的存在。融化于黑洞中的我，静静地守候那人的现身。

沉默。我抑制自身，抑制呼吸，抑制眼耳鼻舌身，任凭黢黑默默侵蚀。不知过了多久，也许十秒，也许一分钟，也许十五分钟。时间在黑洞中没有任何指向性，大概早已随同这一切销蚀、形变成新的时光。

也许是我等待得太久。也许是对方等待得太久。周围的一切重新凝聚成阒无人迹的原始空洞，感知到了这一点，我的眼耳鼻舌身意重又归附自身，并觉得一股巨大的疲累向我袭来。

可是，这怎么行？

"喂，有人吗？"我鼓足气力向前方喊去。

"喂，有人吗？"这时是有回音的，空荡荡，卓绝的回响混合震荡耳朵，足以让我明明白白地体会到：没有人。

我闭目合眼（虽说闭不闭眼也是一片沌黑），心想，是个好地方。若能再召唤我一次，我必前来。

5

返回控制室时迟到了十五分钟，这与先前同伴轮班时迟来的时间相当一致。

"蛮准时的嘛。"同伴仍握着操纵杆，面对着控制仪表盘上的信号灯。

"嗯。"

少顷,他转过头来,神色讶然:"脸色这么苍白?病了吗?"

我摇摇头,感觉有股诡寒之气从肺腑呼出,心肺和肠胃都摇摇欲坠。先前被冷汗浸湿的后背风干后同衬衣贴得紧紧的,搞得整个人僵冷如冬日风干的瘪萝卜。

"没事?"他再次看着我,那光景活像在阿尔及利亚见到从中国远道流浪而来的僵尸。

"没事。"连我自己都感觉自己吐出的话语挟着寒气。

"休息一下?"他又问。

"唔……那我抽根烟回来。"我说。

同伴点点头,目光里充满了同情。

实际上我搞不清自己是否有抽烟的需求,转而走去了不远处的卫生间。在这里,装饰得像大型冰激凌或大号蘑菇的卫生间随处可见。连卫生间都有其独特的寓意是这家连锁乐园的设计宗旨。

膀胱瘪瘪的,对着亮铮铮的小便器我有些发蒙。站了许久,尿意始终上不来,我这才想起午饭喝的那杯红茶恐怕早已化为虚汗蒸发一空。

在水龙头前对着镜子洗手时,我才确确实实感到自己的脸色发青,面目全非——五官始终是先前的五官,眼睛鼻子嘴巴完好无损,唯独气色尽失,犹如换了个人。如此失魂落魄,面目狰狞之人果真是我不成?感觉这段时间在体内辗转不安的积闷被那什么逼出了体外,硬生生浮出脸面。

也怪不得那什么。我想。如果不是差点抵达那个地方,我也不晓得体内到底潜藏了多少不安。此刻悉数浮现。

倒好。

至少我是晓得那里有人的。至少我晓得了自己何以不安，以及该何去何从。

我用冷水洗了把脸，初冬的水冷浸浸的，沁得鼻腔直透凉气。进入鼻腔的凉气刺激着两边太阳穴，多少让我精神振作起来。我对着镜子再次检视自己：眉毛还是眉毛，眼睛鼻子也分毫不差，鼻翼略微发红，精气神较平常的模样恢复了四五成。

我捋了捋头发，确认自身完好无损后，用烘干机烘干双手，离开卫生间。经过路旁的自动贩卖机时，我买了瓶温热的可可。一切将恰如其分。我想。车到山前必有路，只需喝完可可，握好操纵杆。

返回控制室时同伴瞄了我一眼，没再说什么。我坐在控制仪表前，手握着操纵杆，窗外的摩天轮悬浮于虚空中宛如车轮，静候我的召唤。好一匹波塞东龙！我暗道。灰色的云层将这副钢筋铁骨染得边缘发灰，乘坐摩天轮的游客稀少得如同银杏树上最后几片萎败的枯叶。

摩天轮在等待游客，而我在等待着其传来的信号灯。我们都在等待着什么。眼前这番光景已经经历过几百回几千回了，仍一成不变。

在我操控仪器时，同伴坐在一旁的副驾驶位，边喝橘子汁边翻看报纸，那架势怎么看怎么让人觉得不地道。莫不是这家伙在监视器上看见我了？何以对我中午的去向绝口不问呢？在将游客送上灰涩的天空的当儿,我得以思考这个问题。我侧睨了他一眼,这家伙正泰然自若地看着昨天那份报纸。

"都有什么有趣的新闻呢?"我说。

"不怎么有趣。"他说,"无非股市跌了多少多少,新市长提出五点建设要求和哪个小区水管改造之类。"

"嗯,日复一日。"我说。

"年复一年。"他答。

如此翻来覆去踢皮球式的闲话不是办法,沉默了三十秒后,我决定开口。

"那个地下室仓库,好像一直没人打理。"

"嗯。"

"前几天从监视器上看有个游客冒冒失失地闯进去,当真吓了我一跳。"

"那地方,还是小心为好。"同伴放下报纸,摇摇头,"喂,你可是得小心看紧点,莫被什么人随随便便进了去。"

"怪地方?"我问。

"也不是,谈不上用'怪'来形容。只不过那地方原本不是儿童乐园规划的一部分,鹤厂搬迁修建游乐园时被挖了出来,光秃秃一条甬道,吓了工人们一大跳,填埋也不是改建也不是,后来施工项目设备过多便随意堆放在那里,最后索性改成了仓库,也就成了今天这个样子。"同伴喝了一口橘子茶,不知是茶变凉了还是谈话内容使然,他微微蹙了蹙眉。

"有点意思。"不知是说给自己听还是说给他听,我讷讷地说。

"喂，你当真感兴趣不成？"

我冲着照着仓库的监视器耸了耸肩："或许，我也不晓得。"

"嘎嘎。总之，那东西搞不得。"同伴同我一样转而盯着监视器荧幕，死死地，意味深长地，仿佛那镜头里有什么即将登场的幽灵似的。

死寂的荧幕自始至终显示着仓库拐角灰涩的场景，一如往常的通道、拐角、标语、通风管道，乃至残留在地上的几个烟蒂，都与原先无异——在荧幕底下加上标价，作为一帧超现实主义的摄影作品挂在画廊出售也毫不为奇。

"赛马、股票、女人或是爵士乐，你随便对哪个感兴趣都比这玩意儿强。"同伴对此场景幽幽一笑，那光景怎么看怎么像是在说服自己。

下班回家后我足足睡了三个小时。昏天黑地，与世隔绝的三小时。

起先是换鞋，接着到浴室冲了热水澡，换上斑马条纹的磨毛睡衣，然后在厨房倒了杯兑水伏特加，坐在沙发上准备独自静一静。为了舒缓一下神经，我顺手拧开收音机古典频道，一股犹有幽意的钢琴曲在客厅蔓延开来。

喝了两口酒，胸口暖融融的。还没等我来得及思考点什么，睡神陡然来袭。"不需思考，无需思考，不再思考，请勿思考。"睡神在我耳畔说。我像被掐断开关，猝然断电的机器人般失去了知觉，倒头就睡，万事万物浑然不觉。

那种睡法是我有生以来头一次，头脑四肢轰然崩塌，所有知觉全然泯灭，独自一人堕入昏黑的无穷无尽的睡海。

好一场酣畅淋漓、世纪末的睡眠。醒来后我有些发窘，四肢窝在沙发里冷津津，厨房的小灯依然幽亮，收音机沙沙作响，古典频道早已失去影踪。墙壁上的挂钟指针泛着粼光，指向九点四十五。

我用了若干秒适应这个世界。闭合的知觉如蚌般逐一开启，我发现自己醒在了彼岸——沙发、茶几、酒杯、带着电流声的收音机以及夜光表盘上咔嗒走动的指针，无不黯然无声地告诉我，这是当下，你在当下。

我是倏然睡着又倏然醒来的。

起身在睡衣外披上外套，我拿起茶几上的杯子连喝两口，酒在空荡荡的胃里投石问路。饥饿感顿时一阵接着一阵地袭来，像海浪。

却不打算吃。屹立于彼岸的我，觉得此时思考一下那事会更合适。我点了根烟，徐徐吐气。在顺手关掉已经放空的收音机时，发现窗外悄然无息地下着雨。雨是什么时候开始下的？从此地来去往彼岸的雨，细小如粉尘，淡泊，湛清。探出头往外看，可以看见楼下路灯的一圈光晕。光晕里舞动的水的分身，跟雪的样子差不多。打湿的柏油路有晕染的痕迹。只有很细很小的雨，才有这样巧妙的下法。

果然是个雨天。我想起今天白天一点点暗淡下去的灰色云层，将彩色摩天轮裹了个透净。不变为雨水，天气便没办法释然啊！

饱含水汽的冷风扑面而来，同烟味儿搅和在一起，我也好，我的神经系统也好，多少变得焕然一新。

也许那事儿,换个方式思考对路得多?

女友回来得比之前晚了一点点,开门时钥匙转动的声音令我骤然回神。

"怎么没开灯?"

"忘了。"

"忘了?"

随着"啪"的开关声,明亮的光线霎时唤醒了客厅。窗台、茶几、立柜、电视和沙发,悉数显现原形。我夹着烟坐在这片光明里保持原先的姿势,黑洞也好,叫沙的女孩也好,思想意识随同场景的转换灰飞烟灭。

"喂,都在干什么哪?"女友凑上前来,脸颊和鼻翼被风吹得红红的,凉凉的。

"嗯。"

"嗯?"女友褪去风衣,露出里面的嫩黄色开司米毛衫包裹着的姣好腰身。

"有吃的吗?"我突然发现自己饿了——莫如说直到现在才发现自己饥不可耐这个事实。

冰箱空荡荡的,仅有的几根大葱和腊肠也不怎么对胃口。我和女友去了楼下的饮食店,点了炖菜、叉烧肉、鲅鱼豆腐煲和清炒油麦菜。由于下着雨,外头又冷又湿,弥漫着潮气的小店里满坐着吃宵夜的人,温吞的火锅香气飘散在这拥挤嘈杂的场所,显得活力十足。

比起游乐园里一尘不染的崭新餐馆来,还是这等市井场所较为适合我。吃饭的当儿我又要了壶黄酒,女友则闷头吃着豆腐煲。鲅鱼烧得有些烂,叉烧肉则切得不厚不薄刚刚好。滚烫的黄酒落肚,叫人心满意足。

临睡前女友照例对着镜子掏耳朵,我则斜倚在床上翻看《体育画报》。少顷,她以小猫样儿的姿势爬上床,趴在我肩上嗅了嗅,道:"有鹤的味道。"

"什么?"

"你现在身上同原先当鹤工时的气味一模一样。"

我暗暗叫苦。

6

中午吃饭时在咖啡馆撞见沙。本来打算若无其事视而不见,埋头专注于眼前的洋葱黑椒牛肉饭,谁知这女孩却径直朝我走了过来,还笑嘻嘻的。

"嗨。"她说。

"嗨。"我答。

"又见面了。"

"是啊。"我抬头打量她:灰花鸡心领毛衫,樱桃色灯芯绒背带裤,双手插在兜里,晃晃悠悠的样儿。

她漫不经心地在我面前坐了下来。"一杯加奶的可可,一份苹果馅饼。"点了菜，她说，"在你旁边吃个饭，不碍事吧？放心，买单的钱我还是有的，不用担心请客的问题。"

我微微蹙了蹙眉，心下纳闷：我在这孩子眼里到底有什么特别呢？

沙兜着手靠在沙发上歪着头，两眼放空，兀自望着窗外。怎么看怎么同我没关系的样子。

"又来找鹤？"

沙睨了我一眼，没肯定也没否定。

得，得，心思全在找鹤上，想来也不至于对我产生什么兴趣。我放下叉子，把杯子里剩下的咖啡喝光。邻桌有小孩哭闹，吃的薯条撒得满桌都是，年轻的妈妈看上去手足无措。

男侍者上了菜，又给我续上咖啡。沙同我两人闷声不吭地吃着，直如两头性情冷漠食量巨大的非洲犀牛。

饭毕，沙嚼着香口胶，我则饮啜咖啡。吃饱喝足，沙的表情多少显得柔和下来。

"来了五次，"她说，"虽说没有去上学，怎么说也不至于整天来这儿闲逛。我是代替爷爷来的，爷爷那人，指名道姓地要我来这里找鹤，不来不行。"沙说着看了我一眼，我竭力不流露出任何表情，眼皮朝下吹了吹手里的咖啡。

"爷爷顽固得很，一旦认定的事情就决不放弃。固执己见地非要找下去不成。喏，连游乐园月票都给我买了，怕我来得不够勤。"沙说着，拍了拍裤兜。

我点头。只觉得什么样儿的怪老头子都有呵。

"同你坦诚相告,实际上是有一事相求。"她说,"想请你帮我写个字。"

"写字?"我问,"写什么字?"

"'鹤'字,并签上名。"

我大惑不解地看着沙。

沙以颇有些复杂的眼神注视着我,"家里那老头子是这么吩咐的。写个字就能搞定那老头子的话,不挺好吗?"

"字写得不怎么样,也行?"说实在的,除了刷信用卡和上班打卡签个字,我平时几乎不怎么写字,遇见事情要么发邮件,要么打电话,需要写字的机会少之又少,写出来的字能否给沙派上用场,我相当疑虑。

"是'鹤'字就行。"沙说着,小心翼翼地从书包里取出一个白色漆皮笔记本,一支签字笔,用猫咪样儿的瞳孔注视着我。

说实在的,我生平还没被人这么请求过。一个年近不惑手艺平平的摩天轮操作工人,当真能写出有价值的题字来?我翻开有淡淡香水味儿的漆皮笔记本来,愣是注视了白得晃眼的页面若干秒钟。笔记本不过巴掌大,封皮磨得晶亮亮的,扉页什么也没有,光是夹着片粉白色半透明的花瓣,跟死掉的蝴蝶翅膀很像。

"写这里?"我对她晃动翻开中间的雪白页面。

"都行。"沙仍旧咀嚼着口香胶,眼神被鼓动的腮帮子挤得一闪一闪的。

"那我写了。"我拧开笔盖,凝视页面半晌,以平常的力道平常的笔触写下自认为平常的"鹤"字,随即签上名字。

"潇洒。"她说。

"这就行了？"我把笔记本连同夹着的笔递过去。

她低头翻看，点点头："嗯，行了。"熟练地将本子塞进书包后，她掏出钱，数了几张零钱放在桌上，随即拐上书包准备离开。

"等等，"我全然没料到她如此唐突地离去，有点失措，"搞定了，以后不用再来了吧？"

沙把书包拢在胸前，若有所思地盯着我，猫样儿的瞳孔微微聚着不知何处的光，缓缓地眨眼道："按理是这样，不过不好说。"

"但愿。"我说，"如果可以的话，找到鹤的话跟我说一声行吗？"

沙嗤嗤地笑起来，那种笑法跟别的十三岁女孩很像，只有她这样笑的时候，我才能着着实实地晓得她只有十三岁。

我用了一点时间等她笑完。

"我说，你好歹算是承认这地方有鹤啦？"

"谈不上，只是多少有些好奇。"

"喔。"她说。她思考了一会儿，其间用桌上的纸巾包住嚼完的香口胶，默默地揉好放进烟灰缸。

沉默的时间有点长，我同她之间的空气随着沉默的时间愈发稀薄，只听得邻桌传来哭闹小孩的声音，渐渐远去，之后是更长的静默。

"那么，我就稍微说一下自身的事好吗？"沙道，"如果你不急着上班的话。"她重又把双手插进裤兜里，套着灰花毛衫的胳膊擦着棕色沙发发出窸窸窣窣的声音。

"洗耳恭听。"写过那个"鹤"字之后,我的心态急转直下,沿着追寻鹤的谜团的方向一路奔逐不复回。

7

"总的来说,相对一般十三岁女孩,我对自己所知甚少。除了知道自己十三年前生于上海之外,几乎一无所知。按爷爷的说法,我是个'星星的孩子'。"沙缓缓地讲述,目不转睛地盯着桌面上的一块方形污迹,"你不介意我从小讲起吧?反正我才十三岁,能讲述的事情有限得很。"

我点点头,招呼侍者给她端来一杯加冰柠檬水,重新续上咖啡。一丝丝微弱的阳光透过落地窗落到她的脸上,手上,以及膝盖上,改变了她身上某部分肌肤原有的明度。

"父亲是我们那个城市相当有水准的吉他手,母亲则是一个凡事有条有理的会计师。父亲也好,母亲也罢,对我这一存在都相当之慎重。之所以会用慎重这个词,原因在于他们俩——我出生时父亲已经五十出头,母亲也差不多四十有二,对于这么个姗姗来迟的独生女,他们不晓得用何种态度对待为佳,最后干脆小心翼翼,将我作为掌上明珠对待。

"幼儿园是不必上的,自有专职的保姆兼家庭教师代为照看。同同龄孩子玩耍的时间每日限定为半小时,在保姆的陪伴下进行。每日吃什么水果喝什么牌子的酸奶,都有明确的规定。钢琴也好,芭蕾也罢,都得一样不落地学进去。

"我搞不明白,父亲是弹吉他的,何苦让我学哪门子钢琴呢?当然啦,不管学什么,在我都是手到擒来,毫不费力。我发现学习这件事,只要专心致志下功夫去做就行。营养食谱也好,挑选的玩伴也好,都是按照父母心意一丝不苟去做的。本以为这样就可以了,谁知啰里啰嗦的事情还在后头。

"到了义务教育的年龄,母亲精心挑选了一家全英文式的贵族学校让我就读。说出来委实可笑得很,因为父亲同班主任政见不合,最后让我转了学。除了因为政见问题转学,还有为了学校环境等各种原因换过学校,总之转学原因多得我都记不清了。接二连三的转学令人晕头转向,读到小学二年级,我已经差不多换了五所小学。最后父母索性让我停学在家自己学习。

"说到在家学习,那就是由母亲教数学、英语,父亲教语文、自然、艺术等。两人为了教我,连工作都差不多放弃了大半。那种学习方式你晓得?你们自然是不晓得的,学习变成了生活中的唯一,这种孤寂你能体会吗?

"青春时代除了闷头学习,几乎毫无出路。很长一段时间我不明白父母的所作所为,父亲也好,母亲也好,对我的爱几乎可以说是随时随地洋溢于表——直到有一天玩伴过生日,我被允许到她家同她和她家人一起吃饭,在那种情况下不知怎的我就突然知晓自己的家庭氛围在某种意义上是扭曲的,不知不觉被人为地扭曲了。这既不是父亲的错,也不是母亲的错。在某种程度上,我感到他们对此一筹莫展。

"那时我十一岁,懵懵懂懂觉察到这一点,却也找不出更好的办法。"

沙拿起浮着冰块的杯子,喝了一口水。她细细地体会着水的味道,好像那不是水而是水的伴侣。

我注视着她喝水的样子,问她要不要再来点甜点。"算是我请好了。"我说。

最后我们要了一份马卡龙。看着圆圆甜甜形质可爱的马卡龙,让人想起秋日艳阳下挤成一坨的彩色碰碰车。我和沙慢慢地咬着马卡龙,先是草莓红色,接着是抹茶色,最后她选了一块看上去像松糕的嫩黄色放进嘴里。

"好吃?"

"好吃。"

吃罢马卡龙,沙从书包拿出湿纸巾擦拭嘴角,擦完还把纸巾叠得整整齐齐摆在一旁。

"后来爷爷收留了我,"沙继续说道,"爷爷是跟我父母截然不同的那种人,十一岁那年见到他,是在奶奶的葬礼上——说起来,我的父亲母亲从来没有带我见过那对老人,原因不得而知,估计也是那种同对我一样一筹莫展的原因。

"爷爷在战争前是电报工人,后来自学成才搞了收音机维修,再后来进了工厂。退休后就一直醉心于他那套半导体研究——说来没什么价值,他却迷得神魂颠倒。就这样一个老头子同我一见如故,他问我愿不愿意同他到研究所一起生活。我满口答应。

"就这样,奶奶葬礼结束后,我和爷爷溜之大吉,留给父母一封告别信。信还是我坚持要写的,爷爷说什么都不必写,我想了想还是同父母打声招呼比较好。说到底，这样的结局父母是早就意料得到的——他们越在乎我，就越会变成这样。说起来，我父母就是那种人，同什么人都保持不好距离，爷爷也好，奶奶也好，我也好，什么人都好，不是太远就是太近，总之不适宜。我现在一下子跑得远远的，对他们来说也是正常之事，不是吗？"

她望着我，一时间沉默下来。阳光在她身上的面积愈来愈大，让人觉得她一下子变得透明了许多。

我清了清嗓子，想就此说点什么，却发现任何寻常意义上的安慰之词都派不上用场。胸腔传来一声低低的呜咽，仿若鹤的唳叫。

"打算就一直这样下去？"好半天，我说出这一句。

沙耸耸肩，肩膀上的阳光随之颤动。可能是阳光过于稀薄了，我才有此错觉吧。

"很久以后我才知晓，我曾有个姐姐，也干过同样的事情。那是距我出生八九年前的事情了。同我不同的是，她随着一个据说忠厚老实的校长助理跑了，那个女人据说带着她出家去了——具体情况不得而知，十二三岁的姐姐出走后还给家里寄过信，说不必担心。

"就因为这事儿，父母一直对我战战兢兢，吃喝拉撒也好，挑选学校挑选玩伴也好，都苛刻得要命，直到最后我的离去他们才算认命。毕竟，跟着自己的爷爷总比跟着外人强，他们大概是这么想的，所以这两年来基本上没再怎么要求过我，只是时常打个电话问问钱够不够花，不够再寄就是。英语数学也罢，历史地理也罢，没再怎么过问。"

沙伸了个懒腰，眉眼疏疏地投向窗外，好像在说与己无关的事儿。"怎么样,十三岁前的生活,不算太颠三倒四吧?"她说。

我摇头也不是,点头也不是:"某种程度来说,有点。"

"要是姐姐在身边就好了。我时常想。"沙说,"说不定我和姐姐两人就此达成一致,也不再需要依靠什么外在的作用力。爷爷也好,那个校长助理也好,本质上是一种外在的作用力,没有这种力量,我们最后怎么样不好说。"

"不好说……"我默默地重复了一遍她的话。

"跟爷爷生活在一起,烦恼不是没有,不过那种烦恼算不得世俗意义上的烦恼。"沙说,"爷爷那人,一心想着开拓自己研究领域的疆土,对身边的人和事一概不放在心上。这样也好,"沙又伸了个懒腰,仿佛故意出示胳肢窝晒太阳的树懒似的,"省了我不少心。"

"对你放任自流呀。"

"那倒不是,"她摇摇头,"要干的事情多着哩。只不过他指名道姓的那些事儿,连带算起来没一样可心的。"

"比如说,找鹤?"

她点点头,随即低头看自己的手腕。手腕细细的,跟植物的茎差不多。"那个……"研究完手腕,沙抬头看我,"找鹤只是其中一道工序,至于爷爷苦心孤诣折腾的到底是什么,我也不晓得。"

我望着沙,从我这个角度看过去,沉默的沙看上去身子异常单薄,甚至有些透明。孩子一样的身体,我想。踌躇了很长时间,想就她的经历说点什么,又转念作罢。这孩子以极其恍惚的眼神看着我,但又似乎在看我以外的其他部分。

良久，她开口："我回去了。"

我撕下烟盒一角写下电话号码，塞到她手里。"有事打我电话。"我说。沙朝我一笑，但也许没有笑。总而言之神情很淡。

同沙道别后，我留在沙发上独自坐了半晌。之后沿着落满叶子的柏油道走回去。风干的树叶在脚下沙沙作响，空气里混着干草和凉凉的钢铁气味。哪里有小孩哭。哭声不明显，听上去犹如失落在草地里的手机铃声般隐约。儿童乐园是这样，总是听得到孩子们的笑声，偶尔也有哭的。在这里，哭声总是和笑声掺杂在一起。我继续朝前走，不多久，一拐角，就什么也听不到了。

返回控制室时同伴仍在工作。他的背影看上去有些疲惫，也许是我的错觉。在空气不良的咖啡馆里待的时间过长，判断力多少变得有失水准。

和同伴打过招呼后，我在轮班表上签上名字，尔后默默地回到自己的座位。同伴走前拍了拍我的肩，感觉像是他把疲惫传递给了我——错觉，又是错觉。同那女孩交谈整整一个中午后，我人变得钝钝的。

罢了，也许是天气的缘故。

8

雨无声无息地下了一个星期。那种下法，是不屈不挠，倾其所有的下法。半颓不绿的草地、象鼻子滑梯、海盗船、哐当作响的小火车以及湖里的鸭子船,均以初冬的雨为背景展开,在如此严重、积劳成疾的灰蒙细雨中游移不定。雨使整个游乐园略带悲悯色彩。

总的说来,儿童乐园不适合有雨。灰色的滑梯也好,摇摇晃晃的鸭子船也好,乃至形如巨兽的摩天轮,都蒙上了一层挥之不去的水汽。滑溜溜湿腻腻的,与其说坐上去能让人快乐,莫不如说容易让人产生黏腻的不适感。仿佛因为雨丝的关系,游客与这些露天的游乐设施的关系容易变得纠缠不清。

依稀的,在雨中戏耍的孩子像雪后的狐狸一样珍贵。他们穿着透明的聚酯纤维制成的连帽雨衣,偶尔出没,灵光一现。

可能是工作过于清闲的缘故,过度清醒的头脑让我无所适从。冷冰冰的猩红色操纵杆,被我的手握出了某种适宜的温度。一想到我的体温可能由操纵杆传递到窗外那只浸在冷雨里的怪兽身上,不免有些慰藉。

眼下已是十二月初,我却总想起那首《十一月的雨》。在这里,十二月总下着十一月般的雨,到了月底,又沉沉迎来来年一月的雪。

"再过两个礼拜就是圣诞了。"出门前女友对我说。

"是啊。"我说。我拿不准女友话里的意思,大约以为那不过是节日罢了。直到接到人事部的节庆安排后,我才晓得,对于绝大部分孩子和某部分成人来说,这节日有多郑重其事。

"圣诞快乐"的彩色标语将在摩天轮上空升腾,同事们化身为圣诞老人、白雪公主和七个小矮人、大力水手、唐老鸭与米老鼠,想想都觉得唐突。今天早上看见几个花匠扛着圣诞树朝中央广场走去,几个穿灰雨衣的人挟着一棵熟睡的松树走在霏霏的阴雨里,怎么看怎么觉得不可思议。

大约是我不适应罢了。

我眯着眼,让自己的视线稳稳地停在摩天轮与天际交界线处,那地方有点像画过眼影的女人眼睑,微妙的过渡色让人百看不厌。说起来,去年平安夜我还是在工厂车间同那些尚未镶上翅膀的鹤度过的,今年圣诞却将披上唐老鸭套装行走于世。想想都觉得世事难料。

雨好像停了——这种雨,时不时给人雨停的错觉。我凝视着摩天轮与天际线交接处的明亮光线,觉得那地方根本没有雨,岂止没有雨,简直晴朗得像是天上人间。何以雨的开端处如此透彻且地道,跟落在地面化身为雨雾的景象全然不同?简直是在同人类耍魔术。

在我凝神细想摩天轮与天空与雨的关系之际,同伴进来了。他夹着雨伞,手里拿着报纸和信。

"信,你的。"他说。

我接过那封薄薄的航空信,掂在手里。普通的淡白色信封,盖着本市邮戳,拘谨地写着这里的地址和我的姓名,没留寄信人的地址,跟一般的事务性通知信函没什么两样。

我蹙着眉,像拆鱿鱼干包装袋般拆开了信。像保险单、信用卡账单、话费催缴单之类的信通常是寄到家里,自从换工作单位连带换了工作,收到如此赫然寄到上班地址的信还是首次。

连带信笺和称呼语气都跟事务信函没什么两样,唯独内容判然有别。

是先生以先生的口气先生的精神写来的。信很短,不过寥寥数语。我捻着信,摺在手里,一边观望窗外三三两两掠过雨幕的人,一边凝神琢磨先生及先生的一切。同伴坐在我方才的位置操控机械,乍一看去,穿着灰黄色制服的他俨如我的另一个分身。

已有相当一段时间,我与先生失去了联系。有时候想,我这一存在被先生遗忘的可能性也是有的。毕竟,鹤厂已然消失,作为鹤工的我的存在价值几近于零。

"平安夜来找我。"接着是地址。没有署名,没有日期。落款独一只烟斗形的印章。暗红色的烟斗仍同昨日瞥见那般历历如新。

事情到了重整旗鼓和有所作为的时候,我将重作为先生的棋子推至事态面前——是何种棋子何等事态并不重要,重要的是先生的棋子先生的决策。我摊开双手枕在头上,嘘了声口哨,不知不觉陷入了沉思。

说到底,这段时间我的一举一动,想必依然被先生所了然。

"怎么,收到中奖通知了?"同伴调侃。

我耸耸肩:"那倒不至于。"

雨果然停了。雨停得过于突然,简直像没下过雨似的。将目光再度投向窗外,晴涩的天空中低低掠过几只鸽子,推开窗,连风的气味都变了。

回到家女友正在做饭,餐桌上摆着做好的炸小牛排、咸鱼干焖豆角和煎芙蓉蛋,香气腾腾的厨房则散发出正在锅里焖煮的回锅肉的味道,好一派欣欣向荣的景象。

"把手洗了。"拿着锅铲的女友语气不容置疑。

在我洗手的当儿，女友连回锅肉带清炒莴笋端了上来，并摆上酒杯，倒上啤酒。

牛排炸得相当细致，咸鱼干则又脆又酥，回锅肉散发着诱人的酒香。女友和我都吃得相当认真，这么认真的吃法在我们记忆中为数不多，破天荒头一次也是有可能的。女友甚至不问我味道如何，埋头苦吃。

"好像过节。"我说。

"的确是。"

"唔？"

"就当提前过圣诞吧。"女友相当认真地对待最后一块炸牛排，将它拿在手上，边看边说。

"圣诞快乐。"我举起啤酒杯。

"圣诞快乐。"她跟着举杯。

最后牛排和回锅肉被消灭一空，剩余的一点莴笋和豆角也都被我扫进了肚。女友问我要不要来点甜点和水果，我点点头，于是她端出了下午就做好的苹果馅饼和姜撞奶，我们又开吃。吃到最后一块馅饼，女友问我，"饱了吗？""饱了。"我打着嗝说。

可能是一直打嗝的缘故，那活儿不怎么尽人意。边打嗝边做爱对我而言尚属首遭，然而女友说这说不定能治好打嗝。两人拨弄半晌，打嗝没好，那活儿也态势萎然，于我简直是双重打击。

"喂，都怪我，菜做多了。"女友安慰我说。

我鸣金收兵,侧卧对着女友的脑门发呆。她的老虎胡须长长了不少,已经不像老虎胡须更像是尚未收割的芨芨草。上一次欣赏她的头发究竟是什么时候的事了?记得那时候天气尚未转凉,金黄落日在她发梢的触感依然历历如新。说起来,自己每每在意兴阑珊之时抚慰她的额发。

"喂喂,不理我?这事儿等明早醒来再一气呵成不迟。打嗝嘛,睡着了自然会停的。"

"唔,"我前言不搭后语地问了句,"这头发什么时候剪的?"

"怕是有两个月了吧。"她想了想说。

我极力在脑海中搜索两个月前女友头发的样子,记忆随着打嗝一颠一簸,出来的影像犹如信号接收不良的电视节目般断断续续。我终究只记得她练瑜伽时头上所结的发箍。喂喂喂,算怎么回事?何以我的记忆力只停留在最无关紧要的旁枝末节上?

"有点长了?"

"比老虎胡须长。"

我缭绕着这长长了的老虎须,同老虎须主人一同沉入了梦乡。"这事儿明早醒来再一气呵成不迟……"这个念头激励着我,仿佛为了完成什么未竟的事业似的睡着了。

9

醒来后空空如也。这种空法是全然地不留余地的空白,跟之前女友起身上班在我身边留下的半边空床完全不是一码事。实实在在的虚无。我睁眼后意识到了这一点,接着便用正常的思维正常的途径搜寻她的存在。

厨房也好,浴室也好,客厅阳台都没有她的人影。女友已经先我起身,并去了哪里。我披着毛衣外套,坐在客厅沙发上得出了这个结论。我睥了眼挂钟,不过七点一刻。莫不是去了楼下买早餐?这个推论有些不对头,挂在衣架的外套和挎包已不见影踪,门口的皮靴和雨伞也追随主人而去。

而我在勃起。犹如履行昨夜誓言般按时勃起。七点一刻,天色阴霾,凉风欲雨,没有嚅声地悄无声息地勃起。此时誓言的女主角已不在现场。

我洗了脸,刷了牙,将速食麦片放进煮锅,加入水和少许火腿及紫菜。等待麦片粥煮开之际,我拨打女友电话。空洞的信号音听上去像是心跳的回响。响第五遍时听筒那头传来话务员工整的声音:"您所拨打的电话暂时无人接听,请稍后再拨。"

粥开了,煮开的麦片粥涌出粥花来,看上去很是可人。我打开一瓶橄榄菜,就着粥边吃边回顾昨晚的丰盛晚餐,饕餮大吃的细节,女友咬苹果馅饼的眼神以及最后态势疲软的床上光景。哪一样都不至于让她突然消失不接电话,或许真至于……我也无从断定。

吃完粥,我再一次拨打女友电话,信号音依旧冗长且空洞,直如哪里传来的幽谷叹息。

放下电话,我刮须沐浴更衣之后准备出门上班,抬眼看了看表,发现为时尚早,又给鱼缸里的锦鲤喂食,写了张便条贴在冰箱门上方才离去。

雨已经不下了,却又不是晴爽的天色。街边角落电线杆报摊亭哪处都像挂着雨丝,近看却无。在报摊亭买了份报纸,夹着走向公交车站。天色阴郁却是崭新的一天,稍稍浏览了几个标题,我登上了姗姗来迟的公共汽车。

在游乐园门口我见到沙。那孩子穿一件印着斑马的大号卫衣,黑牛仔裤,围着厚的淡白色开司米围巾,若无其事地随着早晨入园的游客走进来。

她没有朝我这边看。只双手插兜往前走着,走路的样儿像个成人,模样却仍是小孩子。我望着她的背影,只觉多少有些亲切,便讷讷地看了一段时间,直至她消失在拐角的小树林处。

不是已经用"鹤"字签名搞定老头子了吗?这孩子,大早上的何苦又来这地方折腾?我边走边想,到更衣室换了制服,别上工牌,来到控制室。

同伴已经开工,我煮了咖啡,边喝咖啡边看报纸。偶尔下意识地抬头,约是想搜寻那孩子的影迹。

未果。

淡得出水的一天。

下班返家,在楼下便利店买了半打罐装啤酒和奶酪面包。面包是充作早餐的,啤酒则用于补充冰箱库存,前一晚的饕餮大餐耗完了家里的啤酒存货。拎着便利店袋子窸窸窣窣开了门，房内一片黢黑。越过冰冷的沙发阴影，只瞥见淡白色的挂钟指针黯然走动。

女友仍未归。凌晨出走时卷起的屋内虚无感持久不散。我开了灯，室内铮铮地亮。贴在冰箱上的便条一动未动，座机没有未接来电，金鱼悠哉游哉。一切同我离去前毫无二致。

拨打电话的信号音比我出门前打的那通响得更为空洞和彻底，放下话筒那一刹那，我想，若是勃起的时间不是彼时而是当时，眼下情况是否有所不同？

罢了，无稽之谈怕是。

脱掉外套，我开始洗菜做饭，焖了两段腊肠，炒了蘑菇菠菜，弄了个简便的南瓜肉丸汤，便端上桌来，打开电视就着晚间新闻边看边吃晚饭。吃饭的当儿进来一个电话，以为是女友，接起来耳膜却被那头嘈杂的喧闹声所淹没。

"喂？"

"喂喂喂？"

费力好半天才听清是沙细细的嗓音。

"我在西门口的游艺厅，能来不？"

"现在？"

"现在。"

就时间来说有点尴尬，我还是紧赶慢赶地扒拉两口饭，喝下丸子汤，套上毛料风衣外套抓起钥匙钱包往外赶，到门口时还揣上伞，女友那把三折细花伞，刚刚塞得进外套口袋。

晴朗的夜晚，刮着极大的风。白日的雨气早已荡然无存，我走上万家灯火的街头，伸手拦了辆出租车，钻了进去。车子不疾不徐地在车河流淌，一路上俱是张灯结彩的圣诞老人、圣诞树装饰，圣诞节还未来临，街市已喜庆成这般光景。

车里收音机播放着各家商品的圣诞促销广告，说辞娓娓动听。什么"华丽圣诞狂想曲，喜迎新年献贺礼"，什么"恒爱耀圣诞，真情暖人心"，推销的不外是平日随处可见的巧克力、红酒、羊毛衫、剃须刀，甚至还有婴儿尿不湿。司机沉默地开着车，任由收音机取代他的发言，当广告戛然而止单口相声节目开始时，车子刚好抵达游艺厅。

游艺厅在商场地下一楼。下了车，从商场一侧闪着霓虹灯招牌的厅门走下去，一股人味儿的熏热夹杂着商场暖气袭来，接着是五光十色的各色游戏荧屏在我面前连环闪烁，霎时我被喧闹的人群裹紧。我兜着圈走，从推币机走到跳舞机、投篮球机和拳击机，哪台机子前都人满为患。想来倒是挺颓气的，设施一流的豪华游乐园门可罗雀，样式老土的游艺厅倒是人声鼎沸。

斑马卫衣，白围巾，黑牛仔裤。我极力从人群中搜寻沙的身影。

足足兜了两圈，最后发现沙正坐在角落的模仿F1赛车的红色游戏车里，风驰电掣开得甚是专注。我凝神驻足欣赏半晌，发现这孩子开车技术相当了得。四圈跑道下来，几无失误，刁钻的拐道和狡黠的对手，对她来说犹如无物。这种开法，让人想起宇宙里的光子。

"甚好。"我说。

鏖战初停，沙回过头来看我。出币口唰唰掉出几个硬币。"总算来了。"她说。我以为自己还可以多看几个精彩回合，沙起身捡出硬币便走。

"这里太吵了。"她鼓起相当大的嗓门同我说，我却只听到由嘴型、眼神和喑哑声音混合而成的句子。

沙蹙着眉，熟稔地穿过跳舞机、射击场，往商场电梯口走去。我直如羔羊般跟在她后头。这孩子，一从赛车上起身，便像换了副表情似的，闷头闷脑心有挂碍。

一进电梯，毛噪噪的音浪霎时在身后合拢。沙一声不吭地按了五楼，接着抬头看我。电梯里静得只剩下空气。

"吃了吗？"我问。

"还没。"沙的答法瓮声瓮气。

五楼是一应俱全的各式风味餐厅。沙抿着嘴，径直穿过台湾卤肉饭馆、东南亚餐厅、日本拉面店和一连串牛杂、麻辣烫、关东煮小吃档，走往甬道尽头。推开甬道尽头厚重的玻璃门，一股干涩的冷风扑面而来，让人从商场浓郁的煦暖中清醒不少。

沙把身子半搭在露天平台的栏杆上，风太大，她背过身，拢着手。

"风这么大，头发都吹成扫帚啰。"我斜倚在她旁边的栏杆上，背后是车水马龙灯火游离的万丈深渊。

"是想同你说说话。"她说。大厦外墙三层楼高的霓虹灯闪烁不定，把她的脸变成霓虹色，连指尖也沾了霓紫的光。我没有反观自己，料想身上大约也是一派潮红。

我看着她，聆听她的鼻息，静待下文。这个寒冷的露台是喧嚣的中心，静得一反常态。偶有人迹，皆如动物。

岂料没有下文。

不说话的沙看上去死倔死倔的，意识到这孩子有些情绪不对头，我便收束了先前的口气。

"早上看到你来着。"沙说，"没穿制服怪不实在的。"

"噢。"我说，"怎么又来了？"

"还不是那事。"沙耸耸肩。

本想问下去，见她一副不置可否的表情，便陡然止语。

星空不知何时璀璨起来。隔着薄薄的霓虹灯火往上望，浅银白色的星辰犹如无数鲤鱼的灵魂，看上去怪深邃的。才不过五楼，竟离星空这般近。楼下马路心急火燎地驶过一辆救护车，呜呜呜的鸣笛声刺穿了所有车来人往的喧嚣。

沙一脸凝重，又满不在乎。不过十三岁，十三岁的女孩竟有如此丰富的心态，我感觉她捉摸不透到了极点。

她蹲下身，这举动看上去有些傻气。起身时她咳了咳：说，"不高兴的时候打游戏总是赢，怪吧？"

"是有一套。"

沙露了个笑脸，很涩的笑，我趁机问她进不进去、吃不吃饭。打游戏到这个点，不饿才怪。沙眼神凝滞地望着花坛，好像那里面埋藏着她的胳膊似的。

"吃。"她说。

我转头看她，衣服上的斑马都旧了。

沙要了云吞面、肠粉外加一份奶油猪仔包，饮料点的是汽水。我则要了份炒粉及一小盘蜜汁叉烧，因为晚饭只是草草吃过，眼下肚子已瘪得跟失业的轮胎差不了多少。

过了吃饭的点儿，茶餐厅人寥寥无几。和沙相对坐在卡座上，她像只癞皮狗似的简直要趴在桌面，不吭声，低头玩着电脑里的游戏。

"喂，"我说，"爷爷还好？"

"啊，他那人，一直好得很。"好像说的不是自己爷爷。沙仍然低头摆弄游戏，大老远地找我来，就是为了看她玩游戏。

"愁得不知怎么好。"她突然抬起头来说。

"怎么了？"

"愁。"

"愁得不知怎么好？"

"嗯，一时时。"沙点点头，"不过你别管我。"

"愁得像发霉的大象，脱了臼的赛车和便秘的狮子狗？"

"都有。"沙嗤嗤地笑了。

面和炒粉上来，我们止住笑，一路开吃。沙吃得尤为迅速，铺天盖地风卷残云。说到底，所谓孩子，就是那类处在可以把食欲和心情截然分开的年纪的人。吃完面和肠粉，连带猪仔包也扫得一干二净，沙意犹未尽，我们又点了一份烧鸡扒和一份牛筋腩分而食之。沙的吃法让我想起女友失踪前饕餮大吃的举动，多少有些心有余悸——这两天接二连三遇到食欲旺盛然而内心索然的人,自己是哪方面出了岔子不成?

咕嘟咕嘟干完一通汽水,沙又趴在那儿玩游戏。"对了,"沙蓦然抬头,说,"这个点把你叫出来,嫂子不会有意见?"

这孩子,挂着一副满不在乎的脸,没想到心还挺细。我嗤笑:"'嫂子'这说法跟谁学的?"

"喔,"沙眯起眼睛,"算我多事。"

我摇摇头,"哪有什么嫂子,就连唯一的女友也莫名其妙突然没了人影。"

"没了?"

我点点头。

"可怜。"她说。

"有点。"

"最好不要去搞清为什么,没准莫名其妙就回来了。"

"当真?"

"当真。"沙说完又低头玩游戏,看那阵势,赢得厉害。

吃完饭,沙的情绪似乎稍有改善,边玩边哼起了酷玩乐队的《Yellow》。十多年前的歌,被这小妮子哼得头头是道,听起来俨如耳朵里长出了一棵橄榄树。

"喂,谢谢。"沙抬起头,她的眼神剔透得像猫的心脏,似乎闪烁着琉璃的光。

"客气。"我说。

十点四十五分，我打车送沙回家。沙起先说自己可以坐地铁，终究拗不过我坚持送她回去的意思，老老实实告诉我她家的位置。那个地方位于老城区的幽静老街，我让司机把车停在巷口，自己下车送她进去。

巷子阴森森的，老式路灯只隐约照出两旁房屋麻黄的灰影，哪家楼上隐隐传来电视剧《射雕英雄传》的主题曲，随着脚步走远又黯淡下去。沙说可以了，只身往门口栽着夹竹桃的房屋走去。我于是停住，看她往夹竹桃摇摇晃晃的树影里走，接着是窸窸窣窣掏钥匙的声音。沙把钥匙插进门里时回过头来看我，我微点头，只觉那孩子衣服上的斑马奇异地安静。

回去的路上，我坐在出租车后座半眯着眼，摇下一溜儿缝隙的车窗透出丝丝寒意。头发发白的司机闷头开车，车子在内环上一路疾驰。女友没有来过短信和电话，我低头看了看毫无声息的手机，其沉寂之势犹如死了的忠心耿耿的田园犬。伸进兜里的手不期然碰到那把细花伞，伞被我焐出了感人的体温，女友的存在感霎时变得强烈起来。

伞是暂时用不上了。看起来，这种大风的天气大概会以其固有的方式持续很久，我想。

10

持续了一个礼拜的冷。其间没有雪。只是以荒凉的不毛的方式持续着贫瘠的冷。自先生来信,女友失踪以来,天气遽然改变。冷固然是冷,却连鼻腔和喉咙也干得发痛。原先黑衣刺客般低调的蒙蒙细雨霍然消失,海盗船、旋转木马和小火车上各罩上一层看不见的铠甲,触感尤为硬冷。

确认操控杆"咔嗒"一声推至顶端,摩天轮咻地启动之后,我缓缓闭上眼睛,将意识的断片归拢在一起,进行正确的分类:她的消失为一类,先生的出现为一类。哪类迄今为止没让我现有的生活产生质的变化,晨起淋浴,刷牙,剃须,烤面包,买报纸,上班,乃至下班后烹调饮食。

唯独天气霍然变晴。冷空气屡屡刺痛肌肤。

我睁开眼,像确认事实般注视着缓慢移动的摩天轮,时至今日,这座日日同我神经咬合的巨大器械俨然成了我肉身延展的一部分,我动,它也动;我停,它也停。坐在这个大型家伙对面,我用指尖按住太阳穴。冬日恬淡的阳光把摩天轮分为两片,一片在光里,一片在阴影里,坐在透明舱里的人们则随着移动的位置从光里过渡到阴影里,又从阴影里过渡到光里。

窗外有人蹬着梯子,往路旁的树上挂圣诞彩灯,白日里暗淡的彩灯缀在他手里跟一串剔透的葡萄差不多。

午后的阳光使这个玻璃缸样式的操控室产生了某种非现实性的疏离,我扬起脸,尽力承接这透过玻璃后清淡到几无任何气味的光线。

她就是在那时从日光中出现的。穿着薄荷绿毛呢大衣,手抓白漆皮包的她,坐着的透明舱缓缓朝我视线范围内移动。直如把什么稀世珍品呈送上来让我过目似的。

摩天轮愈转，她离我的视线就愈近。摩天轮一点点地转过来，我一点点地确认她和她的质地。从这个角度看过去，她的侧影隐约有一丝陌生，又不全然。我全力捕捉这份陌生，力图打消陌生感，使之归于安然。

麋鹿般的侧脸，薄荷绿大衣，倔如海鸟翎毛之发梢，这样看来，她好像仍是我熟悉的那个人。我不太看得清她的眼神，只隐隐觉得那投向远处的目光有些萧索。不过一个礼拜，老虎胡须般的短发已然丰满，犹如海鸟的翎毛。甚至可以说，比在家时还好看，好看得有些过分。

摩天轮愈转，她离我这边就愈近。随着她坐的透明舱的逼近，我有些恍然。何苦离家出走后又来到我面前若无其事地坐上摩天轮，这是哪门子剧本里的哪门子剧情？我掏出手机，翻开那个熟悉的号码，怔忪半晌。

终究还是拨了。信号音海浪一样一阵接着一阵传来，拍打我耳膜的同时也拍打她的脸颊。

她从皮包里掏出手机，像看基里科油画里的风景一样看着它，仿佛手机不是在响，而是在微笑。

海浪结束的时候她还留在岸上看风景。那种看法是我头一次见，如果打电话的不是我，怕真真让人心动。

我颓气地将手机塞回裤兜。罢了。至少说明她是安全的，是安然的，既没有遭到不测，也是按其个人意志个人想法作出离开我这一选择的。"最好不要去搞清为什么，没准莫名其妙就回来了。"

我想起沙说过的，此时想来倒也算是贴切。

细小的尘埃般的沉默浮游在她与我之间。我在光之中，而她坐着的透明舱渐渐从光里褪去，重又陷入淡色的阴影里。随着摩天轮的转动，她和她的身体，愈往冰蓝色的天空升去。

十一分钟后，她坐的透明舱落地了。拎着白漆皮包的女友从舱里跨出穿着烟灰色丝袜的长腿，停立后，她掸了掸大衣，继而从容走下摩天轮扶梯。她走路的姿态让我想起遇见她时的情景。

"喂。"我蓦地起身，想要招呼一声，却觉得话语横亘在喉咙，生生咽了回去。

看情形她好像马上就要朝我走来。却是错觉。

她迈着平常样儿的小碎步，往中央广场的方向走去。那种走法，和任何一个游客没什么两样。

甚至连眼神都没能投来一个。

我重又坐下，兀自低头操控按钮，蓝色的定位按钮发出"咔嗒"的声音，俨如心神归位的声音。待我再抬头，女友的背影已消失不见。

静静望着她坐过的透明舱，觉得自己好像成了小孩子，一个人留在舱里探头观望风景。我什么也不想地看着那个舱，发了一会儿呆，重又启动下一趟转轮。

11

她走后，卷发棒也好，高跟鞋也罢，还有梳妆台零零散散的各式香水乳液和她惯用的靠枕，皆开始失去色泽。

床头柜整齐地叠放着她的睡衣和浴袍，柜子上的水杯残留着她喝过的水。梳妆台的卸妆纸仍静静地摊开着，跟失眠的人的眼神很像。

人很奇怪，确认她的消失不是在她离开之后，而是在遇见她时。我总是在事后才接二连三地明白好多事。

逐个擦拭整理她的个人物品，哪个看上去都毫无生气。化妆品、棉签盒、卷发夹、吹风筒、电动牙刷、隐形眼药水、卫生棉条以及长筒靴和拖鞋，一旦无人管理，皆成了流离失所的羔羊。那上面她的气息越来越淡薄，总觉得再擦拭归整下去怕是连究竟昔日主人为谁都再不能搞清楚。

我归纳她的物品的同时也归纳自己。想来，从认识她到现在，除了按时喂金鱼，自己还一次都未曾整理过她的私人物品。

将叠好的睡衣和浴袍塞进洗衣机，靠枕塞进衣柜。倒掉杯里的水，洗好擦干后放回橱柜。香水、乳液、指甲油、卷发夹和梳子，梳妆台上零零散散的物件都放进透明的收纳盒。透明收纳盒此时看上去像盛满时间的水晶棺材。隐形眼药水和卫生棉条一类的物品不知如何是好，索性用收纳袋装了，拉上封口胶再放入抽屉深处。搬过来住在一起不过五个月，竟然出现这么多用途不一分工明确的生活用品，女人的生活真真不可思议。

戒指是在她挂在衣橱深处的大衣口袋里发现的。并非什么不得了的戒指，既无镶钻也无多余的装饰，光光洁洁一枚纯银戒指，单纯得跟神仙眉毛差不多。

好看是好看，却不记得她在哪里戴过。我极力回想与她相处的日日夜夜，一次也想不起她有戴戒指这回事。

是男式戒指也是有可能的。我试着套在自己左手无名指上，小了点，挂在指关节处夹得很。若是男式戒指，怕是只能戴在尾指了。

十二月二十二日，晚上九点零五分。天气晴。无雪。

我久久凝视这枚戒指，静静感受着这上面存留的她的气息。这上面有我不知道的，属于她的额外的个人气息。

附近哪里有人在唱卡拉OK，断断续续地传来《帝女花》《万水千山总是情》之类的粤语老歌。其中一个人唱得犹如漏了风的柴火灶，另一个则唱得跟受了惊的戏曲家差不多，隐隐还有个声音低沉的男声，偶尔和声几句，像是在劝架。受惊的戏曲家唱得最久，最可歌可泣。

捏着冰凉的戒指，什么都无从想起。甚至连原本固有的女友的气息都难再回味。我很想就此喝点威士忌，或伏特加也好，但想想自己把喝酒的原因归结为一枚连来头都没有的戒指实在是不地道。

歌声持续到九点四十五分。其间加入了新的人，新人唱了一些时下热门的流行歌曲，歌声温吞吞的。听情况，新人加入那会儿柴火灶已然吹熄。

歌声停止后，四周安静得让我有些不知所措，索性将手心的戒指用手绢包裹好，装进收纳袋塞入抽屉深处，让它与那些口红指甲油卷发棒之类的物品殊途同归。

离与先生见面尚有二十二个小时。在这个点,我决定姑且把女友出走后留在脑海的意识归为一处,进行一番审视后纳入内心深处。同样纳入内心深处的还有仓库入口的那条甬道。

离家出走的女友、来处不明的戒指和没有尽头幽黑的甬道。至少这三样事物不再对我进行干扰,我将置身于悠长的、平静的柏油小道上,在白桦树深处踽踽独行走向先生。

喂过金鱼,从冰箱拿出罐头熏肠,切好后拌上,撒上黑胡椒和盐,我倒了杯威士忌边喝边吃熏肠。十点二十五分,确认距与先生见面还有二十一个小时,遂刷牙洗脸,换了新洗的睡衣欣然入梦。

梦中的柴火灶和戏曲家仍在歌唱,只是不再受惊,很安详。

12

翌日下雪。从冰天雪地里醒来,犹如转世投胎后被人从襁褓里扔出来,摇摇晃晃走入天上人间。

这走法不赖。

起身后我在睡衣上裹了件开襟绒衣,调节暖气温度并确认鱼缸里的金鱼安然后,煮了热咖啡站在窗边边喝边看雪景。某种程度上,自身已然成了雪景的一部分,冷寂但不失舒爽。雪以其固有的形态对城市进行改造,同意也罢不同意也罢,马路、停车场、路边的馒头样式的报刊亭以及各个高楼大厦,还有在红绿灯前叫嚣成一队的汽车们,均被大雪裹挟一通,哪样都逃脱不了雪的改造。

眼下七点不到，花费十五分钟确认雪的景态之后，我开始洗脸剃须，并将面包放入烤面包机，随后换上衬衫及毛衣。由于今天是平安夜，工作想必会比平常来得繁重。

距与先生见面还有十二个小时，我关掉暖气，将先生的信塞进大衣口袋，系上驼毛围巾后出门融入雪域。

儿童乐园位于雪域的核心。之所以得出如此印象，是觉得雪在此地的下法，相对于市中心，过于微妙的缘故。

毕竟是儿童乐园，闹市区不好与之比较。

从柏油小径一路进来，沿途树枝挂的彩带灯饰色彩斑斓，让人想起吉普赛女郎耳边的坠饰，袅娜的雪色则作为晕染物与之呼应。埋藏于草皮深处的扬声器声调明快地放送着"银铃轻响"之类的圣诞小曲。小曲也好，经人手苦心孤诣装饰的景致也罢，美轮美奂过了头，隐隐透出一股类似马格利特的超现实主义油画的气息。

来到更衣室换衣服，发现人事部助理在门口焦头烂额地配发圣诞服饰，那架势跟配发二战时美军单兵装备差不多。

"早上好。"我说。

"早上好。"他递到我手里的是一套唐老鸭套装，唐老鸭的头跟衣服是分开的，我一只手拎着头，一只手拎着衣服，有种断头再植的况味。

"下午轮班后穿。"他说，"两点钟到广场的雕像处集合。"

我点点头，遂拎着唐老鸭进了更衣室。叠好的唐老鸭看上去像失去水分的侏儒，脑袋和鸭嘴仍然大，仍然目光炯炯。

同伴上午扮演卡通人偶，我则是下午。这是先前排班表上安排好的。在这里上班以来，第一次更换工种，犹如转世投胎般，一眨眼已然成了大雪纷飞里摇摇晃晃的唐老鸭。

我将先生的信件连同大衣等叠好塞入更衣柜，换上制服别好工牌，走出门时被夹道欢迎的风雪吹了一个趔趄。

由于同伴不在，只留我一人独自作业，时间一长感觉有些清冷——倒扣过来的巨大鱼缸式操控室上面落满了雪，匀称的白沙堆积在半透明玻璃屋顶，由于室内有暖气，边缘处的雪花一点点地消融，形成雪的浪花，让人分不清天与地。想起家里孤零零的那尾金鱼，某种宿命般的倒扣的宇宙笼罩着我和它。

轮班出来，在茶餐厅吃完叉烧套饭和例牌炖汤，转而返回更衣室。一路上，我遇到孙悟空、白雪公主、奥特曼、牛魔王和米老鼠一行人。

"嗨。"米老鼠说，"快来。"

我点头，迎着风雪的米老鼠看样子很快会变成一只样式普通的大白鼠。孙悟空等人纷纷朝我点头致意，穿着公主纱裙的牛魔王，模样举止看着很是不协调。哪门子童话都没此情调，这使我又想起马格利特的油画，心想幸好有马格利特这等超现实主义艺术家费了劲儿诠释这等场景。

在园里工作，早早晚晚怕是都要熟悉这番场景，什么孙悟空与奥特曼跳交谊舞，白雪公主舌吻牛魔王，甚至情同手足的米老鼠和唐老鸭最后结为连理怕也有可能。我边换衫边想。

唐老鸭的身躯与我甚是贴合,可能是隆冬的缘故,厚重的毛绒衣服穿上去暖烘烘的。我放下鸭头,做了三个俯卧撑,感觉相当灵便——身体简直灵活得过了头,这套衣服于我有量身定做之嫌。

面对穿衣镜套上鸭脑袋,镜中明明白白出现的唐老鸭率真到令人窒息——也许我原本就是这副模样不成?对着镜子做了副鬼脸,唐老鸭依然率真,鬼脸则无从谈起。

我出了门,双手插着兜走向中央广场,一路上孩子们纷纷抚摸我,或臀部或腹部或尾巴。也有不少游人过来勾肩搭背拍合影。拍照时我尽己所能在职业范围内笑了笑,发现笑容无用——唐老鸭原本就是笑容可掬,哭也罢笑也罢鬼脸也罢打瞌睡也罢,不至于对唐老鸭本身产生什么影响。

以鸭脚鸭步踱步到中央广场雕塑,是两点整。

人事部助理站在大理石雕像下,搂着一沓传单在风中发言:"白雪公主和奥特曼主持游艺节目,唐老鸭和米老鼠派发抽奖券,孙悟空和牛魔王维持秩序并负责解答问题。"任务按角色分配得挺好,我同米老鼠上前领了抽奖券,各朝人群深处走去。

与其说朝人群走去,倒不如说人群朝我涌来。有生以来这么受人欢迎还是头一次——直如约翰·列侬般的待遇。

小手们朝我晃动,我略弓着身,以温柔的、彬彬有礼的姿态给孩子们递上抽奖券,偶尔还拍照留念——实际上姿态温不温柔我不晓得,毕竟我不是唐老鸭,模仿鸭的态度这一点我经验有限得很。

身处咋咋呼呼的孩子中,有种出乎意料的存在感,从隔着玻璃的操控室来到被孩子们体温包裹的广场,感觉上相当不可思议。儿童的体味跟炒过的杏仁味道差不多,冷风一吹,拂过一股杏仁味奶油冰激凌的味儿。

节日的儿童乐园,愈晚愈所向披靡。孩子们像从大马哈鱼卵里破壳而出的小鱼,迎头冲我这里趱。这世上竟有这么多孩子,节日这一天齐刷刷地冒了出来,我一面派发抽奖券,一面花心思消化这个事实。说到底,这地方终归属于孩子,我和这里工作的同事,不过是佣工而已。

无端端想到了鹤。风雪中白皙清秀如神子的鹤。它们曾是这里的领主,现在它们仍然是存在的,鹤们处在某个变形的空间里,清秀俊朗的神情,与往昔别无二致。

微妙的雪气中,我嗅到了鹤的体味。

又想起,女友某一日说起过:"现在身上同你原先当鹤工时的气味一模一样。"

诚如斯言。

刚出生的大马哈鱼绵绵不绝地游向我。我时而把孩子们看作幼小的鱼崽,时而把传单看作是喂养鱼崽的精巧小食。——可能是鱼喂多了,形成惯性思维也是有可能的。及至传单派发完毕,沉沉的霭紫色暮色已罩上雪地边缘。

往昔满当当的草坪覆满了无以名状的雪,三三两两的孩子散落在雪地里打雪仗。孩子与那雪是一体的。树梢的彩灯不知何时闪烁起来，霓虹色在雪地上形成微茫的倒影，散发着老式而时髦的节庆气息。圣诞节年年有，年年不走样。圣诞老人即将登场，我也准备收工打道回府。

距离与先生会面还有一小时四十五分。

一个穿着天蓝色羽绒服的小男孩走向我，问我还有没有抽奖券。"姐姐也想要一张，不过她在家，没法来。"他说。

小男孩七八岁大，同我讲话镇定自若，从问话的口气来看，他是把我当做普通的大人，而不是唐老鸭一类的角色。倒是我不适应起来，仿佛连皮带面具被他看穿了似的。

"对不起，派完了。"我蹲下身，同他解释。

对于这个回答男孩显然已有心理准备，他点了点头，表示理解。他往我前胸的揣兜再次深望了一眼，随即道谢离去。

绅士般的仪态。

我站起身，沿着柏油小路返回更衣室。广场的喧闹连同圣诞之夜被我远远地抛诸脑后，派完传单的唐老鸭至此孑然一身，相比来时路上的受宠若惊，打回原形的孑然一身似乎更适合我。

换上大衣系着围巾的我看上去同任何一个游客没什么两样。在穿衣镜前我凝视自身半晌——再度确认这张将出现在先生面前的脸。大衣肃整，胡髭溜洁，面目精致，眼睛眉毛鼻子一样不缺，总体来说算是一张较为符合国情的中年男人的脸。

少顷，我叠好唐老鸭外套，拎着鸭脑袋走到门口，交给更衣室负责打点事务的女子，朝她一笑："圣诞快乐。"

"圣诞快乐。"她说，冻得跟匹诺曹似的红鼻子使她看起来比实际年龄小得多。

随后我纵身朝风雪中走去。

13

"翎毛的位置长着翎毛，并不是领结。"

从先生处领来的旨意不外乎这么一句。未知的事物一添再添，已知的选项却一无所获。倾覆一空的鹤工厂、通往他方的幽黑甬道、甬道墙上的字符、寻找仙鹤的老头子、同离家出走又惊鸿一瞥的女友及她的戒指，这之间有何联系？又共同指向哪里？

"该去寻找鹤君了。"——脑海中反复回响着先生的话语。必须往先生指示的方向义无反顾地走下去，唯独如此，才能找到出口。

回到寓所，我卸下围巾，褪下大衣，更鞋沐浴。一日以来身上的滞重及雪气都被温热的水流灌濯至暗流呜咽的下水道。从热腾腾的浴室出来，我调亮客厅的顶灯，倒了杯威士忌边喝边思考先生的意旨。

快十一点时觉得困了，便上床躺下。熄灯没多久，柜头的手机发出幽蓝的光，拿起一看，是沙的信息。"圣诞快乐哟！"沙说。

平安夜独独记起祝福我的人，会是这孩子。

"圣诞快乐。"我仿若待在世界尽头昏茫的山坡深处给这孩子发送了这则信息，随后意识遽然掐灭，陷入黑而深沉的睡眠。

14

这是入冬以来最为醇厚的日子，冷固然冷，却也冷得有劲儿，是真真切切与雪相伴、毫厘不爽的严冬。

湖水结冰了。踩着咯吱咯吱的雪踏上湖面，有股熟悉的安然。莹白的湖面阻隔了深不可测的水下世界，留得全然的纯白在此间。我想起那番与鹤共舞的岁月，那鹤群仿佛隐藏于雪迹中，一声唿哨便会翩然而来。

同先生见面已一周，对于我，是平稳静谧、事事井然的一周。上班下班，朝九晚五，返家后做饭读书，偶尔小酌一杯听音乐看电视，一天便无风无雨地过去。未知的事物依然一无所知，种种事态也毫无进展，听凭先生的指引后我获得某种不期然的安宁。

寻找鹤君。先生说。

是的。我心内溅起回答的回响。

周末我独自来到湖边。这湖，一下雪便不一样。没有鹤也不一样。湖固然是变了，位于湖底深处的核心世界，却不因任何境况和季节而变化。

下午的大部分时间，我想用来看湖。虽然没有鹤，看湖也是可以的。一泓净白的湖看得久了，竟然产生错觉，觉得自己是那独钓寒江雪的蓑笠翁，鹤鸟飞绝，独留一翁。

如此定睛看湖，眼睛很快就痛了。我低下头，兜着手在湖边转了几转。

自鹤工厂消失以来，儿童乐园便没有小径可以直接抵达湖畔。

深红色的围墙，犹如断层般将园子与森林一分为二，围墙内的工业式人造景致富有警惕意味地与之隔绝，连让这两边景致可以交融过渡的后门都没有留一个。

小路却还在。

昔日放牧的那条小路，掩盖在积雪里，犹如被岁月浓霜覆盖的老者眉毛般隐现，蜿蜒地通向园子，直抵红色围墙下。

儿童乐园建好后，这条路，怕是没有人走过吧。我边想边踏了进去。路很平，跟干涸的河道差不多。透着雪踩下去，积着厚厚的枯叶的地方听来嘎吱作响。路旁的白桦倒掉几棵，颇有战俘意味地横亘在路中间。丛林里时不时地飞起几只红襟的烟灰色小鸟，嚓然有声地掠过头顶。

冬日的牧鹤之路，较之温暖的季节更为深长。走了半个多小时，赫然发现路旁的岩石上坐着一个老头，穿着对襟棉袄，花白的须发使他看上去像是从雪里长出来似的，说是遭遗弃的圣诞老人怕也有人信。

老头朝我咧嘴一笑，转而往嘴里灌了一口烧酒。

"天够冷的。"他说，"来点？"

"不，谢谢。"我说。

老头晃动手中的烧酒瓶子，一股摇摇欲坠的酒香掺杂在冷空气里，醉生梦死的甘甜。

"不喝点，怕是狐狸毛都捞不着。"

固是不明所以，我还是点点头。

"喝得太多，又招来熊。吭哧吭哧的熊，你可见过？"

我摇摇头。我在此地放牧怕有上百次,一根熊毛也没见着。

"没见着好。鹤一来这里安安生生,鹤一走这林子百鬼穿行。"

"噢,"我在老头身边坐下,问,"鹤呢?"

"飞走啦。"

"是吗?"

"怪不得鹤,我看是这伙人打的鬼主意。"

"讲来听听?"我说,顺手从兜里掏出烟,抽出根递给老头。

老头凑着烟仔细嗅了半晌,胡子抖下几粒雪来,方才凑在我打的火上,捂着点燃。

"那个,"他说,"有坏人呗。"

"嗯?"

"怎样坏不晓得,反正是坏人。"

我也多少认可老头这个观点,但不吭气。

"怪坏的。"老头把抽了几口的烟扔在雪地上,跳起来猛踩,跟青蛙一样。扑簌簌的雪被老头的话从枝头震落,有的落在脖颈,凉丝丝。

我沉默下来。

老头踩累了,又气呼呼地坐下,问我:"烟呢?"

我又给他掏出一根,点上。

"我这人,有个毛病,一生气就胳膊泛酸。胳膊泛酸就得拧点什么来劲的。"

"悠着点呗。"

"对了,"老头耳朵像是噗嗤竖起来似的,"喂,别再往前走了。

再走可就得罪人,一得罪人谁也拧不上。"

"拧不上?"

"拧不上就是拧不上。总之,你来的不是时候。"

"前面那地儿,你晓得?"

老头儿神神秘秘做了个"咔嚓"的手势,转而仰头抽烟。

罢罢罢,原来我不是蓑笠翁,他才是。

我学着老头闷头抽烟。我原本是不抽烟的,鹤不中意。鹤讨厌抽烟的人。换工作以后,不知怎的顺手也就捏拿起烟卷来。

我和老头各自吞吐烟雾想心事。老半晌,老头又气哼哼地站起来,咔哧咔哧蹭着脸上的连腮白胡子,"怪不得,你你你,别抽了。"

"吓?"

老头倔头倔脑地一把捏住我手上的烟头:"都给你活活糟蹋了。"

我无奈地看着他。

"硬是把那'鹤'字给糟蹋了,知道不?糟蹋了。"

多少有点懵懂,但也明白过来,这家伙是沙的爷爷。

"好吧。"我点点头,"不抽就是。写的字还能用?"

老头子坐下来哼哼唧唧一番,也搞不清到底是什么意见。我搓了搓手心,双手硬得像冻萝卜。

"鹤找得怎么样了?"

老头看看我,又看看天,发红的脸有着些微的愠怒。

"好端端的,给你毁了。"

"对不起。"

"哼。"老头抽完烟,仰望天空挖了半天鼻屎。

若是真有心理年龄这码事,我还真拿捏不准沙和她爷爷谁的心理年龄大些。这挖鼻屎的老头子真能找着鹤不成?我思忖着。

老头的鼻孔实际上被白胡子遮着,认真说来挖鼻屎对他并不是件容易的事儿。因此必须仰头也说不准。

"接下来怎么办?"

他勾着指头堵着鼻孔看了我一会儿,说:"融雪之前,不抽烟。"

"噢。"不抽烟对我来讲不算什么,只消好好地按照当鹤工时期的活法选择生活趣味即可。

"还有呢?"

"你,回去。"老头甚是不耐烦地挥了挥手,转而抬头看天。我循着他的视线往上望,一径烟灰色天空,被枝丫远远地撑开,分解为无数块的天空。

看样子很难再从他嘴里套出话来,以老头的姿势老头的看法看了数十秒天空后,我决定先回去。

"关于鹤的事,派得上用场的话尽管差遣。"

老头子视线一动不动,仅从喉咙里咕哝出一声类似"噗"的声音来。即便是倔倔地站着,也十足十地似无人垂爱的圣诞老人。

圣诞老人年年有,只得一天派得上用场。

湖是不再看了。我只顾兜着手低低地往森林出口走去。一路上我边走边思考老头的话。"融雪之前,不许抽烟。"莫非雪融之后事情能够出现转机不成?青年鹤君将携仙鹤款款而来,而我什么也不用干，只消不抽烟？

才怪。

不过五点多，天色渐欲晦暗，浓郁的冬意从林里渗出来。走到森林路口时，我给沙打了个电话，等了四五个信号音才接通，沙显然正睡眼惺忪，看样子还没醒透。

"喂，怎么啦？"

"刚醒？"

"刚醒。"

"吃饭吧。"

"现在？"

"我来接你。"

"好吧。"

讲了几句话，沙的嗓音渐清晰，意识连同话音与我同趋同一现实频道。

出租车停在之前送她的巷口，沙出来时穿着羊角扣呢大衣，脖子被厚厚的白围巾裹着，露出耳畔的两根辫子来。这般打扮怎么看怎么像是遗弃人的那一方——实际上遭到家人遗忘，连晚饭都没着没落的人该是她吧。那个没头没脑的老头记不起孙女死活的情况是非常有可能的。

"常这样？"她坐后排，我扭过头问她。

"什么？"

"睡觉吃饭什么的没个准？"

"差不多。"她揉了揉鼻子。

"见着你爷爷了。"

"噢。"沙没什么表示，一味侧着头看街景。

"想吃什么？"我问她。

沙考虑半晌，说除了牛肉汉堡之类其他都可以。我嗤地一笑，看来是垃圾食品吃伤了，吩咐司机把车往北区的美食街驶去。

我把沙领进一家南洋风味的饭馆，径直点了奶酪羊排、烧猪颈肉、咖喱杂菜和水果沙拉，甜点则是榴梿酥。沙对我点的菜没有什么意见，饭菜一上来，她就非常自然诚恳地吃起来。同上次见她风卷残云的吃法不大一样，有股稳稳的神气。

吃得差不多，我们边喝奶茶边聊天。新鲜的奶茶隐隐含着红茶的香味儿，很是适胃。

"喂，那人还好？"

"谁？"

"我爷爷。"

"神气得跟住在土匪窝里的豹子似的，差点把我的烟都抢走了。"

沙嘻嘻笑起来。

我蹙眉，"没和爷爷在一起？"

"那人呗，不见人影一个多礼拜了。"沙用手捂着冒热气的奶茶，"老这样，一着急就随便失踪，说是有相当要紧的事要办，过问不得。"

"吃饭怎么办？"

"啊哈，那个，"沙咕嘟喝了一口奶茶，"不要紧的，钱都塞在抽屉里，花多少拿多少，一直都这样。再说了，我总是随便拿，也不见少。"

"说不定爷爷晚上偷偷回来补充过数目。"

"有可能。"沙拿了一块榴梿酥咬着，"你们看来蛮投缘，都有一股脑的不正经作风。"

"我可比他正经多了。"

"不正经的地方也多。"

真怪，同这孩子聊天，什么费脑绕舌的话都不必说，自在得像泳池里睡觉的蛙人。

"不会是每天牛肉汉堡炖方便面吧？"

"兼而有之。"沙打着哈欠。

"光吃垃圾食品，小心发育不良。"

沙睥睨了我一眼。

最后一块榴梿酥也吃光了。我们静静地坐了一会儿，犹如彼此的镜像。沙喝奶茶，我也喝奶茶。少顷，她支着下颌对我说："想去游乐园，行不？"

"现在？"

"现在。"沙认真地看着我，眼神像一泓你不忍心投石的湖。

从车上下来，我和沙一前一后默默往游乐园大门走。眼下八点刚过，距闭园还有近两小时。钱包里工作证是兜着的，出示工作证对保安说回来拿点东西，应该问题不大。之所以答应来，是因为也想来。沙说，来了这么多次游乐园，一次晚上的游乐园都没见过——颇有点"月的阴暗面"之遭遇。我想起平克·弗洛伊德那张著名的专辑，初次听它已是十七八年前的事情了。那时有狗、校服、弹子机、篮球联赛和《天龙八部》。"月之阴暗面"的少年如今是否安好？可有喷泉、奶茶、丝袜、证券和选票？

我想到哪里去了。活灵活现至死不悔的"月之阴暗面"少年。

因为带着沙，与保安交涉时多少费了点口舌，好在沙机灵，笑容又得体，最后保安总算点了头。犹如拎着一箱子富有争议的行李通过机场安检——实际感觉起来应该是这么回事，沙以行李的形式被我拎着，工作证嘀一声之后通过了大门。

我和沙踏着月翳走，路过水渠、睡着了的喷泉、林荫、花圃、海盗船、小火车和假山，最后钻进象鼻子滑梯深处。

"蛮舒服嘛。"沙在象鼻子底下的沙地上坐下。

我凝视了一会儿天上的鹤。

"喂，想什么呢？"

"同我讲一下你爷爷找鹤的事吧。"

"鹤的事……"沙仿佛在等待记忆汇聚，边想边用手在沙地上画画，是个鹤鸟形象的小孩。月色极其暗淡，照着她的手连同沙地上的鹤鸟。

"我就是个电话接线员，可以这么说，"沙将双膝拢在臂弯里，低头看沙地,"爷爷说,他在这一头,他要找的东西在那一头,经过某种频度的追寻和探访,我可以准确无误地将两者连接起来。"

"你能连接?"

"说实话我也不大明白,是爷爷跟我这么解释的。"沙说着,又抿了抿嘴,月色在她眼里反射着真切的光,"他给我各式各样的线索,让我去寻找……"

"嗯?"

"爷爷给我看一些古古怪怪的东西,通过测量我的心率计算出鹤的线索。你晓得吗,他发明的那玩意儿跟测谎仪似的,戴着憋人。"

我点点头,表示理解。

沙边说边把手里的木棍埋在沙地上鹤鸟的心窝里——我想起小时候隔壁邻居家养的大肥猫,在院子里大小便后总要掩埋得一干二净不露痕迹。

"算出来了吗?"

"头痛,愈来愈头痛。"沙说,"看过那些古古怪怪的东西以后,我总有股说不清道不明的感觉,感觉要目睹什么却又什么也没看到,而且感觉得到那东西正加诸我的身上。"

"难受?"

"难受的不是这个,是爷爷的算法,他那个人硬生生要把这套东西付诸数值,并由此运算得出结论。"

"不看便好了?"

"不成,看过以后怎么也消失不掉,那感觉来了就一直模模糊糊地留在心里,既思考不得也得不出什么具体的结论,时不时地涌上心头。喂，我说的你可明白？"

"多少明白一点。"我说。

沙叹一口气："怪恼人的。"

"爷爷到底给你看了些什么？"我问，"说不定从东西入手就可以解决。"

"普普通通的东西，一张过了时的结婚请柬，一副不知从哪里搞来的助听器，旧钱包，银戒指，老式钥匙扣，你写的'鹤'字的字条等等，总之东西虽普通但花样百出。噢，还让我听了一张李斯特的《B小调钢琴奏鸣曲》，分五次读完托马斯·曼的《魔山》，边听边读测试心率。"

我就沙说的东西静静地想了一会儿，遂开口："戒指，什么样的戒指？"

"普普通通，连花纹都没有的银戒指。"

我屏着气，回想起女友兜里发现的那枚戒指，有什么奇异的回响静静地在我心内发出D和弦的颤音。

半晌，我又问："爷爷给你看的那些东西，有没有可以称之为共同点的地方？"

沙歪着脑袋，"请柬啦，助听器啦，钱包啦那一类东西，就共同点来说，无论从颜色、样式、年代，还是价值来说，我都没能找到一致性的地方。但是……"

"嗯？"

"他给我看的那些东西，总能隐隐让我感受到曾经使用过它的主人的心情，那是一股无意识的，被动唤起的体验。具体来说，每种物件的体验千差万别，看过后，甚至连那东西的样子款式都记不太清了，对于昔日主人心绪的体验却持久不散。"

"唱片和书呢？"

"也是。准确地说，听的唱片也好，读的小说也好，全部感受都不是我本人对音乐和唱片的感受，是别人，别人的聆听感受，阅读体会而已。不过是用了我的听觉，我的视觉，由我的听觉视觉搜集的信息产生了他人的印象……读完之后，我头痛了整整一个礼拜。"

我久久地沉默不语。

"那几天，我打了很久的街头争霸和赛车，才回到自己。"沙抓起沙子，淅淅沥沥的沙子从指缝里流下，把那只鹤填成一座沙丘。

"现在好了吧？"我伸出手，承接她手里流出的细沙。细沙填平了我的手心。

"大体上。"沙说。

"以前也这样吗？"我问，"以前也有这种能力？"

"没，"沙摇摇头，"与其说这是我的能力，倒不如说是东西本身的能力。再说了，我看其他别的东西并没有类似的体验。若是生活中方方面面的东西都能让我产生这种感受的话，我肯定会受不了的。能否正常生活下去都是问题。"

我一声不吭，就沙的回答陷入了深思。

"冷吗？"可能是思绪扩散得太远太久，待我抬头时，方才感到从滑梯柱子空当处吹来丝丝寒风。

沙茫然地眯起眼，抬头往远处一片漆黑的广场望去，我顺着她的目光看去，只见广场上方浮着一大片雪，淡而薄的细雪隐隐反射着点点微茫的星光。

我脱下外套给沙披上。沙用双手拢了拢外套上的温暖，松动双膝："我们往前走吧，坐久了会着凉。"

远远看去觉得漆黑的广场，慢慢走近了却开阔起来，雕像、树荫、长椅等各式物体以其不同的淡影不同的轮廓组成层次分明的丰富细节，我和沙的影子也在其中，投在淡而薄的雪地中受到星光的滋养。

"对了，"沙边走边问，"你是在哪里见到爷爷的？"

"园子背后的森林。"

"又跑去了那里？！"

"又？"

"三番五次，跟着了魔一样。"沙摇摇头。

穿过广场，站在摩天轮面前。巨大的钢铁怪兽矗立于夜幕之中，怪兽的上半身全然被夜色吞食，只看到模糊不清的下半身。白日所见的摩天轮的鲜艳和喧嚣早已荡然无存，只有静静地散发着钢铁冷冽意味的怪兽残肢，看得久了，怪兽似也具有了某种不可言说的意志。

"天一黑，变了样。"

"的的确确。"

"如果可以的话，陪我站一会儿好吗？"

"好的。"

沙于是静静地站着，面对失身于黑暗只剩半身影迹的摩天轮。我站在她旁边，一同仰看。两人不言不语。不知哪里由远及近地传来乌鸦粗粝的嘎嘎声，同极其渺远的高架桥上的车流声形成混响，最后归复平静。

"喜欢晚上的儿童乐园？"

"喜欢。"

于是我们继续看摩天轮。

对于整日事务性地察看摩天轮的我而言，夜晚中冷却心脏、只身停立的钢铁怪兽更具有观看意味。它已经不具备白日里波塞东龙的昂然气势了，只剩下某种实质意义上的冷的形体，由于形体过于巨大又无所指，让人感到它已经溢出了人类世界的现实边界。

沙不声不响地看了摩天轮十五分钟，转而对我说，"那时候来，因为看见它，所以决定往它的下面走一走。"

"你是说下面仓库那条甬道？"

沙点点头："经由爷爷的训练，看的东西多了，多多少少看得出一点。它也属于那里的东西。"

"同鹤有关？"

"是的。虽然跟其他日常物品不同，不是一种被使用过的体验性感受，然而其中存在的气息是不会消失的。"沙说，"我循着感受走过去，发现气息不是它，而是来自它的根部。"

"找到了？"

"没有。"沙的身子斜倚在摩天轮的围栏上，"所以来问你。总觉得操纵这玩意儿的人没有理由不晓得。"

我苦笑:"确确实实不晓得。"

"所以呀……"沙双手一摊,"连签名都拿回去细细读了。看样子确实不晓得。"

"那里面你去过?"

沙摆摆手,像是对我这个问话的无声漠视,转过身来将视线转移至摩天轮与黑色天幕的交界处。我追随她的视线看过去,那地方似乎涌动着看不见的云翳,随着月色的变化,钢筋铁骨与夜幕的边界也在一点点地游移,时而隐匿,时而分明。

相当长一段时间后,沙对我说:"我们回去吧。"

"好的。"我转过头看她时,发现这孩子眼里有着深深的,与年龄全然不相称的疲惫。"怎么了?"我问。

"不晓得,看着看着就累了。"沙说。

出租车上沙什么也没说,只静静地喘息。我示意司机关掉电台,又将车窗摇出一道透风的缝来。

"对不起,不该贸然领你去。"

沙摇摇手,小声地说:"没事的,睡一觉就好。"

"果真?像犀牛背着安哥拉长毛兔过河那样牢靠?"

沙淡然一笑,笑容里全是累意。

我也便不再言语。

下车后我送她到巷口,随后停在巷口看她,直至她和她的背影没入房内,我才转身离去。说起来,那孩子的背影,比起她本人,多了几分无以言说的乖巧。

罢了，或许只是心疼使然。

下午挨了老头子好一顿说，晚上则同其孙女约会，我一边想一边梳理其中的古怪之处。一日来获得的线索太多，老头也好，沙也好，方方面面的信息太多，汇拢起来大致走向两个方面——一是从湖畔通往园子后门的牧鹤小路，二是心脏止息后的摩天轮下的通道。

返回寓所后，我把剩下的半包"万宝路"用保鲜袋装好，塞入装着日常杂物的抽屉——如此一来算是与烟诀别，随后倒了杯威士忌，坐在沙发上边喝边考虑事情的变化。变化委实够快，连同我本人驾驶的摩天轮及女友的戒指均卷了进去，像哪条事物链上的哪个螺丝。

快十一点时洗澡上床准备入睡，临睡前我拉开衣橱深处的抽屉，拿出那枚戒指细细端详：戒指仍以戒指的形态发出银白的色泽，并不因为主人的遗弃而产生任何抵牾的神色。我将戒指握在手心，就沙说的被动体验性感受了一番，什么结果也未能得出，戒指只作为普通金属环形物的冰凉质感存留手心。握得久了，戒指被我的体温所感染，发出金属的温润气息，我也渐渐睡着了。

15

那么，下一个步骤。坐在形如玻璃缸的操控室，我一边观望形体姣好的波塞东龙一边操作控制杆。天色现出几霁初晴，大型鸵鸟样儿的云朵俯瞰地面的恐龙，天蓝云白甚是养眼。启动机器后，我饮啜咖啡，闭目思考：下一个步骤将会去往何方？贴身衣兜里的戒指似乎发出锵然之声——它想去哪里？它会去哪里？

先生出头挑明意旨后，事态开始汇拢：老头出头大喝一声，沙则倾情暗示，女友失踪后前来乘坐摩天轮的原委多少能够理解一二，而我作为其中操控摩天轮的工人，个中负有多少担当？

——我决定从同伴入手。既然我作为其中运作机械的工人忝列其中，同伴怕也同样具有某种相似属性，操控摩天轮的工作人员除了我还有他，对此机械怀有个人的私人感性上的见解怕也是应当的，若能就此交流一番想必会更好。

于是我转头对正在休息椅上读报的同伴道："下班后有空吗？一起到外面吃顿晚饭如何？"

同伴抬头杠起肩，掸动报纸，笑："难得。"

"哪里，有事请教嘛。"

"那好，这附近的'琴屋'如何？"

"就这么定了。"

算起来，与同伴共事差不多快三年。不论是在之前鹤厂制作车间还是现在的操控室，这家伙工作得心应手的程度实在令我咋舌——可能是出于某种集约性质的天资也未可知。在鹤厂时，此人无论分派哪个车间干什么工种，莫不手到擒来，头头是道。安装鹤腿，打磨鹤喙，校准走姿，排查次品或是现在操控机械，精准得令人肃然起敬。按理来说，我对于工作也算得上一丝不苟，有条有据，在他面前还真是自叹弗如。

刚进厂时曾怀着一股近似崇敬的心情观望他工作的样子，久而久之便也得出这样的结论：天赋这种东西怕是普通人学不来的，清洁工人有清洁的天赋，游泳救生员有游泳的天赋，哪怕是电影院检票员，其检验票券的天赋怕也是与生俱来，只不过入对行的人少之又少，大部分人都只是笼统地进入了某个工种中，譬如清洁工去当了洗碗工，电影院检票员则不巧成了列车检票员，游泳救生员成为游泳教练的有之，成为游泳运动员的有之，游泳救生的天赋仅能发挥十之一二，仅此而已。总之，真正具有制作鹤的天赋的工人，在我看来非同伴莫属。——至于如今的操控摩天轮工作，在他怕也是当做鹤厂工作来干的，这种感受实打实地挥之不去。

在日式风格的"琴屋"坐下，我边喝烧酒边等他。我比同伴早收工四十五分钟，最后一班轮到他头上，因此我得以过来提前入座。下酒小菜点了薄切的生牛肉和苹果沙拉，主菜则稍后定夺。

连着几日放晴，儿童乐园的景致和空气都有赫然甘爽的意味。这个位于园子附近的饭馆刚开业不久——这种餐厅说是这一带辟为儿童乐园后应运而生的也说得过去。据说美貌的老板娘是个嫁给中国人的日本女人，普通话讲得天衣无缝，而神韵则很像昔日的吉永小白合。老板娘虽然甚少露面，但时不时到此吃饭的同事隔三差五总爱就此话题谈论一番。

眼下我边小酌边看窗外景致，里头靠窗的位置正对着森林，虽说昔日的葱茏荡然无存，但放眼望去一片浑白倒也甚为写意。

同伴来时，清淡的牛肉和苹果沙拉正好被我打扫一空，我把菜单递给他,同伴落座后要了甜虾、烤牛舌和银鳕鱼,随即吩咐侍者为他倒上酒。

"足足拖了十五分钟。"他说,"有只大雕落在摩天轮的主轴上死活不肯离去,俨如热恋般的缱绻。"

"这征兆,其实不坏。"我说。

"那是。"同伴答,"摩天轮也会有爱人。"

接着我们默默看了一会儿窗外色泽恬淡的树林。

"对了,"他问,"什么事儿须得特意出来请教?趁我还没开动,吃喝一来,脑袋频率怕是会转台。"

"呃,也不是具体特定的某件事。"我摇动淡青色酒樽,略略筹措一番词序,"只是关于操控摩天轮,个人有些不甚了然之感受……"

"嗯?"

我喝了点酒,顿了顿:"不觉得咱们操作的这家伙,够古怪的吗?"

同伴就我这"古怪"一词陷入了沉思。

"你说的没错,若要坦然而言,这的的确确不是一般妙的家伙。以普通的机械普通的操作方式也是可行的,对我们来说,却也只能以我们能力以内的操作方式操作它。你看出它的不同寻常——它的的确确不同寻常没有错,但这不在我们的能力范围内。我们是以指定的普通能力对其进行普通操作的工人,你只需明白这一点即可。"

我吁了一口气,"它真正的能力是什么?"

同伴耸耸肩,"我毕竟是个普通工人,感受到其特异之处实属偶然。再深一点怕是我自己都不能理解。这一点，想必你也有同感。"

我点点头。说起来，同伴在工作禀赋上面，实在比我强太多。很长时间以来，凡事莫不以他为工作准则。说到就此放弃的话，又觉得隐隐有什么堵在心窝。

"先喝酒，来。"同伴仿佛看出了我的心思，给我斟满了烧酒。很快，甜虾、烤牛舌和炸银鳕鱼都上来了，我们边吃边喝，话题也渐渐松散。

可能是饭食和烧酒一径温暖喉咙和胃的缘故，我们聊的内容比在办公室要开阔不少。股票、美国职业篮球联赛和赛马，连新上市的汽车也被同伴品头论足一番。几盏下来，我们很快达成了对新款汽车的一致意见。

"喂，"同伴夹了一块虾，细嚼慢咽一番后啜了一口酒，"告诉你一个秘密。"

"秘密？"

"三点二十五分，让摩天轮在下午的三点二十五分多停留一分钟。"

"多停留一分钟？"

"嗯，一分不多，一分不少。"

我望向同伴斩钉截铁的面容，还想多问点什么，这家伙却也摇摇脑袋盯向侍者："加酒。"

罢了，搞不好那多出来的一分钟，是溢出普通操作的一分钟。

不过，何以是下午三点二十五分呢？我边想边把端上来的酒斟满。

酒足饭饱后我喊来侍者结账，又提议去酒馆坐坐。

"酒馆？"同伴把眉头皱起五毫米，"多久没出来活动啦？你不晓得原先那个酒馆早就没了。"

"没了？"

同伴点点头，"自从鹤厂搬迁后，鹤工常去的酒馆也连带搬走了。说到底，还是蝴蝶效应使然。"

"我们鹤工不都还好端端地在这里吗？"我有些怅然。

同伴叫了辆出租，领我去了老城区后街的一家酒吧。换了地方，音乐和鸡尾酒都不错，新的酒吧确有其妙处，光灯光就至为幽雅，台上爵士歌手的歌喉也仿若深海蝉音，愈听愈醉耳。

16

此后几天风平浪静。我依然按部就班地放牧波塞东龙，将盛载其中的人们一一送上云端，流连一番后返回原地。

同牧鹤很像。不过是人，不同于鹤。我想。

下午三点二十五分——这个时间点在我心头形成某个刻度线，每到此时心头定然咯噔一响，不期然地抬头看天。摩天轮是否如约安然静止？如同停下来喘气的挂钟般悄然在那个刻度多停留一分钟？

回回落空。

这个月安排三点值守摩天轮的是同伴，显然他使用其固有的普通能力对摩天轮进行固有的普通操作。在咖啡馆小憩边喝茶边观赏同伴作业——就游客而言，大约不会察觉出摩天轮开法的差异，本来这东西不同于汽车轮船，定定地止于半空，其转速和姿态都具有固定程式，在普罗大众看来，怕是无差异可言。只有作为操作工人的我们，才能准确辨认出其驾驶者。即便是以指定的普通能力对其进行普通的操作，个中状况也是千差万别。同伴那人，操控摩天轮有种习惯上的稳健及力度，犹如运载经书的浮海游龟般悠扬稳固，其气势其风流之样态，即便是坐在远处暗暗观赏的我，也忍不住击节赞赏。

只可惜，世人只晓得摩天轮用来坐，不晓得用来看。

细细看来，同伴从没在三点二十五分之时停留过一分钟，不是多于这个数便是少于这个数，每每巧妙地避开那个秘密的临界点。大约是其本人不愿触碰这个秘密——真正原因是其不愿意卷入此事件也未可知，我啜了口不加糖的红茶，如此怔怔作想。有轮廓的云和轮廓模糊的云均从儿童乐园上空凝然经过，看起来离摩天轮很近，实则遥远。这样的晴爽天气已持续相当一段时间，薄淡的日光不甚坚定地普照着大地。

眼下是一月初，离我轮班值守三点那趟摩天轮还有近二十天。

不急。我想。在打开那个秘密之前，自己尚有许多功课未完成：老头子、沙、女友，包括我自己，千丝万缕兜转在手中形成一个巨大的线团。鹤君正在哪里等着我们——隐隐的风姿，昂然的气派。我闭上眼，遐想青年仙鹤君的音容笑貌，其存在感愈来愈真实，愈来愈动人。

兜里的手机发出轻微呜咽的短信蜂鸣声。我掏出看，是沙。"下班后有空吗？""当然。"我快速做出回复，随后将手机搁放在咖啡桌上，边看云边陷入思考。

深冬午后的阳光相当矜持，即便是晴好的天气，日光也存在某种程度的脆弱。我用目光逡巡着摩天轮那边的云，自从成了摩天轮操作工后，看云成了一种职业习惯。这同牧鹤时候看湖，大概同属一种性质。

有只翎毛淡灰的鸽子飞了过来，落在桌上，大方得体地啄食剩下的下午茶点心屑。此时手机蜂鸣，鸽子略一犹豫，仍又埋头静静啄食。

沙问："去不去打街机？"

"好。"回复后，我想了想，又加上，"可以的话，一起过来等我下班。"

"好的，待会见。"沙说。

抬头时，鸽子不见了，好像没过来似的。

四点是我当班。在我聚精会神地操控设备时，沙笑嘻嘻的面孔从玻璃窗上黏上来，圆鼻子压成了长褶皱的章鱼屁股，衬得她的脸格外可气可笑。我瞟了她一眼，不理，径直专心致志地看管那架庞然大物，一直待我把摩天轮稳稳定格在某个点，舱门依序打开游客一一下来后，才抬头看她。

"喂。"可气可笑的沙冲着我，她的唇形在说，"开个门嘛。"

看样子她以海洋生物的形态观看了我许久。

我起身开了门："只待十五分钟。"

"嗯。"她探头进来,"这里很酷。"

同伴不在,我拉过仅有的一张休息椅让她坐下。她边"噗噗"地嚼着口香糖边东张西望。

"爷爷回来了,"她说,"同那人待久了怪憋气的,想找你出来玩。"

"老头还好?"

"好成了面团。"

"嗯?"

"一周后回来,白胡子都拖地了。"

"是很好。"

"再不给我戴测谎仪了。研究进入了下一阶段,一副风风火火的样子。"沙鼓着腮帮子,饶有兴味地注视形如鱼缸的屋顶,俨如对着屋顶说话,"你呢?"

"老样子,依旧孤家寡人,女友完全杳然。"

"嘻嘻,假以时日。"沙说。

这孩子说话有时候出人意料。

"想看,"沙指着闪闪烁烁的仪表盘,"可以吗?"

"唔,但别乱动。"我说。

沙点点头,极敏捷地溜达过来,撇着头左右浏览。她以观看水族馆的目光对各种仪器进行了仔细的鉴赏。少顷,她抬头往监视器上望去,一小格一小格的监视器连成一片,立体的世界被多镜头切割成各个平面在她面前平行放送,沙慢慢地一个连着一个看了过去。

目光落在仓库转角的监视荧屏上。

"嗨，"她揉揉眼，"真是眼熟。"

"不能不眼熟。"我说，"第一次见你，就在那儿。"

沙用指尖搔搔太阳穴，又换了种看法——这种看法似乎较刚才的看法更为实际和凝重，沙死死地看着，好半天，她说，"跟深井一样，怎么看也看不清。"

"傻气。"我开口，"这么看下去，怪累人的。"

"是好累。"

"出去玩吧，"我看了看表，"准备开工，五点四十五在门口等我，OK？"

沙把视线缓缓从监视荧屏上挪开（好像有根看不见的线将她的视线同荧屏藕断丝连），垂下黏人的睫毛遮住眼睑阴影。"好的。"她说。

沙来过后，操控室的空气清新程度翻了一番。可能是这间狭小的操控室长期交替弥漫着两位男士的气息，导致室内空气不平衡也未可知，我联想到。

开始操作之前我往监视荧幕上扫了一眼，那景象，像头深井，这是沙的说法，我不得不赞同。

才不到五点，一天的阳光已消耗得所剩无几，这是深冬天气惯常的做派。我抬眼看了看天边裹藏着柔和光线的云翳，驾着这座大机器，启动下一轮游戏。

不知为何，我有种驾车前进的错觉。

迟到了五分钟。沙倚着路旁的树干，旁若无人地玩着平板电脑。闭园时分三两行人从门口鱼贯而出，于她身畔经过时，俨然成了她的背景。

我走上前去，默不作声地盯着沙把一节游戏打完。游戏结束时，游戏里的角色的凄厉叫声流淌一地。

"好了。"她合上平板电脑，"走吧。"

"够可以的啊。"我说。

先吃饭，后打机。沙遵从了我的提议。我们去了游艺厅楼上那家茶餐厅，上次来过的地儿。两人各要了一份咖喱饭，我的是咖喱排骨饭，她的是咖喱牛扒饭，另再要了一份生炒生菜和一份虾饺，沙吃得极认真。但凡吃饭认真的女孩无不可爱，这是我的观点。

"你很会吃饭。"我说。

"吃饭也有会不会的问题？"

"当然，不是所有人对食物都怀着认真珍惜的态度。有的人（尤其是怕胖的女孩）固然也吃了，但多多少少透出对食物的抵触之情，可能是惧怕卡路里，也可能仅仅是挑剔习惯使然，有的人菜也会做，烹调也甚有品味，但给人感觉就是不会吃。"

"喔，上次还说我吃垃圾食品来着。"

我摇摇头："不是一码事。作为人，是同食物相处的问题。"

"你这人，这个那个说起来头头是道。"沙诧异地说。

吃完饭后沙要求休息会儿再去玩，于是转头拐去了露天平台。风不怎么大，空气冷浸浸的。沙站在老地方，趴在栏杆上往下望，跟鼯鼠似的。我站在旁边，一时间找不到适应性的动作，遂把双手拢在兜里,远眺街景。

"嚯,你对鹤这种动物是怎么看的?"沙问我。

我想了想:"极其诚恳、富于灵性。"字斟句酌地,"个性嘛,既不特别贸然,也不过分轻浮,总之属于行为举止颇为得体的动物。"

"就这么灵?"

"感觉相当灵。"

"有点儿意思了,"沙说,"是这般哪。"

"你家那老头子呢,有什么看法?"

"他本人倒没说过,言谈举止一上来吧,流露的喜好也是怪怪的。"

"鹤你没见过?"

"没。"沙说,"电视上书本上有的是,但那印象一塌糊涂。"

"改天领你上动物园看看去就晓得了。"

"嗯,"沙说,"我嘛,这方面还真蒙昧得很。没那个机会,小时候被父母填鸭式教育塞得死死的,来了这里后爷爷一不开心就把我往游艺厅送。小猫小狗都没得接触,除了玩游戏水准过人一等,小动物什么那方面的理解能力是一塌糊涂。"

沙到自动售票机买了五十个游戏币,领着我去了赛车区。游艺厅这地方,我十多年没来玩过,变化是有的,总归是那种鼎沸至极一眼望不到青春尽头的地方。发型夸张的中学生多如过江之鲫,也有我这等样貌本分的中青年人,买了游戏币默默往投币口填充机遇和冒险，每当赢得一关时便"呼啦啦"地雀跃一番，失败时又拽着操控把手猛地出拳，场面端的是轰轰烈烈。

赛车区前簇拥着不少观众，沙和我在圈外站定半晌，守着一辆红牌 F1 赛车。车子崭新，引擎声声声入耳。开车的是戴啤酒瓶底厚眼镜的高中生，看得出，他开得过于紧实，该切的地方没切，该超速的地方又疲软得一塌糊涂。三个回合下来，啤酒瓶底垂头丧气，颓然下败。

沙"唰"的一声跨入车座，随即示意我坐在副驾驶位。她熟练地往投币口塞了四个游戏币，边看屏幕边同我说："选'W'赛道怎么样？"

"悉听尊便。"

沙的确有一手。比赛开始后沙的黄色跑车呼啸而去，我的蓝车拿捏清形势之后紧追不舍，好几次一路反转都被沙甩了去。她并不一味地快，但轻灵，虚实相合。几个回合下来，我多少搞清了沙的作风。但终归功亏一篑，输了近半程。

"喂，"停下来的时候沙说，"你不错嘛。"

我苦笑："再来怕是不行。"

沙和我在赛车区玩了近半个小时，接着又转战模拟射击游戏。这孩子玩起游戏来有股灵敏的锐气，不由得我不佩服。想当年我也曾这么鏖战过，实实在在的壮怀激烈，情形却是犹有差异。

玩得差不多了，我在入口处的自动贩卖机买了两瓶罐装热可可，拧开口递给沙。

"去露台。"我用手比画了耳朵，周围过于喧响，只剩得浮动的唇形。

沙点头。

天色一晚，冷法全然变了。露台上各处灯火落下的霓虹色比刚才愈发浓郁。我和沙站在霓虹里，她咕咚咕咚地往嘴里灌热可可，我返身找了处避风的台阶，招呼她过来坐。

才一会儿，冷风吹散了黏在身上的人潮气，人变得清爽起来。长时间处于喧嚣过度的热闹场所，来到幽静处，感觉安静得有些失真。沙坐下后，我从夹克口袋掏出一个小纸兜，拿出那枚戒指，递给她。沙拢着手接过戒指，迎着远处的半片昏黄路灯细细地看着。

"像吗？"

"什么？"

"你见过的那枚。"

沙没回答，若有所思地翻来覆去地看。银亮的残留着我的夹克温度的戒指，在她手里一点点地醒来。

"你的？"

"女友留下的。"

沙不再问，只注视着它。放在台阶一旁的可可罐好似无人搭理的狗獾，一点点地冷下去。屏息半晌，我转了头去看天边的街景，任沙同那枚戒指静静独处。

很长时间，思绪随着远处袅娜的灯火飘摇。许是过于安静的缘故，街上的车流声似乎变得大了起来。一辆速度很快的摩托车陡然驶过，轰轰作响的引擎声切割出整条街道的弧线，经久不散。扬起脸，能看到被霓虹灯光阻隔的漫天星火，相比人间灯火，星空极其渺淡，若有似无。

不知过了多久，沙的肩头上的分量愈往这边沉坠过来，我感到她身上淡淡的体温，接着便靠上我的肩，一股颤动的呼吸经由肩头透过我的老旧夹克导入我的身躯，到达四肢。我转头看了看沙，见她的脸垂下去，嘴抿得紧紧的。

"喂，你还好吗？"

沙并不吭声，我感到没来由的担忧，伸手搂住了她的肩。她的肩膀又小又窄，厚厚的围巾上沾满夜的萧冷。

"想同你说，"过了许久，沙才以沙哑的声音说，"你的那个女友……"

"她？"

"呃，怕是不会回来了。"

沙用兜着戒指的手拢住脸颊、鼻腔和唇，只剩半低垂的眼睑袒露在夜色中。我看着她，极力地从她神色里揣测话的意思。"你是说，她出事了？"

沙微摇头，连带被手埋住的半边脸。

我仔细地咀嚼沙的说法，试图接受那句话的纯粹含义。哪种理解都无法让我明白其中意味，转而道："该是有了新的男人吧。"

"不，不是那个意思。"沙把脸重新从手里露出来，怔怔地看我，"她去了别的地方，变成了别的人，遵从他人的意旨他人的意志。我就知道这么多，具体的准确的事态无从得知。"

我这才明白她的意思，以全身每个器官每根毛细血管深深地领会她的话的含义。女友轻俏自然的面孔浮现心头，吃饭，小憩，洗脸，做爱，入眠，我竭力回想她的每个动作每句言语，试图从中找到与之对应的端倪。

未果。

那个人，同我在一起时的一言一行坦然得毫无声息。想必是以她真实的意志真实的想法。

"她在别的地方以别的形式重新过活，我了解到的是这一点，她不会再回来，因为一开始就打算全然地放弃，她没有办法，你不要怪她。"

我深吸一口气，一任冷冷的空气在脊背流窜。

没有言语。

"对不起，我只是模模糊糊地晓得这个。握着这枚戒指，我能感到她的心情。我不确定，没有十足十的把握，只是纯粹的感觉。说出这个，希望你不要怪我。没办法不说，她的心情清楚地展现在我心里，她没有办法，既不能伤害任何人，也不想遭受伤害，只能不出声地消失，对，只能那样。"

"她在哪里？"

"不晓得，"她说，"我只晓得感觉上的东西，要付诸具体的语言是不行的。那个地方有水，很深很深的水色，她去了水的颜色深处。"

"她还好？"

沙摇摇头："不清楚，我只能体会她拥有这枚戒指之前的感受，之后的状况不晓得。还有，这戒指，它很像，的确很像爷爷给我看过的那个，不过不是。它们好像是一对，同那戒指是一对，我有这感觉。"

我花了相当一段时间消化沙的话，沙的话不难理解，然而有什么堵住了我所要尽力了解的事物的通道。我竭力想象很深的水色，浮现在脑海深处的不过是一片不成形迹的蒙蒙水雾，茫茫视野，所见皆无。

我改变了问法，"能画吗？画点什么我看看。"我想起那晚沙在象鼻子滑梯下画的鹤。

"噢，那个，"沙说，"有时信手涂抹点什么，不成形，只是随手画。"沙说着从包里掏出平板电脑，"不介意的话，画给你看。"

"想看。"

沙把肩膀从我身上挪开，深深吸了口气，静静凝视远方惶然的灯火，随即低头按下了平板电脑开关键，调出画板，用手指轻触屏幕。

我的目光跟着沙的指尖游移，晶亮的屏幕触发出与眼前现实完全不同的、明亮的世界。沙的指尖轻柔地移动，犹如独有的意识体、轻巧、耐心、特立独行。目光追随沙之舞步，我心内这几个月来勉力形成的意识联邦轰然涣散，种种不成形的借口和想法彻底湮没，待沙停止走触，把画呈现在我面前时，我胸内涌起一股无可排遣的孤独感：那女人，是实实在在遽然离弃这一切的，自愿也好，顺从他人的意志也好，总之以新的形式组织了自己。

仿如雪融化成水。温度、形体、表情……无可追返。

沙问："看好了？"

"好了。"

她轻轻切断开关键，连同尚未保存下来的画。

画的是一幅水，切断开关的同时水也流走了。

将平板电脑塞回包里，沙怔怔地摊开手，手心里的戒指盛着星光和灯光。这孩子，是握着戒指画的。

"能帮我保管吗？"

"嗯？"

"是个小小的请求。这个，你守着它合适些。"

沙合拢双手，轻搓着它，仿佛在鉴定什么誓言一类的存在。"好啊。"她说。

我们又坐了一会儿。坐法同先前没什么两样，车流声渐次渺远，隔着墙的暖气机发出严整有序的淡淡轰鸣，哪里出了岔子，又在哪里归复平静。

"对了，"我说，"哪天有空的话，想带你去动物园看鹤。"

"好啊。"她说。

17

花了相当时间和心绪来归整此事。

口红，香水，高跟鞋，隐形眼药水，牙刷和杯子，枕套，大衣和长筒丝袜，它们各成一体，隐秘错综地存在于衣橱、鞋柜、抽屉和台面。连同金鱼一起，构成了女友曾经存在的断面。如今这种种宛如什么可笑证据似的，宣告不存在之人之存在。守着这么一堆过于真实的她的物品，我多少有些无可奈何。

往威士忌里兑了干姜水，我坐在沙发上，边喝边回想沙的话。好久不抽烟，意识已经适应了在不抽烟的情况下运作，虽然运作之时不时出现沙沙的黏涩，毕竟是正常的有效的运转。

啜一小口酒，在脑海中逐一整理沙的话。光从她的话判断不出真实性，但那幅画，她随手画就又注销的画，明显触动了我——没有那样的感觉画不来，她画的是她说不出的、我没有办法明白的那部分。若光是凭那幅画确认沙的说法之真实性，又未免过于草率。

思绪出现一片空白。

怕是对的，那孩子的话。我深呼吸一口气，这些天来我对女友离家出走的归因做出了与自身相协调的解释，并在此解释上继续生活下去，凡事继续进行下去。迟早这番解释是要被打破的，迟早要归结到那方面去。我起身，兜着手在客厅里踱步。

若果真照那孩子所说，女友真的因了某人的意旨某人的意志去了别的地方，变成了别的人，那会是何人的指示，何人的意志？

去了何地？

变为哪般？

静静伫立窗前，窗外冽冽寒风不断拍打树枝和玻璃，唱念做打的深夜寒冬感觉上全然与我无关。屋内暖气开得过足，鼻翼都蒸干了。在暖气构筑的人造世界，我对窗外摇曳的树木陷入了沉思。女友那人，做出离家出走的决定必然有与之充分相适应的理由。对于这一点，我是深信不疑的。但就沙的意思来说，她的这个理由某种程度上可谓是苦衷，一触即发，摇摇欲坠的苦衷——理解起来有些困难，那幅画给人的印象又是全然这般。

我想起沙的爷爷，某种程度上我和那老头儿可算是盟友——他找鹤，我找仙鹤君；他深入调研，我苦思不已；我拿着戒指琢磨不已，他搞来戒指追问不休。或许同他沟通一番会好些，那人走在我前面，笃笃笃地去往哪里全然心中有数，况且还有意无意地对我来点暗示。

牧鹤的路没走成，烟也中规中矩地戒了，从老头子那方面取得线索势在必行。

给沙打电话是三天后，问她爷爷有没有空，能否登门拜访他老人家。

沙在电话那头嗤嗤地笑了："老头子脾气怪得很，你若问有空，他必然说没空；你若是能倒腾下他的好奇心，那不得了。"

"好奇心？"

"你不是有一枚戒指在我这里？"

"哦哦，"我说，"原来如此。我也正打算问他这个。你没跟他说过？"

"你拜托我的事情，没有交代我不会随便讲。"

"有你的。"

"那就这样定了，下午来。"

得，的确是活脱脱的亲孙女。

来到那栋老房子，我敲了三下，沙探头出来开了门。"先拿着，"

她把戒指塞到我手里,"事先说好了的,给他看就成。"

这栋房子比从外面看起来实际上要整洁有序得多,大理石地板、宽大的窗棂、木色墙面及古色古香的吊灯均为够格调之装饰,至于厅里的沙发、电视柜、壁橱等家具则远超出退休科研人员之审美品位,我在厅中央停立半晌,边看一幅抽象画边等老头。

抽象画画的是狐狸,或者说近似狐狸形体——姑且以狐狸称之。把画中线条看成是狐狸实际上费了我好大一番思量,我凝视半晌,狐狸形体又化作跳着探戈的阿根廷舞女,气势逼人。我转过头去,生怕舞女又变成其他什么花样来。宽屏电视机、纸巾盒、遥控器、开瓶器、码得齐齐整整的水果盘,无论从哪个角度看都极其富有生活气息,乃至家庭主妇气息。

我把手塞在夹克兜里,接连不断地转动手里握着的戒指,边观看客厅的摆设边思忖:不管是沙还是老头子本人,能把家布置得如此井井有条实在是出人意料,简直就像是这里生活着实实在在的女主人似的。

鉴赏完毕,仍未等来老头——感觉沙去喊她爷爷的走廊深长如井,两人尚在深井内部进行某种程度的沟通。我转头继续看画,不好不看画,毕竟画原本就是用来欣赏的,老头没来之前我只得看这玩意儿。

仍然是狐狸形体,只是近似的程度发生了些许的改变。画怕是三流画家的作品,从哪个艺术村以人情交际的赠品形式流通过来的也未可知,总之是一幅具有一般中产阶级家庭主妇式审美的作品——旁边的开瓶器和水果盘之造型趣味怕也要是高出许多。

在我把狐狸形体看得有些较真之前，沙来了。

"跟我来。"沙说。

我跟着她闪身进入了"深井"内部。老式房屋的结构大抵有些奇异，但这不妨碍主人将其装修成讨巧的糅合着现代气息的古朴风格。我边走边望着沙的背影，在这个家里，沙有种与其年龄不相符的冷静的影子。

"到了。"她转头对我说。

老头子的研究室实在够可以。细细长长的房间灯光晦暗，仅挑高的天花顶处墙上开着一个小窗口，纷涌的灰尘色光线投落在地板上。地上到处拥塞着旧书旧剪报资料，一侧的壁柜上摆放着形态各异的试剂瓶，瓶里装着颜色奇异的液体，瓶与瓶之间的空位落满了灰尘，瓶上也泛着一层淡淡的浮土。脱了臼的电灯耷挂在巨型书桌前，灯色极其渺暗，照着堆放在桌上的砚台、毛笔、算盘、台历、鹅毛扇、刻度尺、葫芦等物品，其间夹杂着电压表、测力计、电能表、指南针、放大镜及其他叫不出名字的器材，哪样都不像是卓有成效的研究员应有的器材。

老头子的咳嗽声隔着书桌传来。我循着声音源仔细聆听，方才发现这家伙席地坐在桌后的地板上，举着放大镜翻看一本厚得像枕头的书。

"嘘。"没等我开口，老头制止了我讲话。

我索性盘腿坐下，左边撇开一份报纸，右边撇开一份报纸，臀部方才找着地儿。隔着书桌脚的空当看过去，老头一门心思琢磨书中文字，我睨了一眼，那书似乎是用拉丁文写就的，拉拉杂杂一长串看不出什么头绪。老头看得有滋有味,时不时趴在书上用唾沫做个标注,保不成要把内容吃了方才罢休。

看得差不多了,老头才梗起脖子,扶了扶眼镜,道:"屁股都坐破了,你才来。敢情是没搞明白办事的路数,一来二去费了不少时间吧?"

"承蒙指点。"我说。

"喂,"他说,"问你,烟戒了没?"

我点点头。

老头揉了揉鼻子,险些把鼻梁上的眼镜揉下来,又扶了扶眼镜,正色道:"多少搞明白一点算是好的。我看你迟早得上我这里来,倒是比我估计的时间晚了那么几天。"

"是啊,"我说,"闹不懂的事情越来越多,堵在一块儿跟失眠的马蜂窝似的。"

老头起身在桌上抽了张纸巾,复又坐下,用纸巾擤了擤鼻涕。他把擤过的纸巾翻来覆去看了几番,方才小心翼翼地揉好扔进身后的废纸篓。形如癞蛤蟆的废纸篓一口吞掉了老头扔的纸巾。"困惑嘛,必然的事儿,"他用鼻音说出那个词,黏黏的好像还塞在鼻腔,"不可能不困惑。现在的你,被自个儿的想法绑得死死的,跟牙买加强盗手里的货物差不多。卖又卖不出,企图交换也不可能,你处于迷失和流离失所的边缘,手头上的线索混成一沓,哪样你都抓不住。"

我就老头的话思考一番:"确实是挺为难的。不知不觉就走到了这地步,活活走到这地步,不把仙鹤君找出来怎么也过不去。"

"你觉得我们俩寻找的是同一样东西？"

我久久地注视着摇曳的灯泡蜷落在地板上的淡棕色灯影，一时陷入了沉思。"大概不是。"我回应道。

"有共同包含的成分，也有其余的外延。"老头断然道，"我想要的同你所寻找的，无论怎么看都不是同样的东西，但显然我们得往一致的方向去。"

"依你看……"

老头打断我的话："没啥好说的，为今之计只管照我说的去做，做到哪个程度鹤说了算。"

我没有作声，右手一直在兜里玩转那枚戒指。实际上摸上去犹如骰子，何时甩出手落得什么点数还在思忖中。

"看吧，那丫头想必把大致的线索一五一十地跟你罗列了一番，"老头吸溜着鼻涕，"不好意思感冒了。这个房间没有让工人安装暖气。暖气那东西进不得这里，不然一切宝贝朽坏变质可就不好了。女佣也来不得，一来就乱了秩序。唯有不停地擦鼻涕是真。"老头一时间语气缓和下来，那架势好像打算诉诸温情。

"嗯……有个东西想请你看看。"我掏出被捂出手汗的戒指。

老头擤完鼻涕，认真地干咳一声，用粗大得不成比例的手接过戒指。

"呦。"他跳上椅子，拧亮书桌上的翡绿台灯，将戒指凑近灯光细细地看起来。"敢情是遇着亲人了哟。"

"什么？"

老头没理我，将戒指放进被拉碴胡子遮着的嘴里大力一咬，表情犹如遇到坚果的鼯鼠。"这个，还是挺来劲的。"

我点点头："看出了什么？"

老头把咬过的戒指用纸巾擦了擦，又埋头细看。"这个，给沙看了吧？"

"看了。"

"我就说嘛，没可能形单影只。"被咬过的戒指感觉上无动于衷，仍在光束下坚如磐石地发出该有的灿银色光泽。

"是一对？"

"是一对。"老头点点头，"从哪里搞来的？"

"女友出走后留下的。"

老头若有所思，铮铮弹响戒指："那么，我们现在有了齐活的一套，犹如月有了月的影子，硬币的正面找到它的反面。"

"这个是女式的？"我试着问。

老头摇摇头，"没有男女式之分，只有正负形之分。"

多少有点松口气，原来这对东西不是什么情侣对戒。

老头拉来一张垫脚的木梯，爬上梯伸手够着柜橱最高处，拉开活动柜门，取出一个巴掌大小的月饼盒，拿着它得意洋洋地跳下来。

果然遇着了亲人。说是孪生兄弟也有可能。台灯下，两枚戒指巧妙得如同对方的倒影，说是一模一样也未必，但两者隐隐透出一股咬合之势，一枚戒指因着另一枚戒指的存在而变得熠熠生辉，非同凡响。原本马马虎虎样式普通的银戒指放在一起竟然瞬间改变了其质地，当真不可思议。

"啧啧，不错吧？"老头捻动胡须。

"有意思。"我说,"这戒指究竟为何物?"

"吸引力。"老头说,"这戒指预兆了事情的两面,A面和B面,合拢在一起则为真相。"

我若有所思地点点头。

"沙肯定对你说了这枚戒指的事吧?"

"她说女友不会回来了。"

"那你最好信她的话。"

"是吗?"我说,"那么B面呢?不是还有B面吗?"我猜想着女友的事情应该有更好的缘由。

"那个,不是现在的你要考虑的。"老头说,"走下去,不要考虑其他枝节意义,只沿着心意走下去,一直走,心无旁骛地走,直接找到仙鹤君——直捣黄龙,探囊取物,所有原委都在那里头。"

我一面听,一面蹙着眉。老旧油腻的深褐色桌面上爬过一只小虫子,它往电能表的方向走,觉得不妙,又转头往葫芦的方向爬去。前往葫芦的途中横亘着几粒碎纸屑,小虫子惊疑地嗅了嗅,转而绕过了它。这地方,类似的小虫子怕是为数不少,毕竟年岁也有,女佣也进不来,古怪臃肿的东西拉拉杂杂,算得上是小虫子的冒险天地。

"哦,你说的沿着心意走是什么意思?"

"心意。懂吗?"老头子砰砰砰地拍了拍自己的胸膛,又吸了两下鼻涕。

"不明白。"

"人总有某种类似实际愿望似的东西,即便你察觉不出来,它还是老老实实地存在于内心。比如你，戒烟是你的愿望，我只是替你指了出来。你没有按照那个办是因为不知道，一旦我指出来你就想那么干了，是不是？"

"算是吧。"

"明明就是。刚才我说了，你只要知晓实际心意就晓得该干什么，该往哪里去。心意一旦上来，必然会全力以赴，达到目标。"

"从说法上来说，倒也没错。"我说，"之前想去牧鹤小路，不也被你拦住了？"

"该打！"老头子一揪一揪掀起自己的胡子，桌上的戒指都快被他气得蹦起来。"说你不是糊涂蛋是什么？那是人家引诱你去，万万使不得。"

我耸耸肩，表示不置可否。

"心意是自然而然，引诱是非同小可。那地方，心意到了才能去。"

"我不能理解。"

"休假一个月，好好考虑一下你的心意。摩天轮那玩意儿，滴溜溜地转，愈驾驶脑子愈转不过弯来，被你气死了。"

我想到下个月马上要轮到我值三点钟那趟的班了，多少觉得不是时候。"不是时候。"我说。

"是时候，就是。现在，马上。"老头子愈说脾气愈急，跟呛红了脸的菲律宾斗鸡差不多。

"那么……"我愈想，愈发地理不清头绪。种种线索被老头子的说法堵成一团，眼下这种涨红了脸的局面怕是难再有其他结果。

"没多少时间了。"老头说,"戒指留在我这里,心意考虑好了再来带走。我也好,你也好,在心意这方面都有相通的无限趋向鹤的东西,否则不至于在这里啰嗦个没完。对吧,年轻人?"

"年轻倒不怎么年轻,若能为了我们共通的想找的东西的话,我还是愿意为此努力的。"

老头子捻动胡须点点头,呛红了的脸色也多少恢复了平静。"这就对了嘛。"他说,"喂,我那孙女儿,有空的话多陪陪她。我是老咯,玩不动了,早两年的话怕是要带着她飞檐走壁闯荡江湖的。这个,就算是我个人的嘱托。"

"沙这孩子懂事得很,"我拘谨地笑,"我个人怕是没那资格照看她。"

"是挺聪明的孩子,可惜寂寞。同同龄人处不来,父母的做法又过于苛责,唯一的同她相似的姐姐也无影无踪。总之,寂寞这种东西由我老头子来填补不上去,只能任由她心灵深处那个地方白白地空耗着,你懂吗?"

"喂喂,由我一个陌生的中年男子填充那种寂寞怎么也不算妥当吧?"

"怎么不行!"老头子牛脾气一来,又开始拍桌子。"这个跟年龄、性别、身份什么的没关系不是吗,她只需要一个精神禀赋上相近的伙伴。行也行不行也行,你只消偶尔给她做个伴就行了。"老头说着说着意识到这是一种商量,语气慢慢地缓和下来。

"伙伴……忘年……"我说,"常常请她吃饭玩游戏什么的倒是没问题,况且那孩子也的确灵气得紧。"

"这不就是了嘛。"踩在椅子上的老头用厚手拍了拍我肩膀,我感觉像是被熊爪子挠过似的。

最后由沙将我领了出去,老头子仍待在房里哼着小曲拾掇他的宝贝。我跟着沙原路返回,沿着深井似的走廊来到客厅。"怎么样?"她问,"有眉目了没?"

"眉目这东西还得由我自个儿去找,你爷爷说静下心就找得到。"

"那就找呗。"沙递过来一罐可乐,"家里只有这个,再不就是烧酒。"

"谢了。"我在沙发上坐下,"家里这么整洁,你打扫的?"

"何至于,肯定是保姆。"她玩着手上的易拉罐拉环,"不止一个,还请了俩。俩保姆,只收拾打扫清洗不做饭,用途单调意义不大。"

"还是可以的,居室内方方面面整洁得体。"

"可惜吃不上饭。"

我笑了:"出去吃点?"

沙耸肩:"嗯。爷爷那人,只喝烧酒吃牛肉,别的都看不上。气人吧?"

"够气人的。"

我带着沙去了北街街口一家意大利人开的西餐厅,吃手工披萨和新鲜蔬菜沙拉,沙要了一个超大的形如飞碟的抹茶味冰激凌。

"戒指呢？怎么说？"沙用小勺挠着冰激凌边缘，看着跟啃冰山似的。

"在你爷爷那里。他说是一对。"

"不出所料。爷爷那样说，应该没错。"

我把老头子说的戒指的事大略形容了一下，沙听得很认真。少顷，她问："接下来打算怎么做？"

"再看看。"我搅着加了糖的黑咖啡，陷入沉思。沙则边舔冰激凌边发呆。

确实寂寞。我想起老头说的话，沙的寂寞与其实际年龄相去甚远，这使得她与同龄人存在某种看不见的深深沟壑——并非因为与同学好友疏离而产生的东西，而是因为其身上存在的特质是自然而然产生的，便是那种样儿的寂寞。何以老头认定我可以做她伙伴，莫非我身上也存在着与她相似的某种东西？

沙好像消瘦了一点，但也许是错觉。纤细的脖颈从白色围巾里袒露出极小的一部分，她喝柠檬水，用无可无不可的眼神看着窗外灰蒙色调的街头风景。如果没有寂寞这一层东西，她怕也是同任何一个同龄人无异，背着书包在学校读《桃花源记》，学勾股定理，成为彩虹乐队的追星族和篮球啦啦队主力队员。

会是那样一种女孩。

挥之不去的特质使得她无法有效地与他人产生有力的黏合——找到鹤，找到鹤她就好些。我望着沙的近似透明的神情，有种深邃的怜爱形成的涟漪在心内扩散开来。好在我比她大上差不多两轮，不至于就此神魂颠倒迷恋上她，但那种近乎单纯的怜爱之情还是满溢心怀。——这算得上是伙伴之情谊吗？怕不是。

"对于爷爷和他搞的那套东西，你有什么看法？"沙突然转过头来问我。

"呃……"我斟酌了一会儿词句，"乍一看上去古里古怪，实际上可能他的那套在他的领域行之有效。究竟何为他的领域我还搞不太懂，同他谈了大半天，收获还是有的，但还把握不住。"

沙咯咯地笑起来："我可是被他那套搞得头晕脑涨。"

"爷爷是个好人。好人有很多种，但好法不一，他属于里面最不上趟的那种，这样评价，够实在了吧？"

"不上趟的好人……"沙想了半天，"怪不得我总赶不上他的趟儿。"

"赶上他的趟儿，就得吃牛肉，喝烧酒。"

"才不要。"

送沙回去后，我没有搭电车，一路走一路考虑休假的事儿。深冬夜晚的街头颇为寡淡，没有雪，便不像样子。灰蒙蒙的天色被夜景盖住了大半，沿途的各色商铺依然灯火通明，路上行人却寥落如清水河豚。闪着红色尾灯的电车是照例有的，却不怎么得劲儿，时不时地光溜溜驶过一辆，存在感甚弱。出租车私家车皆黯然无息地从身畔开过，再无喧嚣。

一月末。我负手走在一月末的街头。失去阿挚的真切感又涌上心头。总归要变得更真切更现实的，这件事。因为戒指的预兆，重新换了种归整方式，感觉变得强烈起来——直教我勇猛面对。按照老头的说法，我应该首先完成使命，是的，找鹤已经成了使命。

漫步街头，任凉风弥漫耳畔。通过走路，我确认了自身的步履——"走下去，不要考虑其他枝节意义，只沿着心意走下去……"老头的话言犹在耳，感觉久了像是自己对自己的嘱托。

停下来，我拐进一家便利店买了罐橙汁。商店里播放着约翰·梅尔的歌曲，深冬寒夜里听上去多了重狡黠的欢快。大概还不是听这样的歌的季节吧。我饮了口热橙汁，出门拐弯逆着车流走去。

18

一月末的最后四五天过去了。我递交了休假报告，人事部爽利地批准了。毕竟我这工作怎么说也只是枚螺丝钉，咬合大型机械上的人肉螺丝钉，随时可以拆卸下来清洗休整作为后备。来到控制室交接工作，同伴拍了拍我的肩，相当有力传神的拍法。"好好休息。"他说，"可能的话，出来喝酒。"

我点点头，边翻看二月份的排班表边等交接的同事。因为休假，原先换岗的三点那趟班仍由同伴值守，另一趟则换了新调来的一个操作工，看工牌号挺陌生的。

"这个人，"同伴指着排班表说，"从海盗船那边调来，技术不赖。"

"海盗"来时，手里拿着保温杯、员工手册和一副国际象棋。放下什物，他甚为郑重地同我握了手。他个头瘦瘦高高，架着副低调的银箔色眼镜，肤色就机械工的平均水平来说白得有些过头。当然皮肤白净之人从事机械行业未尝不可，只是白到多少让人质疑其专业性——便是皮肤白到此种程度的家伙。

在排班表上签了名，连着控制室的门禁卡递交到他手里。

"拜托了。"我说。

"客气。"他说。

"中意下棋？"我指着放在桌上那副颇有年头的象棋盒子。棋盒是由两片桦木棋盘折叠而成的，边缘镶着两个暗铜色搭扣。棋盘面磕了几道斑，搭扣的颜色也褪得忒旧。

"树林那片的扫地工送的，玩得不好。""海盗"用白皙的手拿捏着门禁卡，"轮班时同他玩上一盘，权当打发时间。"

我点点头，再次瞟了一眼作乌龟状蛰伏桌面的象棋盒子，感觉那副棋子颇有跟班性质，类似皇帝微服出访时携带的左右侍从，冷不防地打开盖子加以吩咐都是有可能的。

"海盗"将门禁卡放到制服衣袋，双手拢进裤兜注视着我。

"噢，对了。"我拿笔写下自己的电话，"有事的话随时联系我。"

"安心享受假期吧。""海盗"将写着电话的卡片塞入衣袋，表情酷得干脆。我想象了一番"海盗"驾驶摩天轮的情景，很是不适应，毕竟是自己养熟了的波塞东龙，感觉回头一松手就拴到了他人裤腰带上。

同"海盗"和同伴道别后，我走出控制室，沿着柏油小路慢慢朝更衣室走去。整个二月——我想，整个二月我将同游乐园脱离开来，树林也好，草坪也好，象鼻子滑梯和旋转木马也好，化身为波塞东龙的摩天轮也好，都不再对我构成职责上的契约关系，置身事外，我有充分的心情和自由对其进行了解。所谓的"心意"，不知会否因此浮出水面。

边走边思考着，柏油路上浮着星星点点的细雪，乍一看上去像无根的飘飞的落花。这些天，地上的积雪已经不再厚重了，零星润白而已。光秃的银杏树枝丫举着微小的雪瓣，若细细留意，便看得到。

草坪上有人在玩飞盘。盘旋的飞盘以圆润的弧度切割出远远传来的嬉闹声。也有人在放风筝，许是深冬的缘故，天空看上去高远得荒凉，放上去的风筝渺远得无影无踪。我打了个哈欠，下意识地用眼角余光搜寻下棋的人。罢了。我转而嗤笑自己，这种冷涩的天气怎会有人在户外下棋。

不过，那副颇有年头的象棋，终归是印象深刻。说不清的，普通的棋普通的盒，如何只是忘不掉。

搭上电车，我坐在寥落的车里有一搭没一搭看沿途风景。上班时间的车厢空茫得犹如食完未洗净的鳟鱼罐头。乘客是有几个的，却近似无。一个拎着超市购物袋的家庭主妇，一个半边身子靠着车窗打盹的痴汉，以及一个穿着黑袄大衣擎着吉他的卖唱歌手。哪个看上去都似高速运转的文明社会残留下的边角人物。百无聊赖的上班族只我一人。不知是否因为休假一下子放松下来的缘故，坐在车厢尾座的我接连打了几个哈欠，漫不经心地用目光逡巡风景。

游乐园距离住所并不远，几个站光景，便到了下车的地儿。听着电车广播报出住所的站名，下车的意愿似被什么梗住了一般，我坐着不动，眼睁睁地看着车门打开又闭阖，无人上下之后又朝前驶去。

摇晃的鳟鱼罐头往陌生的风景里开去。我坐得有些钝，不愿起身。可能是受前面几个无所事事的乘客影响也未可知。莫非这就是所谓的"心意"不成？

驶入闹市区，家庭主妇拎着鼓鼓囊囊的购物袋下去了，又上来几个涂了脂粉提着腰鼓的老婆婆，看样子像是要到哪里参加什么老年文艺汇演。老人们交头接耳，忘我地谈论着自己的事。睡觉的痴汉仍在打鼾，卖场歌手则脸色木然，我把脸转向了车窗外，尽量不触及老人们因为议论跳舞表演而引发的空气震动中去。

电车平稳驶过一条街又一条街。老人们上车后，我一直寻思着一个下车的地儿。既然已经无所事事至此，将自身随着投掷到哪片地儿也好。女友是在那时出现的——的的确确是她没错，头戴灰色呢帽身穿紫格子毛衣，挎着皮包若无其事地在街边一家流动咖啡店买纸杯咖啡。

惊鸿一瞥。女友映入我眼帘的身影未有任何改变，她以她的速度她的状态手拿咖啡，徐徐朝前走去。

我几乎条件反射般地站起来，隔着车窗喊她的名字。腰鼓婆婆们的目光聚拢过来，我顾不得那么多，几步跨到下车门口，按下下车呼叫按钮。

电车仍以先前的速度向前行驶，女友——也许我现在早已该改口叫她阿挚，阿挚以相同的方向不快不慢地朝前走去，却是远远地落在了电车后面。

愈按按钮，阿挚便离我们的车子愈远。行驶的电车是停不得的，哪样停车的理由也没有，只有停止谈话的老人们对我的不稳重举止齐刷刷地发出无声的讶然。最终我停止按按钮，握着门口的扶杆眼睁睁地看着她的身影愈来愈小，几近消失。

当阿挚的身影已消失得看不见时，车子遇到红灯在十字路口停了下来。身影近乎渺然的阿挚一点点地重现，她仍然不疾不徐地面朝这个方向走来。我看不清她的面容，只隐隐地觉得她是安然的，她以安然的步子端着安然的咖啡走在安然的街头。正如沙所说，她在别的地方以别的形式重新过活。眼下这个街道，对她来说是别的地方，别的活法。

果真是这样吗？

隔着车窗，我陷入痴想。

不多久，电车重又开动，凝固的车流朝右边马路流动，一下子把行走中的阿挚的身影甩到身后。电车开得让人心焦，待到报出下车站名车门轰然打开时，我一个箭步跨下车去，转头猛跑。

逆着人流朝刚刚转头的十字路口跑去，路上行人不多，可是我没有看到她。她大概朝十字路口的另一个方向拐弯了。我必须追上她，问她为什么。那日在摩天轮我错失了机会，我以为她是自愿的，其实不是的。如果不是就得刨问个究竟，按照沙的说法，她不会回来了，那么就由我追上去，只有这样，我也必须这样。

赶到十字路口，阿挚的身影荡然无存。我伫立半晌，朝前朝右张望：前方是邮政大楼、超级市场、康乐中心和连成片的商务办公楼，右边则隐隐看到几家饭馆、便利店和居民小区。我犹疑片刻，朝右拐去。

何以没选办公楼而是居民区，我心下并没准头，总觉得她那人不至于买了咖啡到哪个办公楼上班去。我边跑边四面张望，迎面看到一个社区的安保人员，穿了笔挺的制服站在路旁的保安亭边。

"请问，看到一个穿紫色毛衣拿着咖啡纸杯的女孩吗？"

保安狐疑地凝视着我的脸，似在确认我的问话与本人的神色一致。在他漫长的揣摩我的问话之时，我又加上一句："短发，戴了顶呢帽。几分钟前的事。"

哪样描述都未引起保安的兴致，也许他本人并未认真听我讲话也未可知。在我焦虑得几乎要放弃的时候，保安顶了顶帽子答道："呢帽没戴，毛衣倒是紫色的，咖啡杯也有，上面印了个大大的'M'字。"

"在哪？"我想起流动咖啡车上大大的"M"字招牌。

保安摇摇头，似是肯定又在否定，最终指了指斜对面一个门口竖着海象雕塑的小区："往那头去了，好像。"

"谢谢。"我忙不迭地往海象那头跑去，边跑边想，何以会是海象呢？

终究果然就是海象啊。

这是个老式的居民小区，有些年头的榆树沿着小路一溜儿排了开去。红砖结构的低矮居民楼一栋连着一栋，浸渍着细雪的外墙看着有些斑驳。不甚气派的私人轿车三三两两地靠墙停着，边缘的草坪上隔三岔五地竖着喂鸟的木槽。

小区并不小，甚至可以说大得空旷。哪里啾啾地传来几声鸟叫，显得这个地方过于静寂。我放慢步子，逐个看着那些楼房，仔细辨认其中属于阿挚的地方。

到底端着咖啡往哪栋楼里去了呢？这么冷的天，她走路的距离应该不远，不会超出一杯热咖啡变冷的时间。

楼门口的铁闸门上贴着各式没头没脑的小广告，广告的形式被清除了，却以残存的张贴物形式留了下来。一旁列得像是卫兵的信箱我也细细扫视，从塞入的报纸和广告信件之类的东西上，我判断不出主人的属性。

她肯定是在的。或许此刻她正在哪栋楼上靠着窗台边喝咖啡边看我也未可知——这种下意识的想法使得我三番五次地抬头，湛蓝的天空同建筑物的砖红色外墙映入眼帘，那一排排厚实的窗户后，她正在哪里喝着咖啡，看我，或者不看我。

她去了别的地方，变成了别的人，遵从他人的意旨他人的意志以别的形式重新过活。我想起沙言之凿凿的话。

这里果真是别的地方？

她真的成了别的人？

想到这里，我的太阳穴隐隐刺痛，湛蓝的天空呈灰败之色。有哪里不对，但我说不出，如鲠在喉。

在小区里徘徊了一阵，在树下找了个石椅坐下。不甘愿就此回去，头又混乱一片。想抽根烟，转念又作罢，毕竟已经戒了。于是两手空空地干坐着。

其间从我面前走过一个遛狗的男孩，一个提着网兜的孕妇，一个穿大号制服的清洁工,还有送奶工,三四个拎着网球拍的老头,我注视他们,企图从中找出他们与阿挚之间是否有内在的联系。

未果。

返回家的路上我又兜回阿挚买咖啡的地方,喝一喝她买过的咖啡也是好的。一个公交车站的距离感觉上走了相当长时间,到达后又扑了个空。流动的咖啡小车已经开走了,取而代之的是广场舞和兜售商场打折呢绒毯的花车。我在广场舞和挤得水泄不通的抢购呢绒毯的人群中默默地发了一会儿呆,便登上电车原路返回。

19

在楼下的便利超市挑了一小把蕨菜、蘑菇和新鲜的鳜鱼肉,又拿了半打罐装啤酒和兑威士忌的干姜水,准备认真做顿吃的,再好好把休假后要干的事情理一理。这段时间以来,事情接二连三地淤积脑海,加之刚刚遇到女友,我的思路需要有一段时间充分适应消化这些事情并加以规划。

拎着购物袋开门而入,一股意料之外的状况迎面扑来——房间的空气骤然改变了。真皮沙发仍稳固磐定,落地灯和小型音响也未有改观,灯罩的色泽茶几的质地仍然如故,室内的空气在我离开后已经发生改变。

在门口静静地伫立半晌。**有什么人来过。又原封不动离去。**他的思想他的气息残留于此,要带给我什么。拎着袋子,我深深呼吸了一口气，遂又缓缓地吐出。进门，脱鞋，放下袋子，关上门。一连串动作之后，我得出结论：

来的是先生。

何以先生会来？来做什么？

我拧开灯，逐一检查室内的一切：沙发、音响、书架、唱片、茶几以及茶几上的水杯和果盘上剩下的几枚草莓。

果盘下压着一封信，一把钥匙。

离开此地，往南走。

车号 MK45980。

　　先生示

信中夹着一张数额相当大的旅行支票。

先生的意思了了分明。我坐下来，端着信笺研读良久。

忘了开暖气，早春的寒气夹带着丝丝寂意无声地渗入居室的每个角落，待我惊觉，身子已经僵了半边。

起身，开暖气，烧水煮咖啡。煮咖啡的当儿，我把蕨菜和蘑菇拿去洗，望着水龙头汨汨流出的水，多少领会了先生的意图。放任一切，离开此地，前往南方。此时，即刻。

喝完咖啡，我切蘑菇，切姜片。鳜鱼撒上盐，放上切得薄薄的姜片，加入料酒，覆上保鲜膜，放入蒸屉里，细火慢蒸。蘑菇炒了意大利腊肠，择好的细嫩蕨菜则用开水焯过，加了蒜蓉和橄榄油用猛火爆炒。

准备开吃的当儿，我给沙打了个电话，问她明天有没有空去动物园。

"你怎么了?"沙说。

"什么?"

"说到去动物园,觉得你有点儿怪。"

"我也觉得。因为临时有事,只剩明天有时间了。"

"那好,明天见。"

放下电话,我倒了点酒,兑上干姜水边喝边吃菜。一切突如其来。女友的现身,先生的指示,全然打断了我休假后的种种打算。也好,事情水到渠成地把我往那边推,我必须放下一切头绪动身往南。我从书架翻出行车地图册,边吃边看。这本地图还是我同女友商议租车旅行时买的,阿挚在她感兴趣的地方圈了红圈,如今竟然成为追查她线索的指南。世事真真不可思议。

吃完饭,我下去看了看车。先生大概把车留在车库的公共车位,我按着车牌号码逐一寻找。MK45980是一台老式越野车,不新不旧,属于开起来圆稳趁手的车子。打开车门发动引擎,越野车发出一声短促的震颤,随即呼啸开来。

沿着小区背后旷无人迹的街道疾驰了小半个钟头,在沿途的加油站加满油,又转头折返。是辆好车,忠实、贴心、一往无前。在离家不远的超市停下来,进去选购了些矿泉水、啤酒、苏打饼干和一些罐装食品,放进后备厢,这才驱车返家。

快到家门口时,竟然淅淅沥沥地下起了裹挟着细雪的小雨。这是春天来袭的征候吗?雪总是要褪去的,化为漫天挥洒的雨。

返家后仍不到十点。我拧开音响,边听莫扎特小夜曲边收拾行囊。莫扎特小夜曲在初春的夜晚渗透开来,虽然室内暖熏袭人,那股有关春夜的无声愁苦竟然丝毫不减。我想象着南方,我对南方的了解仅限于海滩、椰子树、榴梿、苦味儿的凉茶、皮肤蜜橘色的少女以及邓丽君唱歌时那股润抵喉间的声线。

揣着对于南方的模糊粗浅印象,我把毛衣、衬衫、长裤和换洗内衣折好塞进旅行包,又觉得不妥,便连短袖T恤也万无一失地备了两套。接着收拾零零碎碎的剃须刀、牙具袋、军用水壶、墨镜、地图、手电筒和备用电池,最后连便携雨伞和水果刀也带上了。

CD一共选了十来张,因怕行车困乏,便以山羊皮等摇滚乐居多,爵士和古典也各选了几张平时听惯的。考虑到旅途中大部分时间都相当枯燥,便带上海明威的短篇小说集、一本《诺顿星图手册》以及一本有关古埃及考古学的书。

归整完毕,又顺次检查了一遍驾驶证、护照、身份证、信用卡和旅行支票,便坐下来喝啤酒,吃草莓。明日即将出发,总隐隐觉得有些事儿不妥。女友刚露端倪,同伴所说的秘诀毫无着落,同老头打交道话里有话,种种状况悬而未决,我便被先生不由分说地推去了南方。思及此,我起身拿起电话拨了同伴的号码。

"嗨,什么情况?"听声音同伴好像是在桌球房,周围的声音带了点儿撞球的嘈杂。

"准备出门旅行一趟。"

"好事儿嘛,休假就该这样。"

"工作上没什么不妥吧?"

"放心好了。总归不是什么旺季,新手也足以应付得来,况且有我在呢。"

"那倒是。"我说道，总觉得心头有股梗儿放心不下，还想开口问点什么，一时也说不出个所以然。

"嗨，回来找我喝酒吧。"电话那头的同伴听上去把电话抵在耳朵上，举着杆子正瞄准杆洞呢。

"一言为定。"我说。

放下电话，心里隐隐的忧心仍挥之不去。同伴愈是洒脱，我的隐忧愈发浓重。

翌日早上起来，我草草吃过花生酱三明治，确认门锁无误，提了旅行包上车。发动引擎，越野车发出低沉的声音。我打算先带沙逛动物园，接着送她回家后直奔南方。

南方，某个语焉不详之地。

穿着嫩绿毛衣和牛仔裤的沙一爬上副驾驶便咋舌："大家伙，跟骆驼似的。"

"系好安全带。"我说。

她嘟囔两句，乖乖把安全带从右拉至左边，扣上。

我看了她一眼，把一张枪炮玫瑰的专辑塞入车载CD，深沉的鼓点立刻如冰雹般坠满车厢。

沙似对旋律充耳不闻，只略略将头侧着看向车窗外。

"在想什么？"我问。

"海豚、仙鹤和海鸥。"沙说。

"嗯？"

"动物园有海鸥吗?"

我摇头:"想必没有。"

沙再没答话。

上一次去动物园是差不多两年前的事了。在那里与阿挚相识的场景仍历历在目。如有可能,我宁愿认为这是某种补缺——重返故地确认她的信息,同上次一样,借此发现某些线索也是有可能的。

早春蒙蒙细雨中的动物园同儿童乐园有着天然的相似的气质,同样凄清,同样寥落。三五个嬉闹的儿童游走其间,反衬出此间寂意。与儿童乐园不同的是,这所老式动物园的气息更为深幽,可能是上了年岁,园子里的花啊树啊更为密匝。而掩藏其间的生动的动物啼声,愈发增添了此种感觉。

鹤啊,你们是否安好?

停好车,我从后备厢拿出两把伞,递了一把给沙。她大为讶异:"想不到你出门装备还挺齐备的。"

我们各自撑着伞,沿着林间小路走。天冷,绝大部分动物趴伏在馆舍享受融融的暖气。没多少游人,我俩走近它们,斑马、火烈鸟等热带动物只远远地隔着玻璃蜷伏着,偶尔抬头,疏离地看上一眼。

狼和老虎是极爱雪的。可惜雪散漫成雨,地上弥漫着淡白的雪迹,狼群只呆呆地在夹着细雪的雨中出神,没人来,有人来也无视。雪地上的狼爪是极其模糊的,辨不太清,可能是狼太多而雪又太少,脚印驳杂，与枯草重叠在一起，各自都散乱。

沙说她不爱狼。狼和虎一样，在雪里看上去孤傲傲的，不比夏天来得亲近。

我笑她傻，女孩子一般不都倾心于浣熊、斑马一类的可爱动物吗？

"是吗？"沙神色茫然。她将身子略略俯靠在沾着雪沫的栏杆上，继续一动不动地看着更远处更多的狼。

接着我们去看了羊驼。外表温暖的羊驼在雨雪中相当执拗。它们慢悠悠地在雪地漫步，时而翻找薄雪中的野草。既非倨傲，又不急切，在冷冽的天气中怡然自得，悠闲的神态多少冲淡了园子里清冷的气息。

沙问我鹤的神态是否也这样。

"想必是的。"我想了想，"也许鹤更有把握些，对天气，对大自然。"

沙嗤嗤地笑起来。

鹤没有了。与其说没有鹤，倒不如说鹤从来没有在此存在过。

天鹅湖结着冰碴，若干的天鹅同野鸭在泛着冰碴的湖面缓步移行，时而踏上结冰的湖面，就地埋头清理羽翎。细雨使湖面蒙上了一层暗晦色的灰，天鹅和湖在淡烟灰色雨幕中变得游移不定。雨中没有鹤。许是出于牧鹤人的直觉，缓缓扫视湖面，我作出此番肯定。

沿着称不上桥的小径来到鹤岛，见到入口处挂着铁链，挂有

"鹤"字说明简介的铁制牌匾歪向一边,蒙着一层灰垢。我同沙扶着铁链,伸长了脑袋往岛上望,只见一片瑟瑟的树林,间杂有枯雪,很是荒敝。许是沿岸边围着铁丝网的缘故,连天鹅和野鸭等动物也不得上来。

巴掌大的鹤岛,活生生成了荒岛。

没有鹤。

这个结论我和沙都心知肚明,她不吭声,我也解释不出什么。

连根鹤毛都不存在,印着"鹤"字的牌匾仿佛反讽了什么。

"那个……"好半天沙才开口,"冬天太冷,鹤移居暖气房了吗?"

"鹤一向中意雪,一下雪便在雪中徜徉。也曾是冬季飞往南方的鸟儿,此地的鹤在这里栖息久了,便渐渐留下来,哪儿也不去了。"

"噢。"沙发出语义不明的感叹词,之后又陷入沉默。

我俩并排站着,我擎着伞,她也擎着伞,看没有鹤的鹤岛。

如果连这地方都没有的话,这个城市的鹤怕是全然消失了。一眨眼,直如某种外力作用下连根拔起般地失去影踪,连鹤厂也遭到斩草除根。

那么,整个世界还有鹤吗?我突然对此想法感到惊惶。不单鹤厂,不单动物园,不单这个城市的话,那么,鹤呢?对于先生的嘱托,我感到某种突如其来的惊颤。某种程度上,意识到问题的严重。

我的目光落在一棵光秃秃的树上,寥然的枝头上停着暗沉的云团,淅淅沥沥的雨和雪合力模糊了树与云的边界。不知哪儿来的青色雀鸟轻俏地落在树上,随即又动作甚为轻快地掠起身,看不清,但听得见。"啾——啾——"清亮的啼声中蕴含着无尽哀鸣。如果鹤也有自身的世界的话,那么这个地方怕就是鹤的世界的尽头。

阿挚在就好了。我想起那次在此遇到她的情形,若不是因为她,鹤厂之谜怕是永远无从解开。

你在哪里,阿挚?

你为何消失?又缘何出现?

现在的你过得好吗?

告诉我关于你的答案好吗?像上次那样倏忽转头答我一声。

我心内默默呐喊。

"想什么呢?"沙问我。

雨好像停了。雨骤然而停。这种停法不符合实际,也不符合雨中人的心情。但雨自有雨的停法,不受下雨时间、场合和雨中人的心情所羁绊。

我用了好一会儿反应过来沙的问话。

"雨停了。"我说。

"是啊。"她的说法很像是在沉默。

我把伞合拢,往她身边靠了靠。

"我要去南方。"我仰起脸,极力远眺不下雨的天。

"什么时候?"

"今天。"

沙皱了皱眉:"你这人,怎么老是做出状况之外的决定呢?想法好似来自另一个脑袋似的。"

"车搞好了，行李也装在车上。准备陪你看鹤之后马上启程，不料扑了个空。"我把手轻轻放在沙的肩上，"能照顾好自己吧？我不在的话。"

"比起我，觉得你一路上照顾好自己比较重要呢。"

"可以的话，无论如何也想带你看鹤。"

"傻气。"

我用"骆驼"载着沙，在送她回家路上找了一家较为地道的餐馆吃饭。可能是一下子知道我要走的缘故，沙看上去心事重重。咕嘟咕嘟滚着热汤的沙煲萝卜牛腩，沙只吃了几口，便一味地喝橙汁饮料。

"喂，去南方是怎么回事？"沙突然问我。

"你知道，"我把一块炖得酥烂的萝卜放进碗里，而后放下筷子，认真地看着她，道，"这件事总归是要有个答案的。眼下做出这个决定，我想，可以说是同女友一样，出于某种意志的驱使，某种实质性的需要。如同鹤鸟按生理意志驱使飞往南方，笔直，轻快，毫不犹疑。"

"我就说，你这人，有时候想法好似来自另一个脑袋。"

"我也这样认为。"

"把自己比喻为鹤，有点儿夸张。"

"对鹤嘛，不妨一学。"我摊手道。

沙嗤地笑了，转而又蹙着眉，低头搅动橙汁，"我对鹤了解得不多。比方说刚刚，连根鹤毛都没见着。并非说特意跑去动物园看鹤没见着心生失望，不是那种感觉——只是荒谬，对着鹤岛无端端一股荒谬之情油然而生。我知道那里没有鹤了，但我不中意那种感受，死活不中意，说不出来的难过。你明白吧？"沙转而苦笑，"连我都不明白。"

我看着她，说不出话来。

"所以我同你一样，一直在看。想知道为什么。没有鹤便觉得荒谬，不快，闷。这是为什么？"沙说着，抬头看我。

"可能你也是真真正正中意鹤。"我说，"莫难过，总归是要带你看到的才是。都怪我，今天时间不对。"

"不，"沙摇头，"不是什么时间的问题，一去到那里没见着就很难过。我又不是小孩子了，为什么会为此受不了呢？"

沙的眼眸莹莹的，说得愈是急切，眼眸的脆意愈是流溢。我莫名地觉得不忍，转而看着煲底下熏红的炉火，"你是个需要鹤的孩子，我想。爷爷找鹤，怕不是为了他自己，想是为了你。了解到这一点是好的，孩子。"我抬头看她，她也看我。"会找到的，到时就开心了，是不是？"

沙认认真真地考虑我的说法，托着腮，不语。

"眼下至为重要的是吃饭。"我往她碗里挟了一大块牛腩，"先考虑往肚子里添砖加瓦才是。至于没见着不开心，暂时不去那地方不就成了？"

沙点点头。

"鹤又不是米饭，一下子没见着不至于饿死人。"

好说歹说，算是把沙说通了。

这顿饭吃得闷闷不乐。想到也算是辞行，临了碰到这种不算愉快的事，回去的路上两人都没怎么说话。我换上酷玩乐队的CD，车厢内空气为之焕然一新。我瞥了一眼绑着安全带坐得稳稳的沙，说道："出门好长一趟时间，好歹留个笑脸嘛。"

沙撇了撇嘴，嘴角微微往上牵动。雨霁消散后，淡如须弥山的日光在她的脸上廓了一道光。

"偶尔生气也不错，纾解心情。"

沙没好气地一笑。

下车道别时，沙轻拥了我一下。匆促的，蜻蜓点水式的。看着她倔强的背影，多少觉得可气又可笑。这孩子，没人同她做朋友是不行的。阿挚在的话，怕也是最为中意她的。两人说不定能玩到一块儿去。

想到阿挚，我发动引擎，把方向盘结结实实打了个转，直奔南方而去。

20

只剩我一人。沙离开后她的气息在车子里经久不散。我换了张比尔·埃文斯的钢琴爵士CD，重新归置了一番思绪，稳稳握住方向盘，驰上高速公路往南而去。

一上高速天气便晴朗得吓人，仿佛从来没下过雨似的。两片开阔的原野攒着万般星星点点的积雪，看上去极其豁然。我架上墨镜，一门心思朝前开。自从在鹤厂上班，我就不怎么开车，早年工作时攒钱买过一辆二手车,被朋友借去整出事故后,便没再买过车。一来工作的地方交通便利,二来出行需求度不高,利用率太低,但是保养却费不少事儿,索性不再开车。"骆驼"很趁手,一握住方向盘便晓得。先生晓得它的脾气,兜头牵了给我。想到往后相当长一段时间我都将与它相互依存,倒也觉得安心。

万顷原野,不时有鸟兽掠过。我边开边用眼角余光瞥视那些兽群,其间没有鹤,一头也没有。这是我以牧鹤人独有的敏感判断,这一点很难有错。或者我必须去到有鹤的地方为止,那里会是真正的南方吧?

鹤所定义的南方。

今晚的目的地定在驷马镇。并无特别的理由,只因从地图上打量过去,那是第一个"南方"。不远不近的距离,开得快的话,日暮时分大约可以抵达。

开了两个半钟头,放完一张比尔·埃文斯、一张戴夫·布鲁贝克,车下了高速,在弯弯曲曲的山间公路上行驶。只要指向南方,不管是顺风顺水的高速公路还是崎岖弯窄的山路,都得义无反顾。重要的是,所有南方沿途的风景。

山上全是雪和雪混杂成的浓雾。海拔一高,景物便层层置换。我打开车灯,在浓如流水的雾气里穿行。暖气开大一挡,雨刷也运作起来。山上车不多,甚至可说是少得可怜。自从修建高速公路以来,途经的车辆都改道上了高速,只剩下实在必须从此经过的车会攀爬生涩的山路。山倒是漂亮的山,稳健、厚实,气魄固存,隐隐令人联想到此山中大约雌伏着无数动物之精魂。

喉咙渴了，不中意喝后备厢温暾的矿泉水。直到下得山来，我才在山脚的公路饭店附设的小卖部买了两瓶汽水。守着小卖部的是个年纪很轻的小伙子，半旧的机车服上别了一枚老鹰徽章。用开瓶器打开汽水递给我，小伙子仍径直盯着电视转播的足球联赛看，我顺着他的目光，半看不看地瞅着电视看上几眼。已近日暮，从对门的窗户可以看得见远方青山隐没下去的淡白色暮色。窗下水泥地上趴着一只右耳耷下去的白狗，狗很健壮，目光却是蔫蔫巴巴极在乎地瞅着人。

"这座山，叫什么？"

"啊，您是说？"小伙子转过头来，目光好像还是黏在足球赛上，"山哪？"

"是啊。"

"好像没有什么名字不名字的。"他就这个突如其来的问题想了几秒，答道，"小时听阿奶说过，好像叫西葫芦山来着。"

"噢。"明明是往南走，却遇到一个对当地人来说称之为西的山。

"您这是要去哪里？"

"驷马镇，离这里还有多远？"

"不是好远，开车的话不到两个钟头。"

"谢谢了。"我给了小伙子汽水钱。仔细看过去的话，他长了张郁郁不得志的足球前锋的脸。

虽已近六点，我决意开到驷马镇找个旅馆住下，再正正经经吃晚饭。本想就鹤的事情向小伙子作些打听，两瓶汽水喝下去，我也没找到这个地方同鹤有任何关联的蛛丝马迹。罢了,山固然漂亮,却是鹤没有光顾过的山。

这个感受,也是我作为牧鹤人实实在在的感受。

比实际估算的时间晚了四十分钟到达驷马。晚上八点半,肚子饿得可以运载金鱼。我缓缓把车开进镇中心广场。从中心广场看去,这是个典型的山区小镇。有装潢过气的老式饭馆,萧索的街道和样式呆板的各式商店。无论怎么看,都是个与现代化不沾边又与现代生活不脱节的地方。

我找了家有壁炉的旅馆。旅馆不大,旁边恰巧是个大得惊人的停车场。停好车,我进了旅馆,对着烧着融融炉火的壁炉透了口气。呼出来的气息瞬间被炉火吞没,借由这口气,我饿得有些僵的身子同温暖的火焰有了更深层的联系。

在过于高深的老式柜台下织毛衣的是个脸有些肿的妇人。她钩着说不清是钝蓝色还是墨绿色的背心,一面听着柜台上收音机播放的相声。

"有房间吗?"

妇人喉咙里咕哝发出一声应答,这才抬头看我。她用了相当长一段时间打量我的外形着装是否与其旅馆的房间相匹配,转而说道:"单人房一百五十,标间一百八十八,套间两百五十。"

基于她的回答方式,我要了一个套间。旅行支票的钱绰绰有余,以至于我隐隐担心旅费没花完便完成了这趟出行任务。如何精准地在找到鹤之时花完这些经费,也是我需要精心考虑的问题。

套间在三楼。这个旅馆地处缓坡尽头，加之小镇不大，仅仅三楼便可以有效地俯瞰这个镇子相当一部分风景，河流、广场、小学和农贸集市。

放下旅行包，我洗了脸。老式热水器的出水管发出的轰鸣声让人对它难以信任。幸好，水的温度是足够的。打开空调暖气，我做了几个舒展运动，随即下楼找饭馆。下楼时，瞥见前台妇人的脸仍是暗沉沉的，在跃动的炉火映照下出现一种黯然的影子。

晚饭要的是牛肚、蒜苗和酸汤羊肉。这种天气，只要是热乎乎的食物，就会有好的胃口。可能是已经过了吃饭时分的缘故，饭馆没什么人，只对面一桌边吃边聊的客人。老式的电视沙沙地转播着不知哪年月的肥皂剧，女主角有张保守大方的大众面孔，男主角则一时半会没分辨清。我边喝烧酒边看电视，小地方总是这样，哪家哪户都看得到与社会意识平行对接的电视节目。大约当地居民需要随时随地，用这种方式驱除因地理位置闭塞而出现的现实性感受。

到一个陌生的地方，想要准确知道这里是否有鹤的存在，向熟稔状况的饭店掌柜打听一般错不了。

掌柜是个四十来岁、眉眼细长的男人。招呼完客人后，他便安心坐在柜台跷着二郎腿边看电视边抽烟。这种肥皂剧大约是不适合他这类人看的，一看外表便知不适合。说不定他就只是光抽烟休息而已，不往电视那儿看的话，也许会落寞吧。

上去一通闲聊后，我问出了那个问题。

"地方不错，就是一路来没见着鹤。"

"哦，你是说仙鹤那种动物啊。"掌柜朝烟灰盅磕了磕烟灰，就这个问题进行了一番思索。

我凝视着他粗而有力的指节,做出漫不经心的样子期待着下文。

岂料没有下文。对方把眼睛重新移到电视屏幕上去,此时电视上出现了与女主角相配套的男主角,他正苦心孤诣地从路人手里抢过一辆摩托车,踩足了油门追赶驾着红色跑车绝尘而去的女主角。

自然是肥皂剧应有的情节。

掌柜默不作声地盯看电视,我也礼节性地将注意力集中到男主角因焦虑而变得生动无比的脸上去——有关鹤的话题就这样毫无出路地结束了,甚是突然。

返回旅馆时我顺手在附近的便利店买了新鲜全麦面包和橙汁充作早餐。才不到十点,镇子便一派萧索,路上没什么人,路灯稀疏得堪比天上星光。这么晚,可考究的事物一项也没有,还是早早回去休息作数。

临睡前我翻了几页海明威的小说,小说不错,问题是我的注意力老是不集中,意识总在今晚掌柜那张莫名索然的脸上打转——何以对鹤这个话题讳莫如深呢?像这种事,愈是闭口不提,愈是值得深究,世事莫不如此。

我伸了个懒腰,将硬皮书合拢放好,钻入被窝准备入睡。回想今早还同沙在动物园的雨雪中踌躇,晚上已在离她五百公里的陌生小旅馆床上思考当地存不存在鹤的问题,觉得人生场景切换方式,真真不可思议。

枕着软度不济的枕头，盖着板砖般厚重的棉被，我极力适应人生场景迅速转换后的现实。旅馆的墙壁委实有些过凉，虽然开着咔咔作响的空调暖气，靠近床头的那股薄薄的凉意还是无声无息地渗入了梦里。

21

醒得有些早，超出了平常的惯例一个多钟头。那种醒法犹如宿醉过后发现被抛掷在无人的荒岛。周围固然鸟语花香，自身麻痹的神经却是花了时间一点点地适应这里的空气和景致。

清晨五点一刻，我已经起身盥洗完毕，关掉暖气，推开窗，就着橙汁边吃面包边看风景。

相当典型的小镇。我再次就着天边淡而清爽的熹微晨光确认这个事实。不过隔了五百公里，空气便换了一番味道。站在窗前，我一点点地消化整个小镇的轮廓：褪白的街道，小学校钟楼，广场上刚开张的摊贩，广场边缘涩黄的树木，一路铺横过去的瓦屋，以及更远的地方隐匿着一座类似塔形的红色建筑。

如此林林总总，名为驷马。

我叹了口气，觉得这里离真正的南方还有相当一段距离。想起昨夜掌柜沉默如谜的答案，心头大抵有了个趋向性的判断：这里同我们那边一样，仍属于鹤无端消失的范畴。

吃罢早餐，我下了楼。一楼大厅的炉火早已熄灭，肿脸妇人换成了个胖伙计，正头歪歪地趴在柜台上打盹。店里的人们大约都没起身，我放轻了手脚，将虚掩的大门略略分开，闪身出去。

人一出门，思考方式也跟着换了路数。之前那种集约性的思考方式出现了断档，脑袋一片杳然，却又清明。我深呼吸一口，沿着中心广场街市缓缓踱步。

从售报亭买了份当地报纸，在广场边找了个椅子坐下来，随意翻看。地方报纸的新闻标题比起一般性的大报，似乎更为中正和大气，仿佛不如此做，就不足以凸显地方新闻的重要性。我读了该市的若干条新闻，提到驷马镇的仅报屁股上的两则通讯：一则是驷马镇老桥改造工程的通知，另一则是国外来宾探访慰问镇养老院的新闻。哪条新闻看来都不怎么起眼，对深入了解这个地方帮助不大。

我叠好报纸，准备打道回府。毕竟这个地方只是属于鹤消失范畴的一小部分而已，得继续往南赶路，找出引起事件漩涡的中心。

途经售报亭时，刚刚的卖报小妹冲我甜笑："看好啦？"

我点头。

"要不来份旅游手册？"卖报妹子展开服务性质的微笑——在这等地方也有这等水平的服务性质笑容，我多少有些感动。

于是掏钱再要了份旅游手册。镇子这么小，像我这等外来人基本上一眼瞥得清楚，问题并不出在我的灰色夹克、磨毛牛仔裤和厚底军靴上。大约纯属神态气息使然。小镇人的眼神，小镇人的神态，只有镇上的人才能一眼分辨。

我拿着旅游手册和报纸返回旅店。大厅的座钟显示时间已经八点，原先趴在柜台打盹的胖小伙杳无影踪，肿脸妇人换了件新的花袄，坐在里头边嗑瓜子边听广播。壁炉的火炭烧起来了，不太旺，但火苗跃动得厉害，差不多一大会儿炉火就该升腾起来。

上了楼，收拾行李的当儿我顺手翻看了那份旅游册子。薄薄的几页，大概是政府部门出于宣传推广而印制的，内容同百科全书的词条差不了多少，只是插图里的镇中心广场拍得相当美轮美奂，让人觉得有仿制之嫌。

旅游册子末尾提到鹤——尽管镇上居民对鹤的存在守口如瓶，鹤的端倪还是不经意地从此处冒了出来。简介上说，这是每年鹤南飞越冬的必经之路，接下去是一长串描述景致如何优美、鹤如何与之相得益彰的文字。文字到底没有多大实用价值，倒是其中那幅鹤往南飞的插图引起了我的兴趣。

我蹙着眉，凝看那张画得有些蹩脚的地图，想起今早得出的结论：沿着鹤所飞行的线路而去，从其间哪个点上怕是能找出鹤消失的折点。到底是哪个点令所有的鹤杳无影踪，全军覆没呢？恐怕那就是事情发轫的地方吧。

我将册子折好夹进那本硬皮本的海明威，收拾背囊到楼下结账。嗑瓜子的妇人吐出最后一片瓜子皮儿，眉眼不抬地给我办好了退房手续。本想就鹤的线路问她点什么，见她的神情也便作罢。

上了车，打着火，开了微醺的暖气。我边看册子边对照行车地图思考。停车场上三三两两走过穿得鼓鼓囊囊的小学生，我这才发现原来这后面是一所小学，大型停车场其实是学校门口的大操场。眼下正是课间休息时分，这群孩子的出现又让我想起五百里之外的儿童乐园。

从地图上看,鹤所飞行的线路多半是人烟稀少、景色优美之地,沿途的补充和给养怕是不能时时充备。上车后,我斟酌一番,决定先到离此地一百多公里的城市补给一些越野物资,再沿着鹤的线路一路开下去。

鹤的线路。

估算了下时间,若是沿着鹤的线路开到终点,因为不走高速,翻山越岭加之沿途的考察等不确定因素,怕是要费上一周时间。当然,在中途的地方便找到原因的可能性也是有的。不论如何,齐备的越野装备还是要的。我用签字笔在册子上勾出所有鹤所飞往的南方——卫城,定定地看了那个地方十五秒,随即发动引擎上路。

出得驷马,一路向南。

爽晴的天气隐隐看得见白如枕芯的云团,两旁的原野遽然宕开,无边无际。入冬以来,很少见到如此透白的云层。出得山路,眼见天宇大地如此阔然,心下不免几分开怀。我打开唱机,放入巴赫的《哥德堡变奏曲》,舒缓的钢琴声在车里鼓荡,"骆驼"一路疾驰而去。

我不常听巴赫,仅在独自一个人时听。哥德堡变奏曲有种摄人心魄的魔力,我只愿在耽于自身与时间进程时默然凝听。这怕是我个人的偏好。

最近的城市千岁距离这里约两个小时车程,走一截山路,继续上高速,偏午时分即可赶到。

到达千岁时接到了沙的电话。我调小音响声音,边开车边用耳机连接线接通电话。"骆驼"从高速公路出口下来，随着车流缓缓驶进高楼大厦的裹挟中。

"干吗呢？"

"在开车。"

"到哪了？"

"千岁。"

沙就这个地名咕哝一声。

"还好？"我一味盯着前面的贴着外国牌子家具广告的公共巴士背影，对沙发出疑问。

"好是好，但想弄清楚你怎么样。"

"才不过两天，跟你两天前见到没变化。"

沙沉默下来，听筒那头传来积雪一般的沉默。

前面的巴士屁股插进来一辆白色汽车。我巧妙地把握着自己与白车的距离，顿了顿，对沙道："迟点给你电话。"

"那好。"

不到十一点。我在一家相当大的连锁超市采购了一些罐头、饮料，估计可供五六天之用。末了又选了几瓶威士忌和伏特加。我把买来的东西逐一分类，放进后备厢。威士忌和伏特加则包好后放入车载冰箱。

在超市的地下一楼找到一家户外用品店。在老板的推荐下我选了登山杖、绳索、望远镜、急救包、保温壶、防水袋、帐篷、防潮垫和小型炉具。另外，备用油桶和车用充气泵也备齐了。结账时信用卡上的数额略有变化，这变化相对先生所给的数额来说，基本上是九牛一毛。

我就近找了家看来品质不错的西餐厅，点了牛扒和吞拿鱼沙拉。价钱比起原先光顾的类似地方略微贵些——想到接下来相当一段时间要在几近荒野的地方独自度过，且要一顿接着一顿地吃着没滋没味的罐头食品，觉着还是尽可能地多吃一点文明社会的食物为妙。

吃得差不多，我喝一口侍者重新添好的咖啡，掏出手机拨了沙的号码。几声响后沙接起电话，声音听来有些渺远。

"忙好了。"我说。

"嗯。"

简短地同沙说了下鹤的线路的事，电话那头的沙听来似乎有些恍然。

"怎么了？"我问。

"爷爷那头，"沙顿了顿，"记得他好像有这张图纸的。"

"图纸？"

"嗯，"沙说，"先前整理时看到过，隐隐约约记得这东西。驷马、牧山、北泽、甸口、都门，还有卫什么来着。"

"卫城。"我说。

"我再翻翻看吧。总觉得地图标得好像没那么简单。"沙的声音有些迟疑。

"那好。"我说，"我先出发，保持联系。"

沙有些欲言又止，终究还是说了声："嗯，好。"

目的地明确之后，开车速度快了很多。车一驶上高速，仿若玩具流水线上的成品，自动进入了线路流程。握着方向盘，我深呼吸一口气，仿佛体内的空间都因此扩张起来。将音响切换到摇滚乐频道，老式而时髦的披头士灵魂在车里摆荡起来。今早一度爽晴的天空中出现了几丝层叠的云翳，日光和煦，但照在身上几乎没有温度。眼下尚未开春，还没到阳光展现真实质感的时候。在头脑中模拟出鹤的线路图之后，我的身心全面进入了运行流程——仿佛设定好的游戏程序，我只需咔嗒一声打开快门，流利完成操作指令即可。

牧山，往下是牧山。

驶出高速公路，我随即调头上了国道往牧山方向驶去。开阔的滩涂上长满不知名的焦青的草，东一沓西一沓，在白花花的荒野上看来甚是凄零，直如徘徊在世界尽头的癞痢头少年。

不过五点，阳光淡得不见事物的轮廓。我在一片癞痢头中默然驱车行驶。偶与颠簸的小型货车或是灰头土脑的乡间运输小面包车擦身而过。牛是有的，沿途遇见几队牛群，皆讷讷地站在路中央，用近乎粉红色的瞳孔望着我。我不太明白牛何以会有粉红色的眼睛，或许是错觉。毕竟好久没能见过牛这一种生物了，所居住的市区也罢，高速公路沿线也罢，没有牛生存的空间。

缓缓驱车靠近，一而再地鸣喇叭，牛们似懂非懂地缓步摇行，并不打算给我让路。我只得跟随着牛的步伐灵巧避让。离牧山愈近，所遇到的牛就愈多。我不晓得牧山这个名字是否同这些牛有关，想必是有关的，光是牧山这名字听上去就挺适合食草动物生活的。

滩涂消失以后，是愈发硬的荒野。焦青夹杂着萎白的野草逐渐变多，有连成一片的态势。中等个头的烟灰色鸟儿如云翳的碎片一般在天空中载浮载沉，时而团团落于半人多高的草丛里。

这叫牧山的地方，不仅没有山，连能否放牧都成问题。蓝底白字的招牌标识在混沌色的日光中反射出微茫的蓝光，银白色的"牧山"二字看上去比眼前的景象更为真实。挺宽的柏油路蔓延在无止境的旷野深处。过了牧山指示牌，我开始在披头士的节奏中沉思默想着夏末秋来之时的牧山风景，野河、绿草、成群悱恻的白鹤以及星星点点的牛羊。鹤一展翅，苍茫群草便伏低它们的身子——那大概是真正的鹤们所依存的地方。

将车靠边停在柏油路上，熄了火，我拿着一小瓶水下得车来。许久没有喝水，突然觉得有些渴。靠着柏油路坐下，我灌了几小口水。日暮中的万物渐次变得薄凉。

我用目光搜寻着周围的景致。层叠的浪花云停滞在涌动着暮色的天边，远处几个缓坡的突兀之处长着几棵低矮的木本植物。再过去不远处，背着缓坡的地方搭着一处小木屋，几头牛羊的身影如晦暗不明的旅人般安然。偶有风，但过于浮浅，掠动不了那些事物深处的寂意。

尽管后备厢里齐备地准备着帐篷和取暖用品，我仍必须在天黑之前找到能够安全投宿的地方——天一黑，狼就会现形。这等荒原定然是有狼的，这个地方的实际统治者是狼也未可知。尽管瑟瑟的风中并无任何野兽的行迹。

返回车上取出望远镜，走到草丛中稍高的一处小坡，我举起望远镜极目四望。望远镜是新买的,我费了点小功夫才将瞳距和焦距校准。

将目力所及的景致拉至眼前后,先前所见的事物并没有本质的变化——荒草、枯树、土坡和土坡上零乱的岩石块仍然维持原来的形态,几公里外的那座木屋则看得真切了些许。木屋的门口挽着葫芦、草帽和形如水罐的容器。三五头牛羊正仔细而缓慢地咀嚼着各自的草粮,牛羊的眼神固然看不甚清,感觉上像是依存于米勒画里的农庄场景,牛与羊正以画家本人在其作品中所彰显的孤独、庄重来吃草。

牛与羊的吃法,让人联想到木屋里居住着一个孤独的魂灵。我微微调整着焦距,仔细察看着木屋的每一处细节。门是虚掩着的,门上垂挂的腊肉和鱼干也约略看得清晰。虽然并未发现屋里有人,从屋子的各处细节仍觅得出木屋主人的痕迹。

随着焦距的校准,木屋外墙一块淡而深涩的人形图案定格在我的视野。隐隐地我觉得那个人形图案有些眼熟和吊诡,却又不甚肯定。灰茫的暮色愈来愈贴近小木屋,缓慢而温和地将木屋边缘稳妥地裹于天地混色之间。

那团图案渐渐看不清了,却更为深入地镌刻于我的脑海中,挥之不去。归根结底,那图形对我来说太具有暗示性了。

开车是不太妥的,隐匿在荒野深处的滩涂或沼泽足以无声而轻易地吞没整个车子和我。我迅速地估算了下走到那个木屋的距离。如果走得快的话,天黑之前走到木屋是完全没问题的。既然有牛羊,便意味着有人。有人和可供庇护的房屋,应该不会受到狼的威胁。

我返回车内,发动引擎将车停在缓坡一侧。从车里取出两罐午餐肉、一瓶青橄榄罐头、即食燕麦、一小瓶酒、登山杖、绳索、手电筒、水果刀、望远镜、指南针等物品,书和地图册也拿了。为防万一,把帐篷睡袋和防潮垫也都带上了。仔细检查无误后,我背着背囊向草丛深处走去。

22

空寥的荒野并无多少存在感,实际纵深远比肉眼所见来得怪异。黑褐色的泥土僵僵的,踩上去有股滑腻感。沿途草丛散发出一股干瘪的植物纤维的香气。我平板而稳当地朝前走着,鞋头沾了点水汽的军靴碾过干草、砂砾和硬土。

愈走愈觉得木屋之渺远。天空很快将滞重的暮色渲染得灰蒙蒙的,层叠的云看起来更像是满目疮痍。鸟群飞得更低了,好几次感到它们犹有惧意地掠过草丛和地面。由于天色黑得太快,我时不时地拿起挂在胸前的望远镜确认木屋的存在。牛和羊依然在吃草,吃法和先前一般安详,若无其事地展示着米勒油画里固有的庄重及孤独。转头望去,停靠在山包旁的车子黯淡成一个细小的灰影,微弱的存在感联结着我与其之间的道路。

莫名地嘘了口气。从我体内嘘出的气息被无边的旷野吞噬一空。额头感到些许凉意,脊背却因厚重的背囊而微微出汗。眼下的景致诚然具备浩大的观赏意味,甚至作为现代派摄影作品想必也非同小可,身处其间的我却略感荒诞,一切都那么陌生,万事万物如此迢遥，根本无从攀缘。

在木屋与车子的联结点之间，我默然无声地移动身形。

由于走法过于单调，干草和泥土又吸走了我的足音，时间、距离乃至现实都无从判断。扭头往后看，远处的车子终究成为一个并不着实的点，再看，便多少有些虚构的意味。

天并未完全断黑，木屋也慢慢看来稍具实感，近在咫尺。然而这种咫尺用现实性的脚步又很难踱量。这种程度的暮色，木屋始终没有火光，那大概是没有人的。我的心稍有些失望，但也存留一点安慰：这小屋，过个夜还是可以的。

木屋周围围着不甚齐整的荆棘。走近前来我才看到这个事实。这等程度的荆棘，大约是为了防止牛羊走散。我颇为小心地拨开荆棘，走到门口。见有来人，牛和羊只在第一时间悄然抬眼看我，随即又闷头吃草。

颇为若无其事。

木屋比从远处看来要坚实稳固得多。厚重阔大的木头从上至下纹丝咬合，细看之后发现缝隙间黏着灰沙。雨露、风霜使得那些沙子与木头表层板结成有致的形态，犹如时光的齿痕。沿着墙根长着若干不知名的枯草，被牛羊咬得稀稀拉拉，只剩锯齿形的边角伏贴在墙根。

靠了近前，我扫了一眼正面墙上的图形，心下一震。

从近距离看，这个镌刻在木头表层的图案犹显怪诞。看上去不过是随手刻就的图形，却有什么古怪的因素在其中起了作用。我在晦暗的暮色中凝眸细看。这是我曾经见过的，我曾在哪里见过它。

我掏出手机，打开相册，翻找到之前那张在摩天轮地下室甬道拍摄的粉笔画，一切都对上了：同样的人形，同样的笔触，甚至同样的韵调。"咔嗒"一声，仿佛心内某个宕开已久的缺口同周围现实紧紧咬合上了。

看着这图案我的心脏突突直跳，在一千里之外的地方它的轮廓再次显现，更扩大，更严肃。原先的拳头般大，扩张到现在的近半人般大。我摇摇头，自己不远千里跋涉而来就是为了看这个小破房子上的随手涂鸦？

不期然地回想起当时甬道里的空气、墙壁纹理、脚底触感和光线浓淡。感觉那之后经历的一切迅速湮没，自己不过是经由甬道的一头穿越到眼下这个地方，木屋，浮荡的暗云，涩草地和杳杳夜风。

这中间到底发生了什么？

同沙到动物园，追踪阿挚到海豚小区，摩天轮定格的时间，圣诞节的漫天雪花，先生的嘱咐以及老头子旧书房里桀桀的笑声……我再次将目光聚集到这个怪气的人形图像上，我不明所以，怅然若失。我很想抓住点什么，将所有的人和事件穿成一串。

夜色不知何时侵袭了我。目力所及，面前的人形只剩反射出的黯然星光的轮廓。我的眼睛痛得要命，四周阒无一人，暗夜中看不见的浩大的野草随风泛滥朝我涌来。我扭身看了看四周，隐隐感到身后牛羊们爱怜的目光。

罢了。再站下去错觉怕是要统统出来了。

我紧了紧重得发涩的背囊，方才察觉到肩膀已经酸不可当。

向前走几步,轻轻推门。门只虚虚用门扣搭着,只一推便"吱呀"一声打开。

晦暗的月色洒在门前一小方地板上。从暗的地方来到更暗的地方,我用了小半晌适应眼前的黑暗。

"有人吗?"我从喉管里发出礼貌的问询,大概是寂静得太久的缘故,感觉声音同平日约略有些偏差。

"咳咳。"黑暗深处传来一声深沉的干咳,犹如枯井回音。

竟然是有人的。

我有些讶然,怔怔地站定了等待对方发话。再无声息。我的目力只看得到眼前一小片月光的暗影,再往深处,就是一片暗的虚无。那人连同虚无一起,一言未发。

"您好。"我顿了顿,"我是路过的,请问可以进来吗?"

问话宛如投入深崖的沙石。不投则已,一投则使人瘆得慌。

"来好久了?"竟然是轻快的,跳跃式的回答。

"嗯。"

"请进。"话音刚落,"嚓"的一声,一小片火苗腾起,接着这火苗颤颤巍巍地在一个大煤油灯里生了根,我方才清晰地看清此人、此间屋子的全貌。

说话的是个面孔细致的青年,可能是暗淡火光的缘故,面色有些苍白,收敛的神情,修长的眉发。他的目光似刚从火苗上熏染过,落到我身上时非常淡。

他坐在一张陈旧的棕皮沙发上,迎着火光时身影全落在了身后的墙壁上,跃动得比他本人轻快得多。

"坐吧。"他说。

我依言在他对面的木椅上坐下来。

这屋子，有同木屋颜色一致的方桌，两把木椅，里头角落安着一张简朴的木床。床边有个靠墙的木架，挨挨挤挤地摆放着不少旧书和什物，甚至还有几瓶看上去很像样的酒。屋子右边则是个简易台面灶头和洗碗槽，灶下的木架子上摆放着瓦罐、碗碟和各式罐头食品。灶头上摆着煤气灶，煤气灶上有个小铝锅，墙上则挂着一只平底锅和木勺。我的面前摆放着一个黑铁炭炉，没有火，炉子上架着可供泡茶的老式铁壶。是个相当简易但不乏舒适的住所。

"来一根？"他递过来一盒"万宝路"，稍稍倾向我的烟盒出口露出一根烟。

本想就此接受他的好意，转念一想毕竟还是戒了烟的人，随即摇手作罢。"谢谢，不会抽烟的。"我说。

"那喝茶吧。"青年的声音轻松而平静。也许刚刚是来不及适应火光的错觉，眼下看来这个青年非常柔和有致，脸型优雅，淡而齐整的黑色鬓角撇向一边，看仔细了，觉得他生得相当之俊美。他穿着一件深白色的棉质衬衫，外面套着细致的钝蓝色毛衣，毛衣扣着三粒纽扣，温和，熨帖，很是妥当。

"谢谢。"我说。

青年拿起壶，从一旁的储水桶里舀出勺水，漱了漱壶，接着装满水放在炉子上，加好炭，点着了火。随着炭火的熏烧，整个房间明显暖烘烘起来。

"这里冬天不烧火不行。毕竟没有电，也没有暖气。"

我点点头。

"所以我冬天不常来,通常是秋天。夏天天气好的时候也来。"

"好地方啊。"我说。

青年耸耸肩,"屋子是先父所建,也有不少年头了。先前这里有个湖,渔汛时节他总驾车来这里垂钓,久了就因陋就简地盖起这木头房子。不挑剔的话,偶尔小住几天还算可以的。"青年说话时用右手食指尖碰了碰鼻梁,像是下意识的推眼镜动作。"那么,你呢?"

"我叫宇文,"我说,"今天刚从驷马开车过来,准备去卫城。"

青年"笃笃"地用白皙的右手敲击桌面,俄而抬头看我,"路过这里的人不少。所以我也习惯了。这屋子虽然建在郊野,毕竟离公路还是挺近的,偶尔会有人来。"

我点点头,"要是能麻烦一宿就太好了。"

"这个嘛,父亲早就考虑到了。喏,"他指着夹在书架旁边的一个铁架,"餐饮用具不缺,简便的折叠床和备用被褥也是有的。你随意就好。平时我不在的时候,偶尔也会有人来住。附近的居民都晓得。门不锁,留了纸条,家什随意使用,用后打扫归位即可。"

"倒是相当富有嬉皮气息的房子。"

"说起来还真是。不过倒也不是特地这样做,很多事情一来二去就成了它应有的样子。"青年拨弄着双手的骨节,他好像很在意自己的手。他的手很大,又白又薄,看上去像是什么动物的翅膀。而他惯于埋藏于那翅膀下。

水沸了。青年熟练地从桌底拿出茶罐,舀出一勺茶分放在两个白瓷杯里，再冲入滚水。稍摇杯子，将水滤掉，再冲入水。一连串动作熟练、地道，看得叫人舒畅。

青年把一个茶杯端到我面前，我端起来小口小口抿着，热腾腾的红茶驱散了身上的疲惫，先前因为读图带来的紧绷神经多少放松下了。

"叫我萨也就可以了。"

"嗯。"我就"萨也"这个既无形式又无特殊含义的名字寻思一番，得不出任何同他本人背景有关的联系。

萨也做了晚饭。青豆炒腊肉、蘑菇炖火腿，煮了玉米粥，还做了一道煎鱼。我把带来的午餐肉、青橄榄和一小瓶威士忌也一并拿出来，两人有滋有味地开吃了。

"这地方，虽然大部分靠的是罐头，野味也是不少的，但得看季节。"萨也说，"腊肉是附近居民送的，一直挂着风干。蘑菇晒干了好久，事先得用水泡上两个钟头。鱼倒是有得钓，不过现在湖边尽是沼泽地，得熟路。"

我边吃边对萨也的说法予以肯定。

萨也实际上也中意酒。我打开那瓶威士忌，萨也找了苏打水兑进去，两人边吃边喝边聊。

"在这种地方有这等程度的美味和好酒，真是舒服。"

"简单得很，"萨也说，"关键是能用这里现成的天然材料做出几个花样。"

"要是能听上施特劳斯圆舞曲就更棒了。"我说，"可惜没有电。"

萨也就这个说法沉默半晌——他的沉默方式过于奇异，一度让我以为时间在刹那中停止，终究还是讲起他自己。他的工作是钢琴调音师，住在离这里三百公里的清北市。独身。父亲于三年前去世。

说完他左右手交错合拢抵住下颌，视线落在只剩三分之一的酒杯里："原来这里准备了很多唱片，带蓄电池的唱机也有，最后在冬夜送给了一个来这里投宿的过路人。"

我注视着他，他蹙着的眉头很是温柔，比神态淡然时还单纯。

他想了一阵子。"父亲去世后，很长一段时间我都不再使用耳朵。"

"为什么？"

"这个秘密我没同任何人讲过。毕竟职业是钢琴调音师，耳朵作为赖以生存的工具，不能随随便便将其弃之不顾。"萨也看着我，"但我终究还是找了个地方将耳朵放下来。"

"这里？"

萨也点点头。

这里的确是放逐耳朵的好场所。我凝神看着噼啪作响的炭火，默默地感受着这座小屋所承受的旷野虚空。哪里传来一声夜鸟的鸣叫，但那不重要，重要的是鸣叫过后的一片寂静。我猛然意识到，若不是我来，萨也同他的耳朵怕是全然属于这片安静。

"每隔一段时间来，有时是几个月或是几十天，大半年也有。感到耳朵不行了便马上放下工作驱车过来。"萨也沉静一笑，"好在我这种工作具有替代性，只消打个电话给认识的同行打个招呼，劳烦对方接手即可。耳朵嘛，任谁都有。虽说在每个人每只耳朵听来声音的质感千差万别，但在对付工作方面足够了。"

"嗯。"确实也是。但我无论如何也想不出萨也的耳朵跟父亲之死有何关系，就像猜不出非洲猕猴与大西洋活火山之间的深刻联系那样。"喔，"我俄而抬头道，"我这贸然一来，实在是有些叨扰。"

萨也哈哈一笑："说得有些过分了不是？毕竟我也是人，实实足足的社会性动物，不可能将耳朵大大咧咧分裂开来，那也太不三不四了。我说的休息嘛，确实来说是把自身与有形的声音分离开来。"

"也算是明白一点。"我不期然地想起莫扎特、贝多芬、巴赫和肖邦，让人感觉这个肤色涩白的青年在竭力把自身同那些音乐性的属性分离开来。

一小时后，我们仍在喝酒。菜已经扫荡一空。萨也将窗户稍稍开了一边，静夜的凉风徐徐地灌进来，将炭火带来的温暖糅成新鲜的、令人清醒的空气。我也大致说了下自身的事，同萨也讲了自己驱车沿途调查鹤南飞线路的事，当然关于先生、地下室等更深一层的东西没有提。我问他了不了解鹤南飞时途经这一带的情况。

"有意思的事。"萨也摊了摊手，也许是因为弹琴的缘故，他的双手动作很丰富，即便是在他沉默的时候。"没可能注意不到。毕竟这么大量这么壮观的鹤群，年年途经这个地方。但是，"气息在他喉间转了一转，"今年的情况有点儿特殊。"

"怎么特殊法？"

"怎么形容好呢，"他顿了顿，拿着杯子轻轻摇曳，"仿佛不合时宜似的。也许是我来的时间不对，往年秋天我常来，一来就看到一群鹤在沼泽驻足，雪白得跟撒在湖畔的落樱一样。"

萨也说的情形我能想象得到，毕竟曾同那么多鹤朝夕相处几年之久。

"今年来晚了。你知道，工作这种东西一时时的，耳朵的状态也是。我来时，已近初冬。"萨也说，"往年初冬还是能见到鹤的，今年却只有一只。"

"一只？"我不太确定地问。

"据我看到的是一只。我不怎么中意钓鱼，但总到湖边走。那只鹤站在芦苇尽头，看着我来，动也不动。我疑心它是受了伤，便过去看。当我拨开草丛时，鹤缓缓地转过身去了。"

"转过身？"

"不飞，但转过身。"萨也用右手轻捻着左手无名指，边捻边踌躇，"那样子好像怕见人似的。我一直注视着它，想要靠得更近些，但不行——四周都是沼泽，没有办法再前进。"

"嗯。"

"你知道的，我从十一二岁开始就跟着父亲来这个湖垂钓，鹤的样貌其实熟悉得很。但它那样子还真有些吓到我了。我很自然地认为这家伙是受伤掉队之后落单的，所以我一直站在原地，想找办法把它救治好。"

"鹤和我僵持了很久。它看上去没有飞走的意思，但也不打算接近我。驻足在芦苇丛中安之若素——我到后来才看出它是安之若素的,身子骨和眼神都扎了根的,同整个湖和芦苇连在一起。"

我点点头。

"那是我最后一次见到鹤。也许它是最后一只,也许不是。"萨也摇摇头,"我搞不清,总觉得事有蹊跷。但想来大部分鹤改道了也有可能,毕竟我不是这方面的专家,只是从小到大对这动物很熟悉。"

"那鹤后来怎么样了?"

"顽固的家伙。直到天黑它依然在那里,大概在闭目养神。当时我觉得既然没受伤,也就没什么,看天色慢慢暗下去也就打道回府了。经你这么一问,我也觉得很奇怪,今年的鹤哪里去了?"

萨也形容的鹤浮现在我脑海里,挥之不去。我给萨也斟了酒,也给自己斟上,拿起来慢慢地喝着。不管怎么说,那只鹤,一直待在那个地方,是有它的苦衷吧。

"鹤这种动物,我也很是中意。每年约会似的来一次,我也来,鹤也来,相处的时间毕竟也算长了。不着急的话,明天带你到湖边走走罢。"

"谢谢。能领我去的话就太好了。"

靠着炭炉,在折叠床上摊开睡袋,我褪下外套和外裤钻了进去。长时间开车弄得肌肉酸痛,翻身在狭小的折叠床上换了几个姿势才找到合适的睡法。萨也把煤油灯拧得很小,他靠在床头大概在看什么书,也许是睡了也未可知。影影绰绰摇曳的火苗传达着这个房间所有物件的倒影。

迟迟无法入睡，鹤的形象萦绕在脑际，鹤的神情，鹤的苦楚，我反复感受鹤通过萨也向我传达的感受。外面的草丛深处哪里传来窸窸窣窣的声响，间或几声尖锐的鸟叫洞穿夜的寂寥。巨大的夜色啃噬着这座小屋，一阵阵疲倦袭向我，清醒却和睡意同在。我真切地体会到萨也所说的"耳朵的休息"，这纵深的夜里的一切轻微的响动都在抚慰耳膜。

煤油灯的火苗渐渐地暗淡下去，直到归于虚黑。窗户留有一道细细的缝，此时旷野的星光和凉风流露进来。炭火已经熄了，一丝暗红的未泯火光，如同呼吸般隐现。

早上六点多睁眼醒来，发现萨也人去床空，床铺叠得整整齐齐，外套和长靴不见影踪，想必出门去了。我起身披上外套推开屋门，一派沃野的甘爽气息扑面而来，四周的鸟鸣清脆得惊人，与远方透亮的天色混为一体，好像它们是在急切唤醒这片清澈的天色。

不过隔了十二个小时，旷野景色焕然一新。

收拾好床铺，我舀了水，拿着牙刷和杯盏到屋外的野地上刷牙。天气尚冷，水寒凉得紧，刷牙时那股沁凉直透胸口。刷完牙洗好脸，我回屋擦火柴点燃煤气灶，将炭炉上的水壶装上水，放到煤气灶上烧。烧水的时候我从背囊找出自带的袋装咖啡，拆开后用煮好的开水冲了杯热乎乎的咖啡。

这里的水有股淡且鲜甜的草腥味儿，虽说是即溶咖啡，但喝来味道还不错。我边喝边倚靠在门边看风景。

昨夜门口的几只牛羊散落在不远的草地上，埋首啃食带有露珠的草。草地的颜色看来比昨天见的要浅些，虽然不及春夏的草色般鲜盈，但也颇为可人。清晨的阳光匀称地在草地上铺陈开来，与那浅黛蓝色的草色融为一体。

荆棘围束的地方散漫地长着颜色很淡的小花，牛羊吃不到的地方，花开了。端着咖啡，我慢慢地绕着屋子转了一圈，又来到昨天见到的图形面前，再次细细审视它的存在。经过一晚上的休整，我的思路陡然变得开阔起来。

我仔细看那些笔痕，跟地下室见到的粉笔画不同，这个图画是用尖锐石子一类的东西刻画出来的。由于有些年头，边缘的深凹处不少地方被青苔和尘垢所积染。仔细分辨，多少可以看出这个图画早已同这座屋子融为一体，像阳光落于青草地，不分你我，我中有你，你中有我。

"早上好。"

"早啊。"我转过头来，萨也穿着普蓝色的猎户外套，里面是昨晚那件深白衬衫和深蓝毛衣，站在我身后。他左手抓着一把野菜，右手拎着个竹编的篓子，竹篓上还挂着个小铲——一副满载而归的模样。

"不介意的话，早餐吃这个。"他举起左手，暗紫色菜叶子上的露珠几乎滚落下来。

"好家伙。"我说。

萨也把野菜前后掐尾，在清水里洗了，拿到烧开的锅里焯过水，拌上橄榄油和细盐。切了一盘腊肉，连同煮好的燕麦粥端上桌，纯天然乡村风味的早餐看起来着实赏心悦目。

坐下正准备开吃，萨也起身从竹篓里拿出两个沾着泥巴、鲜红透白、形如葫芦的野果，"这玩意儿，滋味古怪得很，试一试？"

"敢情好。"我说。

用沙拉酱拌过的野果吃在嘴里有一股黏涩的腥味，再细细咀嚼，又略带甘鲜。迄今为止我还未吃到过味道如此不近人情的水果，也许是上帝把酸甜苦辣的调料罐子打破了搅拌在一起制作的也未可知。我拉开啤酒易拉罐，一气灌了一大口，方才安抚好味觉。

"怎么样？"萨也略带担心地看着我。

"前所未有。"我说。

"好词。"他夹一块放进嘴里，咯吱咯吱咬得相当响。"这个么，打小就开始吃了。父亲来钓鱼总带个小铲子，挖这个吃。他不仅自己吃，也让我吃。小时候肯定不中意这股味儿，吃着吃着竟上瘾了。这里农庄的人都不吃这个，市面也没得卖，有没有作为食物被看待过都不得而知。唯有每次来挖一点，有时皮也不削洗了直接啃。"

"嗯，"我说，"小时候养成的口味，大体上会伴随一生。"我学着萨也的样子又吃了一口，一咬一股更大、更酸涩的腥味儿席卷舌腔。

除了这古怪的野果，野菜的味道倒是嫩爽可人。我们边吃边聊，萨也这个年轻人外表眉清目秀，实际上隐隐让人感觉他骨子里有种干净利落甚至近乎锋利的东西，当然这种锋利的严苛的倾向性只针对他自己——我似乎也能感受到他打算放弃耳朵的缘由。我把自己的大部分遭遇同他说了，租住的公寓，从事单调的技术性工作，女友几个月前离家出走后又莫名其妙同一个辍学少女成为忘年交，最后下决心一口气往南找鹤。听来林林总总，一旦较真又不值一提。

萨也安静地听着，手臂搭在桌上，不时交叉双手又松开。"人和人的活法，看上去千差万别，实际上殊途同归。"他最后作出了总结。

"殊途同归。比方说，一律往南飞。"我喝干啤酒，再夹了块腊肉。

萨也低头沉思，颀长的手指反复穿弄桌上的易拉环。

"对了，"我突然想起来问，"门口墙上的图画有点儿意思，你画的？"

他摇头，眯缝起眼睛："记事时候就有了，因为一直有，也没觉得特殊。想是父亲画的，但看笔法不像。"

"画的到底是什么？"

"指不定是阿萨基摩人在门口留下的暗号。"

"阿萨基摩人？"

"银河系外星人的一种。"

我和他不约而同地笑了。

鹤所栖息的湖离木屋有六七里地。"原本父亲把房子盖在湖边，可这湖一年年地退缩下去。滩涂、草甸，不过十来年，沧海桑田。"萨也边走边同我介绍这地方的情况，不时拨开高大的草丛，往更深密的地方走去。"不是你来，我都担心鹤要遗弃这湖了。毕竟水域愈来愈小，连我自己都觉得失落。"

"这地方没人居住？"

"早几年有，开发镇子后都移居到镇上了。毕竟没有水和电，生活条件也不便利，能迁走的都走了。"

"屋外头的牛羊，还是有人养嘛。"

"那是农场人家的。倒是把我那地方当成它们的地盘了。别看模样儿乖顺，性子野得很。我也是当过一阵子牧羊人的，这点还是有经验的。"

我们边走边聊，脚下的泥土愈来愈湿，有的地方踩下去吱一声冒出水来。周围的草丛渐次繁密起来，有的地方甚至高过了人，把天空遮蔽得严严实实。

"我还从没有迷路过，"萨也说，"只消抬头看天，看草的长势和走向，野溪水的流动方向，便能判断出路来。"

我一味顾着脚下的路，时不时地拨开身上的草，基本顾不上说话。可能是草丛深了，鸟的叫声比之前少了很多，万般声音都沉潜到植物底部。放眼看去，醇厚的阳光洒落在草丛深处，化为星星点点的日光泡沫。我想起鹤厂背后的那片森林，牢实密匝的万顷树木盘根错节之中，也裹着一个湖，地理面貌上固然差得老远，本质上又让人觉得有相通之处。

"今年开春怕是要迟缓一些时日。"萨也道，"一脚踩下去便知，泥土里有种挥之不去的黏滞，还没醒开。虽然冬天已算结束，但春天还隔着时日。"

"我们在冬与春的缝隙里？"

"正是。"他说,"没觉得这些草啊,泥土和鸟都还安安静静的吗?"

我不太看得出草和泥土之间的态势,但对于我们处在冬与春的夹缝的说法,还是让人有着实质性的感受。在两季的夹缝里前行,便是那么一回事。

走了大半个小时,我以为前面会是更深更密匝的草丛,谁知情势陡然一转,一片开阔的、无边无际的滩涂展现在我面前。阳光刺眼,我把右手形成凉棚搭在额头放眼回望。

日光在沙白色的滩涂上反射着鱼鳞一样的金色光芒,层层交错的河泥涣漫在水潮中,像极了苍老的巨人的皮肤。一簇簇草丛点缀其中,清风徐来,天上的云层摇摇曳曳倒映在草地、泥土和水面上,一只鹭鸟惊悸地从草间飞起掠过水面,转头飞到日光里。天上的白云,不过如此光景,我想。

"以往每到这个时节,湖水已经涨到这里。"萨也说,"现在情况变了,也许是湖老了,湖岸线像中年男人的发际线,层层退缩。"

"鹤在这里栖息?"

"不,还要往前走。"他扣了扣头上的鸭舌帽,"这里是滩涂,过不去。有条小路直抵湖边,不识路的话,还是有点危险,跟我来。"

虽说路途泥泞,野草绵密,这种走法无论如何都令我惬意。水汽、日光的气味混着湖水特有的潮气让人心神一荡,横亘在体内一个冬天的僵硬感觉慢慢消散,好似冰雪消融,流水淙淙,浑身骨骼咯吱作响。想起三天前我还在北方的冷雪凄雨中与沙一起驻足盼鹤,竟有些恍若隔世。鹤厂背后的湖,冰层多少也该开始消融了吧?

萨也的步伐很轻快，不时吹起口哨，听旋律像是《小小少年》。"来这种地方，只要鞋子好，便不成问题。"我点头同意。一个钟头走下来，我的军靴固然没进水，但鞋底沾满了泥巴，为了防止打滑，得在草丛或者沙砾上蹭干继续走。

"快到了。"萨也指着远方粼粼的光，一片光，全是光。那地方好像除了辉光便不曾存在些什么。我顺着他的手势，眯缝起眼睛望过去，光天化日之下，一漾水域，无边无垠。偶有飞鸟的梭影，扑棱几下又融化在水光里。

"很大的湖啊。"我说。

萨也似乎没听见我说话，只双手插兜，深深地呼吸，俄而开口："走吧。"

湖渐渐地近了。那漾水光变为真实的、固有的水平面，浩渺的沙白色平平延展至蓝色的天宇。我们在湖边的芦苇丛边缘停住，各自凝神看湖。

水是无限透明的蓝。很难想象如此透彻的蓝，汇拢在一起，会成为浩瀚的沙白色。也许由于光线的作用，跃动的粼粼白光一直延伸到天边，让人分不清此岸与彼岸。

"鹤总在这里栖息，"萨也蹲下身，翻捡地上的小石块，"你知道吗，秋天这里的鹤跟盛开的樱花一样，漫天遍野，倏忽而来。"

我就萨也所形容的景象陷入沉思。面对茫茫水域，一切情愫无从把握，连日来纷纭的思绪在这片粼光中戛然而止。这片水在告诉我什么，而我自身却做不出相应反应，心头一片空白。

飒风四起,周身的芦苇开始翻滚,粼光跃动得更厉害,更迷离。我索性蹲下身,同萨也一同注视水在岸边沙土留下的虚线。

什么时候我曾这样恍然看水来着?隐隐想起那次在鹤厂背后,盲人交给我钓竿,让我垂钓的事。那时的水,可有眼前这般阔大?这般触目?我已是想不起了。

"那只鹤,是在这里见到的吗?"

"离这里不远。想去?"

"想去。"

我抬眼看萨也,在强烈的湖水的反光里,他的眸子看上去有着浅浅的褐色。

萨也发现鹤的地方在更深一处的芦苇丛中,不太好走。"上次来,是十二月底,这里的芦苇还结着花。"我们在干涩的芦苇丛中穿行,地上黏浸浸的,边走边物色落脚点,以防踏入泥浆。

如他所言,这个地方不能再深入了,每一步都颤颤地担心脚下陷入沼泽。"再不能走了。"萨也指着更深一点的地方说,"是那里。"我顺着他所指的方向看过去,无从发现些什么——不过是芦苇和泥沼更深远的重复点罢了,同来路的情形没什么差别。我试图想象最后一只鹤在此驻足的光景,却接二连三地想到自己曾经放牧的那些鹤。它们的神态、气息、举止,梳理翎毛时的样貌,千姿百态,合二为一。我深吸一口气,朝那芦苇丛深处吹起召唤鹤的哨音——好久没吹过了,发音是否准确都不得而知,由于地形、空气和水域的关系,觉得自己吹出的声音异乎寻常。我试图将这股发音转变为牧鹤时的标准发音,然而实际效果却不尽如人意,感觉上像是年久失修走了调的风笛吹出来的破落音。

"Asma——asma——sma——asm——sam"

我边吹边顾盼,远处的芦苇似乎被这声音所摇撼,轻微摆动不止。除此之外,没有任何动静。芦苇脚下的水纹微微荡漾,万物以沉默之势回应我的呼唤。

"Asma——asma——sma——asm——sam"萨也在我身后也吹出同样的哨音,笔直、轻快、气息流畅,感觉上像是沉稳有力的二声部,竟比我的声音还标准。

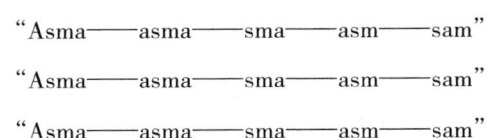

"Asma——asma——sma——asm——sam"
"Asma——asma——sma——asm——sam"
"Asma——asma——sma——asm——sam"

我俩反复在深邃的芦苇丛中呼唤,感觉从没有这么累过——就我同鹤相处的状况而言,鹤是极其温驯的动物,只要是牧鹤人诚挚的召唤,便会展翅而来。私下里揣想,那只鹤是在的,具体在哪里不得而知,总之未曾离去。

正午的阳光愈发地炽盛,芦苇丛之上光天如此晃眼,让我觉得眼睛隐隐酸痛。我开始变换使用各种吹哨的词汇,问候,安抚,玩笑,进食……所能想到的有关于鹤的词汇轮流使用。几番使用下来,感觉喉间火烧火燎。

"坐下吧。"萨也在不远处找了个不大的岩石,一步跨了上去,招呼我过去。我就此止住,默默找了个稍平稳的角度坐下。两人都累得够呛,一言不发各自眯眼发呆。

我打开背囊，掏出两罐啤酒，递给萨也一罐，自己也拉开易拉环喝了起来。真怪，明明是冬末初春，灿烂的阳光却在耳畔嘶嘶作响，感觉就像是宁静深旷的夏天。这湖边风光真能捉弄人。

世界上有着数不胜数的湖泊、丛林和鹤，我却突然发现自己再无法靠近它们。一定有哪个地方出了岔子，我也好，这个世界也好，整个湖泊默默地倾倒在天空化为星辰也未可知。阿挚也许在哪个地方什么时候发现了这一点，故而弃我而去也未可知。同鹤生活得久了，那动物竟成了自身存在的一部分，一旦分裂开来，便溃不成军。我喝酒，无限喟叹。

"鹤每年来两次，秋季飞过来，春季飞回去。它们来的时候统治着这里的生态系统、湖泊的生死、野草的长势和泥土的钝重。那只鹤，只要藏在这里，就不担心湖泊连带这一切会毁灭。"萨也灌了一口啤酒，转头对我，"我是这么想的。"

我望着他淡褐色瞳孔和稀淡的雀斑无言以对。他肤色过于白、涩，在这样的烈日下长期生活，雀斑挥之不去，让我想起《悲惨世界》里的埃迪·雷德梅尼。

"没有鱼并不代表不存在，"萨也说，"我父亲常这么说，他总在湖边的岩石上钓鱼。不管有没有，年复一年，乐此不疲。"

"后来呢？"

"后来他消失了。实实在在地从湖边消失了，活不见人，死不见尸。这是三年前的事情了。"萨也说，"警察也出动了，直升飞机搜寻队也来了，死活没有音讯。"

"就在这里？"

"不,早几年,湖比这个大多了。沧海桑田得紧。"

我默然低头,轻捏罐子,又灌上一口。

"我宁可认为那是他自个儿的选择。他有那个选择的权利。所以直到现在我也还在默默忍受着。"他说。

"母亲怎么办?"

"没有母亲,从小我就没有母亲。不存在母亲。"

"噢。"我说。

"从这件事好歹我认识到了各种人各种事物各种情感的各种形式和可能,父亲、母亲,包括我自己。也没什么好怪罪他的,我心里这样想,但毕竟——时不时地间歇性失聪,这对我来说很苦恼,一有这种征兆我就提前打道回府回到这里来休息。就这样,几年过去了。"

"能够理解。"

"所以找鹤的事你也不必太过牵强。虽然原因不一,但苦衷是相似的。你的心情我很能理解。"

我咀嚼着萨也的话,心中泛起某种苦涩。"你父亲肯定潜藏在哪里,只要不去找,他就一直在那个地方。"

"什么都好,只要不担心。"

23

回去的路上起了相当大的风,吹得整个湖面四下飘摇。野草摇荡,云团纷涌,鱼时不时跃出水面,刹然一闪。尽管如此,太阳还是大得惊人，我们沿着午后的滩涂一路低头前行，默不作声。

返回木屋后，萨也草草地做了午饭——差不多快三点，饥肠辘辘，腊肉、炖菜、鲱鱼罐头拌干捞的面条，两人一扫而空。

饭后接到沙的电话，她问我在哪里。"牧山。"我说。

"哎，"电话里沙的声音好像被风吞食了一半，不怎么清晰。"可好？"

"还行。"

"我能做点什么不？"

"乖乖吃炸薯条、汉堡，玩游戏即可。"

"没劲。"

"爷爷还好？"

"那人又消失了。所以才来烦你。肯定是他也为这事折腾得很，才一声不响地跑了。你说我该怎么办？是不是得为此做点什么？"

"乖乖等着，说不定那老头子又给你拿点什么来测试你。"

"唉。"电话里沙长叹一声。

"小孩子这样长吁短叹可不好。"

"又怎样。"

拉拉扯扯一番后，我拿出现实性的声音说道，"下午还得去北泽，回头再向你汇报，好吧？"

"好的。"沙乖乖地挂了电话。

挂了电话，见萨也早已收拾好餐桌，回坐到沙发上烧水泡茶，他显得有些疲倦，窝在沙发深处盯着炭炉的火出神。

"是那辍学女孩，怪挂心的。"

他点点头。

萨也摇摇头，眯起眼睛注视烧着的水，换了个话题："男女之事，至今疑惑重重。我连自身都满带困惑，要弄明白另一个人几乎不可能。"

"言之有理。从前我从不这么想，如今年纪大了，这种想法倒是浮上水面。"我说，"不这样想不行，现实里的女友非现实地消失了。"

萨也泡了茶，不喝，只是久久地抱着双臂沉吟。

我注视着茶杯的水汽，不胜珍惜地慢慢呷一口。如果可以的话，真想在这里待下去，同这个面容苍白、气质异禀的青年人一起，数羊、摘草、垂钓、候鹤。但事态显然以其自身的速率在进展，我找到最后一尾鹤的线索，看到真正的人形图案——前方必然有什么在登场，在变化，我必须驱车上路，迎头赶上。来得及的话，或许还能抓住要害。

"北泽离这里有多远？"我的开口打断了萨也的沉思。

"开车的话四个半小时。怎么，现在要走？"

我点点头，毕竟我被那什么赶得焦头烂额，能利用手中的线索乘胜追击最好。"这地方真不错，既适合鹤，也适合我，十分感谢。"

"想来随时欢迎。"萨也写下他的电话，"找到鹤打电话给我，那种真挚的动物，的确让人挂心。"

我开始收拾背囊，把睡袋叠好塞进包里，洗漱用具、望远镜、水壶等也一一收纳好，剩下的罐头则放到橱柜，折叠床上紧螺丝后放回原位，啤酒罐等垃圾则打包用塑料袋装着准备带走。

"喂，"萨也支着胳膊在沙发靠垫上，"你这人挺有意思的，起码对鹤不赖。对鹤不赖的人我没怎么见过，我父亲算一个。所以呢，要加油，好好干下去。"

"放心，我这种人大概就是为那种大多数人所忽略的事情而活的。不管是主动还是身不由己，总之只能如此，哈哈。"

"哈。"萨也用右手食指抚了抚鼻翼，"妙哉。"

临走前我再次看了看门外的人形图画，仔细把一笔一画刻入脑海。本打算拿出手机拍下，想想又作罢。具体什么原因自己也难追究，总觉得这东西不是靠拍摄所能领会的。索性十足十地看上几分钟，这才转头上路。

可能是熟悉了些的缘故，回去似乎比来的时候要快多了。我看了看表，五点不到，赶在晚上十点钟前到达北泽应该没问题，好在刚吃过饭，肚子足可支撑到晚上。我不假思索地走着，快要抵达停车点时，再回头看，赫然远去的木屋失去了实感，萨也、威士忌、炭火的余温和野菜的清香，一下子变得遥不可即。一个小时之前我和他的对话在某种程度上似乎变成虚妄。我想起《聊斋》里的情形，愈想愈觉得，若我此刻当真调头返回现场，那个叫萨也的男子会否以青年仙鹤君的形象出现在我眼前？

"骆驼"隐匿于山坡一侧，安然静候我的归来。

放妥背囊，检查整个车身安全无误，我打开车门坐上驾驶室，拧开收音机调到古典音乐频道，勃拉姆斯的小提琴协奏曲在车里弥漫开来。两天没听音乐，耳朵瘆得慌。我在车里静坐了一小会儿，待耳朵与喇叭出来的旋律完全服帖后，方才开车上路。

五点不到，阳光的余韵在车里激起一股温煦，国道两旁的旷野以超快的速度向后掠去。想起前天驱车行驶时也是这个时分，同样的道路同样的景致同样的日落角落，简直如同某个被连接上的断点——若是把木屋事件作为剪辑点全然掐掉，整个故事逻辑也全然成立。不过少了一天而已，神秘、超然、突兀的一天。

一路前行，其间隐隐能眺望到萨也带我走过的某些地方——作为确实的说法固然不可靠，毕竟旷野里除了草就是裸露的沙岩，不能确凿证明那是上午经过的地带。不过经过一道溪水时我还是恍惚了一阵，这个季节不是河水漫涨的时候，淙淙的流水涣漫在柏油路上，全无顾忌地穿越人间烟火后奔突向更深的旷野直至消失，想必是去往湖里的水。

天彻底黑下来时，原野的边缘已经褪去，露出了山村、烟火、农田、果林和淡淡起伏的山峦。小村落的光芒有股珍珠式的温润，我想起萨也说过的从湖畔迁居到小镇的居民，大概在此地过得不错吧，就灯火的温煦程度来说。

来之前从地图册上看过，北泽算是个相当程度的大都市。这等繁嚣的都市也会成为鹤的落脚点，我有些百思不得其解，不管怎样，毕竟是鹤所青睐的地方。

穿过一连串村落之后，古典频道的电台信号逐渐变得断断续续，我索性换上一张山羊皮的专辑，边听边打着拍子。在上高速之前我在一个较大的城镇停下来加油,顺便买了汉堡和可乐填充肚子。入夜的城市有着它应有的样子,巨幅的房地产广告、花花绿绿的一站式购物广场,挂有形态怪异的吉祥物的流动饮料车,大型广场以及熙熙攘攘跳广场舞的男男女女,最后是广场上方闪烁不已的大屏幕洗发水广告。扑面而来的城市气息冲淡了这两天在寂静旷野中闲适的恬淡情怀,一瞬间我的感官又被打回原形——或许本该如此才对。

驶上高速之后,我和"骆驼"成为滚滚车流中的一员,伴随着布莱特·安德森璀璨的嗓音一路往南。这是第几个南方了?

好像是第三个。

抵达北泽时我小小地吃了一惊,这个城市比料想的要大要现代化得多。光是进城的立交桥就搞得我头昏脑涨,进城后又在环城高速上兜了一会,才找到合适的出口。

已是晚上十点,我在五光十色的高楼大厦中选了个看来不差的酒店。太奢靡固然对找鹤没什么帮助,太简便也让我对经费犯愁。新鲜的自助早餐、恒温游泳池和便于俯瞰城区景致成了选择的标准。长时间走路、开车造成的疲劳,能去游泳池游上几个钟头是缓解乏累的最好方式。新鲜的早餐必不可少,而能有效地观看和了解这个城市,怕是得住在市中心的高楼大厦。

从车里出来,温暖潮湿的空气一时间让我恍然——这里已经是春天了,微醺的春夜气息将我从头到脚裹个严实,呼吸里有股挥之不去的甜润。不知哪里开着花,浮动在早春的暗夜里。我脱了外套,连带毛衣也脱下搭在手上，方才进入自动门，来到服务台刷卡签单。穿着一式衬衫短裙的女服务生们对我露出训练有素的端庄笑容，这种笑法，是不分白天黑夜的笑法。在这有些婀娜的春夜，我竟被感动到了。

我要了十八层朝南的房间，既不算太高又便于俯瞰景致。电梯门无声滑开之后，我稍稍迟疑了半晌才迈进电梯间。从今早湖畔阔荡的召唤，到此刻浓郁的春宵，我觉得太快了，以致对中间的过渡场景全然想不起来。

来到房间，放下背囊，洗澡刮须以后，我从冰箱里拿出一瓶橙汁倒在玻璃杯里一饮而尽，思绪多少回缓过来。两个钟头前吃的汉堡基本上消耗一空，肚子兀自叫唤。我打电话叫了三明治，要了生啤和水果沙拉，边吃边从落地窗上看夜景。

从落地窗户看出去，北泽的夜比从地面上感受到的更深邃更明亮。这里的夜的深法同早川同牧山都不一样，是悄然无声的暗流，一看就晓得高楼尽头闪烁的霓虹灯，会无尽地燃烧到天明。这种亮法，只有那些深谙夜的秘密的都市人才晓得。从这个角度看去，环城高速的车流如同闪烁不已的银河，绕裹南城使之成为不夜之都。

我连吃带看一共花了二十五分钟，一看表已差不多十一点，准备上床就寝。无奈头困脚乏过度，疲劳的神经被扯到尽头后再也无法松懈，连喝一扎啤酒都无法缓解，很是懊丧。想去游泳解乏，从窗户往下张望，十一楼的空中游泳池早已黑灯瞎火杳无人迹，只剩得一泓漾着霓虹光的池水在暗夜中浮动。

于是我重又叫了一扎啤酒，打开电视，挨个换台，边浏览节目边喝酒。深夜的节目尽是一些闷头乏脑的长篇大论，动物世界，冗长的剧情片，电视广告或是干脆推送过时的陈俗滥调的电影，好容易翻到一个地方台的晚间新闻重播，枕在床头半看不看地瞅着。

盘着齐整发髻的播音员用和蔼可亲的语气推介着本地的精神文明建设——至少我是这么理解的，这个年纪二十多岁的女孩以严谨亲切的态度介绍北泽市各大公园的花市盛况，从政府的支持到产业化的一条龙服务，以及市民们喜迎花市的欣喜之情。十五分钟后，我切掉声音，在播音员的眼神传达下欣赏北泽花市，渐渐困乏陷入睡梦。入睡前，我用遥控器关掉电源，如愿进入梦乡。

醒来时落地窗上天光隐现，暗白色浮动的光线洒落在地毯上。床头柜上的啤酒剩着三分之一，没有泡沫的淡金色液体看上去质感有些古怪。我用了若干秒恢复意识，播音员、北泽、找鹤、"骆驼"、萨也、花市和十八楼。

确定时间空间场景后，我起身刷牙洗脸。醒得过早，不过五点三十五分，昨日耗损的体力大体恢复，只剩残留的两三分疲惫在体内挥之不去。从冰箱拿出橙汁喝了几口，探头向窗外看下去，下面的游泳池已在晨曦中露出粼粼莹光，三五游客或在水中潜游或在岸上闭目休憩。天气尚有些薄凉，这等天气在岸边也能安然养神，看着煞是羡人。

我从背囊中翻出泳裤，拿上浴巾，摘下门卡出门坐电梯往泳池走去。

"早。"泳池门口的侍者对我施以问候和微笑。那种敦实的笑带有亚热带人种的气息，具体则无从分辨，只是惊鸿一瞥。想起萨也淡然的笑容，突然觉得已是万水千山。他的笑，在阳光中都那么苍白易老。

换上泳裤，在池边做了几分钟准备运动后，我一跃入水。水没有想象中的冷意，只是有些凉气，游了几个来回后，身体开始暖和了，水的温度已与体温融为一体。由于时间尚早，泳池里不过三两人，安静得只听得到水拍池壁的声音。

一千米后，我换成仰泳。头痴痴地看天，一面划一面仰看天空。透白的天空没什么云，只浮动着清清亮亮的晨曦。哪里飞来一只肚皮花白的小鸟停在遮阳伞尖上，婉转，灵敏，旁若无人。

两千米游完，我浑身透爽，到浴室淋了浴，擦干头发，穿上衬衫套上长裤——觉得整体上好像换了个人似的。已经整一个冬天没有游水了。入秋后早川市各个游泳池早早关闭，湖水也是透凉的，只得改为跑步或是健身房的器械运动。一场早泳下来体力充沛，残留的疲惫涤荡一空，饥肠辘辘，食欲大增。

到了二楼的自助餐厅，已是七点刚过。客人不多，食物倒丰富又新鲜。我取了煎鸡蛋、全麦面包、咖啡、一小碟煎牛扒和芝士通心粉，边吃边盘算今天的计划。作为已发展到相当程度的大都市，没理由不将鹤的途经此地的渊源和历史作为旅游资源加以开发——恐怕实际就是如此，到地方博物馆之类的地方走一趟怕是能有收获。考虑的当儿，我又续了一杯咖啡，取了一份煎火腿和鳄梨沙拉吃下去，方才心满意足，一番充足的睡眠、运动和饮食之后，身心得以恢复健全。

吃完早餐我走出餐厅，信步走到酒店附设的商店区浏览，在一家很小的书店前停下脚步，只见透明的玻璃墙上贴着北泽市的风光海报：绿树掩映下的老街，一沓红砖瓦房伸张开去，无辜的鸽子在石板街上悄然啄食。——现代化的城市，莫不偏爱以历史古迹招徕游人。我走进书店买了那本印着老街风光的旅游书，并挑了一份北泽市全图。卖书的小伙子睡眼惺忪地从一扎零钞里数出钱来找给我，那样子像全世界都欠他一场睡眠。也是，这个年纪的小伙子，通常晚上得花大把精力哄好女友，想来并不容易。

返回房间，我坐在沙发上认真翻看旅游书。这书里对北泽各个景点都介绍得头头是道，电视塔、轻轨、购物广场、烈士纪念碑、名山温泉古寺、渡江游轮之类无不详尽周全，关于鹤途经此地的状况倒是只字不提，好容易在书本最后一页翻到地方博物馆的介绍，资料也好，简介也好，少得可怜，实际想来便是那种由政府拨款建立的存储资料的老式博物馆。斟酌半天，各色景点之间还是以地方博物馆发现线索的可能性大些，电视塔、购物广场、烈士纪念碑之类无一能跟鹤扯上关系，渡江游轮与鹤有关的可能性是有的，总归是先去博物馆了解一番再做定夺。

地方博物馆全名叫北泽博物馆，从地图上查阅了行车线路后，我挎上小包，带上笔记本、相机、旅游书及地图一类的随身物品出发。从市中心开车到博物馆大约需要半小时，我从酒店停车场开出车，驶上主干道一路直奔目的地。

上班时间车流涌动，道路有些堵塞。等红绿灯的当儿，手机响起短信提示音。打开一看，是沙。

"下午一点十五分，北泽火车北站，T190。来接我，可以吗？"

这使的是哪门子小性子？我抬头瞥一眼红灯倒计时，将耳塞塞入右耳，连上手机，拨通沙的电话。三声信号音后，沙接起电话。

"来了？"我说。

"嗯，下午到。"电话那头听来沙的声音有些断断续续，怕是由于火车速度影响了信号。

"这么想来？"

"有来的理由，不能不来找你。"

"什么理由？"

"理由太长，一时半会儿说不清楚。非得见到你不可。"

"有多长？"

"都快愁死了。"

"好吧。准时在北站出口等你。注意安全。"

"晓得了。"

我边开车边思考沙所说的理由。理由是有的，不是在电话里能说清的那种，这点一听就清楚了。这孩子有种率直的天性，不怎么中意同人交流，但一讲就讲那种让人明了心意的话。

直到车开到博物馆我也尚未想出理由。

北泽博物馆是一栋方方正正的红砖楼房，夹杂在高楼大厦林立的商贸区，看起来像时间停滞的产物。在门前的广场停好车，沿着林荫道走到入口处，根据指示牌提示的展览分类，来到三楼A区的动植物自然环境区，一排排地看过去。

这时分的博物馆，谈不上有什么游客，整个A区安静得像被世界遗忘的角落。一对谈恋爱的学生手牵手边看展品边窃窃私语，一个母亲带着七八岁大的小孩莽莽撞撞地四下浏览，拿着笔记本和相机仔细探究的仅我一人。

鹤的展示区算是找着了，却是一无所获。光剩个牌匾写着偌大的"鹤"字，底下细小的字迹写着"北泽自古以来就是鹤迁徙路线上的停歇地"一类的说明概要，展示区贴的资料照片则被席卷一空，仅留下几个光秃秃的玻璃展示柜，简直像刮过小型龙卷风后的困顿场景。

我在A区门口的咨询台找到一位穿着衬衫西裙的馆员，就鹤展示区的问题作了提问。

个子矮小、扎着马尾的馆员扶了扶眼镜，颇为神经质地看了我一眼，随即以公事公办的口吻答道："由于展区内容近期内有所调整，一些资料和内容变动较大，需要的话您可以在我们调整后再来参观了解。"

"噢，"我说，"我的意思是，如何能够查询了解到鹤的展示内容？"

"对不起，由于本馆这方面内容还在调整完备当中，最近一段时间都无法提供这方面的展览信息，需要的话您可以在展览服务台留下地址电话，有相关信息我们会及时以短信或者邮件的方式通知您。"

"谢谢。"话说到这份上，估计也得不出什么子丑寅卯。

"不客气。祝您参观愉快。"

巴巴地对着空荡荡的展示台看了几分钟,决定去服务台留下联系方式。翻开挂在服务台的印着"意见簿"的硬皮本,各种颜色各种字迹的留言琳琅满目。写下询问鹤的展讯要求后,我一度在本子上写上真实姓名和地址,转念一想又撕下揉成一团塞进衣袋。在新的一页写下胡编的名字,并留下了真实的邮箱。毕竟是要得到相关信息,联系方式不太好胡编。

随后我步出博物馆,沿着林荫道慢慢踱着。低头看表,九点三刻,从进博物馆到出来,一共花了不到四十五分钟时间。

九点三刻到下午一点一刻,这期间我可以说是无事可干。光是插着兜在落满洋紫荆的人行道上走,无论如何打发不了这么多时间。在接到沙了解到那个理由之前,我都是自由的——心头隐隐觉得,沙所说的那个理由,足以摧毁眼下事态的一切进程。因此在此之前我大可不必做其他事情,光是插着兜吹着口哨做好心理准备便可。

我驾起"骆驼",在早上十点的北泽市区随意兜风。上班高峰期已过,马路上车流纷涌,玻璃橱窗里表情悚然的外国模特,时装展示的巨幅广告牌,为引人注目刷成鲜艳颜色的连锁旅店,千篇一律的公交车站台以及相得益彰的公益广告,形如蚕蛹的透明观光电梯和天桥上垂下来的无数迎春花——这一切在我眼前没完没了地重复,提醒我这个城市的气质及其价值观。

最后驱车来到江边,在路尽头停好车,沿着河堤缓步而行。早春的河堤绿树成荫,放风筝的孩子和推着满是气球小车的卖货郎在绿荫间隙隐现,袒露出这个城市的一丝柔情。昨日还在冬末与初春夹缝间烤火的我，此刻已被扑面而来的暖风迷醉。我在一家露天咖啡馆坐下，要了一杯意大利咖啡，晒着太阳，边喝边就着河水的颜色沉思。

什么都思考不成，什么都不必思考——哪个城市都没有鹤，一个接着一个地扑空，以致于我认为没能在北泽博物馆找到鹤才算是正常的。往下什么也不必思考，就河水的颜色发呆即可。

两杯咖啡，一个多小时过去，河水的颜色依然变幻无穷。自己到底离家多少天了？我按照鹤飞行的路线，一路随波逐流。自出发上路以来，周围的景致变换快得惊人，季节和气温也随之骤然改观，眼下已拿着醇和的咖啡，坐在粼粼河畔浴春风，晒太阳。再找不到鹤的话，怕连自己都要迷失。

想罢，我结完账起身离去，驱车前往火车北站。

24

沙出乎意料地精神。戴一顶窄边呢帽，穿着灯芯绒背带裙，里面套一件柠黄色衬衫，浅色毛衣则被褪下来搭在手上，背着个同自己个头差不多大的背包，斜靠在北站出口的自动贩卖机旁玩游戏，怎么看都让人深信她是个兴致勃勃参加春游的初中学生。

"喂。"我走上前去，"啪"地拍了下她的肩膀，沙转头皱眉看我："这么大人了，还同我玩这一套。"

我接过沙的背包："千里迢迢，喜不自胜嘛。"

沙关了平板电脑里的游戏，把它塞进挎包，问："真的？"

"不想吃一顿鱼子酱大餐试试？"

沙像孩子似的噘起嘴唇，随即又点头："唉，你真够特别的。从现在起，我得跟你混了。"

我拎着这小家伙的背包走在前面，不时回头看她。沙咬着嘴唇，时不时用疑惑的眼睛研究我和我的背影——感觉起来是这么回事。

我发动"骆驼"，载着沙找了一家东南亚风味的餐馆，要了炸酿香菇、香茅炒小牛柳、咖喱蟹和双人份的菠萝饭。

"不知怎的，同你这种人在一起总觉得花是花，草是草，胡萝卜是胡萝卜。"沙边吃菠萝饭边说。

"啊。"我清了清嗓子，"胡萝卜永远是胡萝卜，菠萝也永远是菠萝。怎么，你对这一点很不满？"

沙摇摇头，"几日不见，还是那么怪里怪气，不过好像黑瘦了点。"

"对了，来的时候顺利吧？就你这小模小样，列车长能让你上车当真是造化。"

"喂喂喂，这叫什么话？飞机我坐不了，火车嘛有户口簿还可以的。只要把户口簿从抽屉里抽走就是。"

"好吧，一路上没遇到坏人，算是鹤祖宗保佑。不过，下回可不许独自出远门啦，晓得？"

"唔。"沙小口小口地用吸管啜着番石榴汁，算是应允。

酒足饭饱，沙端起杯子喝了口水。

"对了，要是眼下多少恢复了精气神的话，把你来的原因跟我倾诉一番可好？那个长得不得了的理由？"

"喔。"沙转头看落地窗外忽高忽低的鸽群，视线和思绪随同鸽群翻飞。我随着她的视线转而凝视窗外，春日之绚烂基本上从阳光的色泽可以感受到八九分。

"你走了之后，我又一连去了三次动物园。"沙缓缓地开口，"当然是独自去的。第一次你带我去，总觉得又闷又急又不安心——你晓得的，所以我一去再去。我这人就这样，有时总受莫名其妙的好奇心驱使，做一些自己都不甚明了的事情。"

"看到鹤了？"

沙摇摇头："不是那么简单。"

"那究竟是什么呢？总不成看到鹤被老虎吃了不成？"

沙咬着嘴唇："我一度以为自己看的是幻觉，哪怕是梦境也好。睡一觉醒来什么都不知道了，不晓得了，一切推翻重新来过，那该有多好啊。"沙顿了顿，慢慢地喝着水。

我默默地看着她。

沙抬头看我，不料眼眶红红的，像失去了半边魂儿。

"喂喂喂，"我伸过手去握住她微微抽搐的手，"说点正经话好不好？急死人了。"

"我是说,我看见爷爷了。"沙的话断断续续，"爷爷他，在那里，对鹤干一些莫名其妙的事。"

"嗯？"

"一连去了两次，第三次我是天擦黑的时候偷偷去的，看见爷爷在鹤岛逮鹤，拿一根长长的网兜唰地往鹤身上罩去，一边逮还一边呵呵傻笑。爷爷抓住鹤的脚，鹤翅膀不停地扑棱棱拍打，爷爷咕噜咕噜嘴里念念有词，看着吓死人了。"

我心下一坠，不说话。

"起初我认为自己一定是看错了，怎么可能会是这样呢？毕竟是爷爷，每天忙于找鹤的好爷爷。我藏在树林后头，瑟瑟发抖。当爷爷朝我这边看过来的时候，我手脚都要发抖了。"

我紧紧握住沙的手，这孩子的手抖得厉害。

"等爷爷把鹤缚住，塞进身后的背囊走了之后，我才敢出来，脚底软软的，一路走一路哭。"沙的声音像是要哭出来。

"不怕，也许你误会了爷爷也不一定。"我说。

"爷爷一连一个礼拜都没回来。他总这样，莫名其妙地失踪。原以为老头子是头脑发懵才神秘兮兮离家出走的，现在看来根本不是这样。"沙的声音愈来愈大，"什么信誓旦旦地跟我们说要好好找鹤，现在看来就是骗人，欺负人。"沙看着我，"你知道吗，我害怕得要死。一怕就睡不着，怕爷爷回来之后我不晓得怎样面对他，他会不会像逮鹤一样把我逮住？"

"好的好的，你安全得很。安全得无以复加。"我吩咐侍者倒一杯热水过来，"先喝点热水，舒口气，再慢慢说不迟。"

沙拿起桌上的纸巾，用力地擤了擤鼻涕，之后将纸用新的纸巾包好，揉成一团放进垃圾筒，这才抬头小心翼翼地看我。

我把热水递到她面前。沙用双手捂住玻璃杯，又拿起来抵住脸颊，看样子像是要把水的温暖都吸收进体内。

沉吟半晌，我字斟句酌道："爷爷的做法嘛，确确实实不符合正常人的举动，对于这种情况，我们还需要深入了解才是。不过那老头子的举动本来看上去就疯疯癫癫，说不定他那样做有什么特殊的缘故也未可知。"

"真的？"沙这时候显露出孩子特有的纯真。

"真真假假不真不假，总之努力弄清楚才行。"我再次沉思，又问，"你看清楚那果真是鹤？"

沙点点头，"虽然没能真的见过，但电视书本来来回回看过数百次，总不至于搞错。"

"那好。"我说，"毕竟鹤是出现了。"

沙咬着嘴唇："那我就跟着你混了。毕竟哪里也去不了。"

"跟我混，头一步，回酒店好好休息一番。"

"可以，不过要跟你分开住。放心，钱我有的是。"沙拍了拍挎包。

"哎哟喂。人小鬼大。"

结账之后，我载着沙返回酒店，并给她开了一间房。开房的时候遇到点小小的麻烦，一番交涉下来，拿着沙的户口簿和我的身份证总算解决了问题。

"好好睡上一觉。不许啰嗦。"我说，"六点钟在一楼餐厅碰头，怎么样？"

"睡这么多？根本没有那么困嘛。"

"火车上一准没有睡觉，你个家伙，独自坐火车能休息得成？不好好睡个美容觉当心成了丑八怪。"

"丑八怪就丑八怪，不用你理。"

我把沙的背包拿进她的房间，在便条纸上写下我的房号，嘱咐她有事用内线电话打给我。沙边点头边打呵欠，一看就是精力损耗过度造成的睡眠不足。

离开沙的房间，我回到自己的房里，将今早买的地图册、旅游书和其他资料物品从挎包里掏出来，开了罐啤酒，边喝边审视。

我看了一会儿，思绪仍聚焦在沙刚刚说的事情上面。就沙说的事情和我对老头子的印象来说，这事恐怕基本属实。一味苦口婆心地要求沙到游乐园找鹤，一下又半路失踪跑到动物园逮鹤，这老头究竟犯的什么劲儿？我想起在牧鹤湖边和研究室，他对我说过的那些提示，字字句句听来相当地道，不明所以的成分固然有，但绝不是那种敷衍塞责别有用心之词。搞不好这老头子患有人格分裂不成？难说。我支棱着胳膊枕着后脑勺，转而抬头看窗外。午后的阳光和煦而动人，普照着大都市鳞次栉比的高楼大厦和熙熙攘攘的道路。往下看去，游泳池的水皎蓝如碧空，光是看到一泓动人的水，就足以让人赏心悦目。思忖半晌，决定下去继续游泳。丽日当空，游泳不止。

鹤已经随同老头子登场了。不在此处，而在彼处。我唯一要做的，是找到那个什么，带回去从而引蛇出洞。

我给沙发了简讯，让她睡醒后到游泳池来找我，然后拿上游泳裤、毛巾、手机和房卡，关上门，步伐轻快地朝电梯门走去。

叫了一杯"咸狗"鸡尾酒，坐在池畔的躺椅上发呆，晒太阳。

这个时间段的阳光虽然不怎么够劲，有总是好的，能晒一点是一点。我眯着眼，仔细倾听从立体声广播传来的迈克尔·戴维斯吹奏的小号。可能是白日闹市的关系，远处传来混杂成一体的隐隐的车流喧响，在流畅的小号声中成为延亘不断的噪点音。不久，我隔壁躺椅来了两个酷似双胞胎的金发姐妹，银铃般的笑声溅得我满身满脸。我转头看了她们一眼，一个个子略高，一个则头发略短，均身着黑色连体式泳衣，犹如一对孪生海豚。

"孪生海豚"很快跳入水中。接着迈克尔·戴维斯很快换成了塞隆尼斯·孟克，我得以继续闭目养神。

我突然感到一股近似橘子味儿的熟悉气息氤氲在眼前，倏地睁眼一看，沙瞪得大大的眼睛正在一动不动地看着我。

"醒得真快。还想看看你是怎么睡觉的。"

"自己不好好睡，跑来研究别人怎么睡。"

"别当我是小孩，实在是睡不来太多觉。"

"好吧，会游泳？"

"嗯，马马虎虎。"

"欢迎来游泳，这总行了吧？"

沙点点头，随即去服务台选泳衣、换衣服。我则自作主张替她点了一杯芒果汁。

换上黛蓝色泳衣的沙远远地冲我招了招手，戴上泳镜，话也不说直接跳下水，三五圈之后才郑重其事地浮出水面同我说话："我就说嘛，跟你混还挺划算的。"

于是我也跳下水，真心实意地一圈又一圈游了起来。沙时而在我前面，时而变换泳道转身游在我后面。从水里看过去，她的姿势神情跟挪威鲑鱼差不多。

十圈之后，我浮出水面，沙已经在躺椅上边喝果汁边等我。

"活像蛙人。"沙说。

"什么？"

"你，一蹬一蹬的，蛙人。"

"你，挪威鲑鱼。"

"哼。"沙咬着吸管，不置可否，转身眯眼看着落日。蜷缩在躺椅上的修长双腿已经长成成人的模样儿，脸却还是小孩子。青春期的孩子长法竟是这样的不可思议，这让我陷入了沉思——自己像沙这么大的时候不也是手长脚长得要命与整个精神世界完全无法协调？那时候我究竟听了哪些音乐中意了哪些乐队来着？

"喂，想问下你，"沙突然转过身对我说，"北泽有游乐园吗？想去。"

"怎么突然想去？"

沙想了一会儿："好像全世界的游乐园都是一样的。可以的话，想看上一看。"

我沉思片刻："这城市大，游乐园少不了。明天一早去，好吧？"

沙点了点头，又转过去默默想心事。

去游乐园，与跌宕起伏的摩天轮重逢。

25

八点四十五分，我和沙来到北泽市儿童乐园。购票进去后，怎么看怎么觉得熟悉得很，海盗船、小火车、旋转木马、鸭子船和摩天轮一个不落，一个不差，从样式和形态看，差不多同清井的儿童乐园一模一样，不过设备略老旧，树木则相对清井的乐园茂盛而浓郁，人气也旺得多。毕竟是集团投资下连锁式的儿童乐园，产业化、规模化，一气呵成没有差别。

沙戴着呢帽，双手插兜走在前面，东张西望，时而停停看看。我揣着兜，半看不看地跟在她后面，心想大约自己工作的地方将来怕也会是这情景——绿树成荫，崭新鲜艳的设备渐褪色成适中模样。

在小卖部买了一份爆米花和两只甜筒，我递过去一份给沙。沙大呼诧异："你竟然也吃这个？"

"逛游乐园要有逛游乐园的样子。不拿点什么，总疑心自己是在工作。"

"嗬。"

我们靠在旋转木马栏杆前，边舔甜筒边看随着叮当作响的乐音高低起伏缓缓旋转的木马，如果我的年龄同沙一般大，此刻怕称得上是良辰美景，可惜这把年纪，再怎么逛游乐园也枉然。

尽管并非周末，这里的游人之炽盛、场面之热闹是清井的游乐园无法相比的。同样的游乐园，同样的设备，同样的门票价格，差别如此之大，直让人咋舌。

沙嚼着爆米花,边看边蹙眉头:"有点不一样。"

"什么?"

"看,这木马转动起来,感觉就是跟那个游乐园不同。"

我支棱着胳膊,专注盯着其中一匹马,一上一下随之起伏和旋转,直到那匹宝蓝色的马转至背面,方才把目光收回。

"一无所感。"我说,"喂,你莫不是来这里考察的?"

"倒不是,习惯性的。"沙目不转睛地盯着花花绿绿的木马背景,"我去游乐园找鹤都好长一段时间了,到这个地方,能不来看下?"

"唔。"我说,"可以的话,请你去坐一趟摩天轮如何?我也是想坐一坐的。"

摩天轮下排队的游客多如过江之鲫,毕竟是成人儿童都适宜的项目,加之时间长,周转慢,怎么看都是所有项目里人最多的一种。

没买套票,在售票口重新买了单项票后,我和沙坐在一旁的石凳上边看边等。这座摩天轮同我驾驶的那座差不多一模一样,底色和厢门略有差别。我仰视着熟悉又陌生的大家伙,感觉上相似,触感又全然不同——如果可以触摸操纵杆的话。巨大的缓缓曳动的轮子上方浮动着几丝卷发状的白云,春日的阳光非常触目,我想那日光定是洒满了所有挂厢。

在我眯视摩天轮的当儿,沙说:"有点儿紧张。"

"嗯?"我问,"以前没坐过?"

"不,就现在紧张。"

不明所以。

沙站起身，对着太阳伸了个懒腰，走到摩天轮护栏前立定，一动不动地望着这座缓慢转动的大机器。固定的速率，固定的转向，看得久了，我才想起体内早已有与之相应和的节奏感。

我走上前去，同样在护栏前立定："不坐也可以的。恐高症什么的话我就当不知道。"

"我是说，"沙对着摩天轮，语气平平淡淡，"虽然同你开的那台转法一致，但这之间肯定有什么不同。"

"坐上去才知道哟。"

沙没理我，径直注视着摩天轮。

轮上号后，我扶着沙的手让她先上，接着自己也踏进挂厢。脚一离地进入厢里，便觉空空荡荡，直如连根拔起。

坐定后，我替沙检查安全带，并卡紧厢门。随着挂厢缓缓上升，四周的景致也逐渐开阔。沙一门心思盯着远处看，样子尤为严肃。我亦不吭声，聚精会神地体会逐步上升的高度给身体带来的张力，并屏息静气地将四周的风景装入脑海。

一旦以高出平常人的视角来看世界，林林总总的事物就变得玄妙起来：先是旋转木马、小火车，接着是郁郁葱葱的树顶，远处的湖及湖心亭，更远处开阔的草地不知为何也突然与昔日某种心意一拍即合。同站在高楼或者山顶的固定视角不同，变幻的视角更让人从各个角度拿捏事物的本质。升到最高点后，我们所坐的挂厢一动不动地停住，定格成某个奇异的姿势。

感觉上是我和沙保持着这个姿势在天上晃荡。

"怕不？"

沙摇摇头，"不是怕，是觉得不踏实。"

"呃？"

"同上次和你到动物园去的感觉一样，你说怎么回事？"

我转而把手搭在沙的肩膀，轻而微巧地搂住她，两人沉默不语。我想起阿挚曾独自一人来过我驾驶的摩天轮，独自坐着，莫不是她的感受也如此？沙"咚咚"的心跳透过她的肩膀传到我的手臂，如果我没听错的话，当然我肯定不会听错。

电话竟然在这时响了，响法匪夷所思——认真想来，我的手机在女友离开后就从未响过，一次也没有。

从衣兜拿出电话，一个平静的久远且熟悉的声音传来："是我。"

是阿挚。

一时间竟不知说什么好。

"你还好吗？"我极力注视着远处湖畔摇摆的灰黄色鸭子船，力图使语言和视线保持一致的平和。

"还行。你呢？"她的语气平平却很温和，是她一贯以来圆润的声音。

"嗯。你现在在哪里？很担心你。"

"其实我没有走开太远，只是在你视野里消失了而已。"不知是否是悬浮在半空的缘故，感觉周围格外安静，整个世界的静谧都在向我汇拢，只剩电话里她温润的声线。一旁的沙安静地坐着，犹如某种雌伏着的软体小动物。

"为什么？"

"我有个请求，请先不要问这个好吗？适当的时候适当的情况下，再细细跟你说，可以吗？"我能感受到电话另一头她低声细语，平静的眼神。"一直以来，我都在寻思与你沟通的契机——直到现在也没能找到。不是不想告诉你缘由，而是没办法。"

"那好，还是先回来吧。"

"不，我已经回不去了。"阿挚字字句句地说着，"我想你是明白的，某种意义上，我已经不再是你所理解的那个人。当然，这种变化来得太快，连我自己也用了一段时间来适应这个自己。"

我把阿挚的话一字一句地输入脑海，声音、语气、语速和惯于使用的卷舌音，某种程度上我不太能理解她所说的"变化"，这一切在我听来，根本没什么改变，她还是那样，只轻轻一声就唤起我先前的所有回忆。

"唔……还是短发吗？"我问。

"问这个干吗？"电话那头似乎传来她的苦笑，"短发的形式固然没有改变，连声音和说话都没变，不是吗？可这不代表什么。"

我深深叹息一声。

"打电话给你，是想告诉你，如果可以的话，请不要去坐摩天轮。摩天轮那种东西，内在链接太过庞大，庞大得超出了我们的想象。一旦坐上去，就自行进入其运作的齿轮中紧紧咬合无法自拔。"

"你说的有点抽象费解，我不太明白所谓的'内在链接'指的是什么？其运作的'齿轮'又是指什么？"

阿挚在那头沉默许久。如果沉默也有重量的话，是一座游泳池的水结冰后的重量。她开口时,冰水消融,重量依旧:"我只能说,算是一种请求。我晓得,离奇失踪后一下子突然出现,提出一些不合常理不知所以的请求,实在是太过分。但目前的我暂时还找不到更好的解决办法。希望你能谅解。可以的话,先这样好吗?暂且把我的请求记下来,有机会的话再沟通,好吗?"

我沉默着,思考的当儿,心一点点地下坠。此时摩天轮往后转动,我们所坐的厢体开始缓缓下落,四周景物亦随之飘坠。

"我不明白。"我说,"也确确实实理解不了。"

"请不要去坐摩天轮。"她说,"对不起,我能说的就只是这个。你多保重,再见。"接着是电话挂断后的"嘟嘟"断音声。

我叹息一声。因为太沉重,感觉像是叹息把厢体坠下去了整整一截。

这是我无论如何不能接受的说法。我甚至隐隐感到,若是早一点坐上摩天轮,怕是能早一点接到她的来电。"请不要去坐摩天轮。"这种说法来自她本人,而我本人正坐在摩天轮里,心有挂碍地聆听着她的劝说。早一点坐上去,早一点联系到她……这种繁杂的、没有出口的念头在我脑海中反复串行。我仍握着手机,那里面有她的话音的余温。我抬头看天,天就在眼前,甚至不必抬头:蓝天、白云、清晰可辨的郁郁树梢,近在咫尺。也许我正在——尽管身不由己地接近事件的中心,鹤出现了,阿挚也出现了,我必须紧抓不放,抓住谜团的吉光片羽奋力前行。我会弄清这一切的,阿挚。

回过神来,发现沙正茫然地盯着很远处的湖水和人,她说话的时候视线并没有因此转移,"是她,对吗?"

· 267 ·

"嗯。"我不知说什么才好,随后沿着她的视线看过去,同她一起看远处的水。

从摩天轮上下来后,沙不怎么说话,只顾兜着手四处看。我跟着她三两步距离,半看不看地落在后头。人异乎寻常地多,尤其临近中午,基本已进入游玩的高峰时段。久未置身这等拥挤庞杂的场所,我多少有些不适应。光是来来往往的人流便让我觉得走路费劲。沙倒是无所谓地在人群中自由穿行——所谓的青春年少,便是有这等身手。

跟着沙漫无目的地在游乐园里走,突然对游乐园这等场所有了与往日不同的感受和看法,这怕是我日日在这种地方工作时没想到的。中午时分,沙转头同我说可以回去了。

"搞定了?"

沙眯着眼思考了下我的问话,不置可否地耸了耸肩。我们并排走着,沿着来路返回。快到出口时,我问她想吃什么,沙说:"拉面,拉面就好。"于是我开车带着她在路上的拉面馆吃拉面,喝无酒精啤酒,佐以青瓜小菜,再一股脑儿开车回酒店休息。好个爽快的游乐园之旅。

26

下午没有任何计划和打算,游过泳了,博物馆和游乐园也都去了。阿挚的突然出现让我猝不及防,多多少少打乱了这次出游原本的计划。我坐在落地窗边的躺椅上喝啤酒，看云。从我所在的房间看过去，早上去过的儿童乐园隐隐绰绰地见得到个边角——那地方在我们离开后还固若金汤地存在着，甚至有更多的人有更深层的热闹，我起身从背囊拿出望远镜，调到合适的焦距，湖心、围墙一角和半片摩天轮的顶端便真真切切地显现出来。

端着望远镜，一小段一小段地在这之间缓缓地扫视——我下意识地想看到些什么，那种早上因为身在其中而无从了解的端倪。拉伸到眼前的湖心、围墙以及浮现在半空中的摩天轮的残垣断壁，实际上并未因为我观察角度的变化而有所变化，我喝了口啤酒，端着望远镜欣赏了十分钟，终究作罢。

我拿起电话，用内线拨了沙房间的号码，信号音响了久久之后陷入虚无。这孩子，莫不是不在房里休息？我转而用手机拨打沙的号码，信号音仍是缥缈得可以。我暗叫不妙，拿了房卡和手机起身来到沙的房间，咚咚咚一番敲门。

阒无人迹般。

我叫苦不迭，失踪已久的阿挚刚有个眉目，沙又跟我玩起哪门子捉迷藏？这孩子当真是因为老头子的事情跑来跟着我"混"的不成？眼下跑哪里去了？我回想沙同我说起老头子逮鹤那件事时的神情举止——这孩子，所说的种种情况看来虚构的可能性很小。我在沙的门口呆立着，边打她电话边思考，感觉头脑里的血液流向手脚末端，而再无法回流。

思绪一片空白。

眼下我没有老头子的联系方式，遑论没有，就算有，怕也难有说得清道得明的理由向老头子说明这件事——你家孙女因为害怕你所以背着你跑到我这里来了，眼下她不见了，请问你知道她去哪了吗？一团乱麻，矛盾重重。老头子当初倒是极力劝说让我作为沙的伙伴陪伴她，眼下这种陪伴方式陪伴理由，连我自己都感觉很难说得过去。

在我来到酒店大堂服务台询问服务员时，手机响起短信提示音，是沙："接电话不方便，六点钟回来。"

好一派成熟稳重的口吻。

"在哪里？干什么去了？"

"放心。六点准时，楼下餐厅见。"

"注意安全。"

没有回音。

既然下来了，我索性踱步到酒店附设的酒吧坐着，要了杯加冰的杜松子酒，边喝边看球赛转播。在这个人口足有一千万的大城市，我认识的人不过沙一个，打发时间的方式也只是从一个地方喝到另一个地方，且直线距离不过几百米。很多时候，人们以为到了新的地方会有新的朋友，新的消遣，新的乐趣——最起码打发时间的方式会有所改观，于我这等平庸且乏味的人而言，实在是毫无变化，喝着同样的酒，和同样的朋友待在一起，就连上午去儿童乐园坐的摩天轮，也同之前的工作场所毫无二致。

看了一会儿球赛，我拿起手机给阿挚打电话。信号音中气十足，响个没完，我只得挂了电话。想来什么话都无从说起，五个钟头之前她还言辞恳切地要求在合适的时机会与我再作沟通来着。

沙回来的时间是六点零五分，比约定时间晚了五分钟。我早已在餐厅正襟危坐达半个小时之久，点了烧章鱼丸和啤酒边吃边等——也确实是，打发时间的方式是从一个地方喝到另一个地方，酒吧到餐厅距离不过两百米，比先前进步了一百五十米。

"喂喂喂。"我说。

"十分抱歉，"沙背着挎包在对面位置一屁股坐下，"实在是太过匆忙，来不及跟你讲。"她抬眼对点菜的侍者说："要一杯橙汁，一份照烧排骨饭。"再转而看我："我发现那个戴戒指的人了。"

"什么戒指？"我问。

沙看了看侍者，又看了看我，于是我顺手先把菜点了。

点了牛肉炒饭和叉烧肉后，我又多加了一扎啤酒，并给沙要了一份红豆冰。

"就是先前你拿给我看的那个戒指。"待侍者走后，沙才慢吞吞说道。

"发现戒指也好，手表也好，宇宙飞船也罢，今后不许默不作声突然溜出去，晓得不？"我定定地看着沙，沙嘟着嘴，用咂的方式喝着侍者递过来的柠檬水，不吭声。"可能之前没有人对你认真负责，过分认真负责的父母你一拒了之，老头子则在实际意义上漠视了这等责任，本来我也没有对你负责任的资格和义务，可是在这件事上，我认为自己必须负起责任。"

沙用指尖揉搓着餐台上的桌布，目光低落。

"你知道这有多危险？"我蹙着眉，"虽说之前同爷爷在一起时他没怎么管你，但既然同我出来，在单独行动这等事上必须征得我的同意。"

"嗯,晓得了。"沙垂头丧气犹如耷拉着耳朵的小狗,见她这样子,我多少有些不忍。"喂,下午去了哪里?"

"哪儿也没去,就在酒店。"沙说。

"怎么回事?"

"还记得你拿给我看的那个戒指吗?"

我点点头,"嗯?"

"发现戴戒指的人了,不会有错,毕恭毕敬,戴个棒球帽,看来像是中学老师。"沙说,"我在楼下柜台买东西,差点儿跟他撞个满怀。那家伙忙不迭地向我道歉,我一下就发现他手上戴着的戒指,跟你给我看的那个是一对。"

"那个戒指,不是在老头子那里吗?"

沙揉了揉鼻子,方才耷拉的神色好歹恢复了几分,"谁知道,爷爷那人说话一时时的。在我看来,就是一模一样,不会有错。毕竟那对戒指,我也算是多少有些了解。"

"那人呢?"

"他就住2065房间。我百无聊赖地跟着他打了一下午的保龄球,直到天擦黑他才回房间。"

"不坏,"我说,用指节笃笃笃敲着桌面,"连戒指也浮出水面。"

说话的当儿,排骨饭和牛肉炒饭都端上来了,沙吃得很慢,仿佛有什么心事堵在了嗓子眼儿。

"喂,"我说,"别担心,往下交给我就好了。"

"晓得的嘛,瞪着眼干看了那人一下午,感觉噎得慌。没见过一个人打保龄球技术那么烂的。"

"是的嘛。"我咧嘴一笑。

夜色拉开序幕,我和沙吃饱喝足,在酒店后面的步行街随意闲逛。华灯初上的步行街浸透着春色的夜阑,我们边走边对街道两旁的五花八门的店铺评头论足。我选了两件春夏装的T恤衫,沙则买了防晒霜和太阳帽,又顺便选了双粉色系带凉鞋。天气不由分说地变得温暖宜人,连带之前准备的衣服显得有些不合时宜。

"往下什么时候去甸口?"沙问。

"本打算明天出发,眼下遇到那个戴戒指的2065,搞清楚状况再出发不迟。"

"嗯,"沙点点头,"今天的事,都怪我来着。头一次见你生气,怪瘆人的。"

"有吗?"

"活像个凶神。"

我耸耸肩:"喔喔喔,我好像也没有生气的权利,毕竟我对你来说不算什么角色。"

"对不起。"

"好吧,我接受。"

沙在流动饮料店买了两个坚果冰激凌请我吃,今天的歉意算是一笔勾销。

散步回来，我从房间给 2065 打去电话。感觉一整天我拨打了为数不少徒劳无功的电话，眼下对消极漫长的信号音多少产生了抵触情绪。铃响三声，电话那头赫然接通，仿佛有人正在黑暗中等着电话响起似的。

"你好。"我说。

"你好，"对方说，"北泽这个地方怎么样，不错吧？"电话那头的男中音低而沉稳，一听就是富有教养的成熟男性——甚至连所戴的棒球帽款式都约略可以听出一二。

"还可以，"我沉着嗓子，"云淡风轻，艳阳高照。"

"你的小旅伴，当真奇趣得很。"

"奇趣。"我就这个词语做了一番重复，目光落在落地窗外渺远的万家灯火之中。

"等待你的到来费了我好些时日，"电话那头传来打火机咔嗒打火的声音，"说真的，我一度以为你会就此迷失，毛手毛脚丢失了真相。然而终究还是真真切切地摸索到这里来了。真有你的。哈哈。"

2065 的笑法略带侵略性。我不禁皱眉：幸好对方没有对沙动什么歪脑筋，就凭这种笑法，动起脑筋来怕是不得了。"你是谁？你究竟想做些什么？"我听得出自己的声音异常僵硬。

"不认为我们是一路人？我们朝着同一个目的地前进，只不过方式不同罢了。"对方的声音陡然提高了八度。

"好吧，阿挚是不是在你那儿？"

"听来诚然是这么一回事，而实际上，是我投靠了她，从精神方面。"

我深吸一口气,握着听筒的手沁出了细汗。"她现在在哪里?你把她怎么样了?"

"喂,就事论事好不好?"对方说,"我根本没有见过她,无论是在现实中还是其他任何情况下。简单说来,我和她只是戒指与戒指之间的接触。"

我"哼"了一声,心头涌起某种无以言表的嫌恶之情。

"喂喂喂,这种态度,谈话很难顺利进行得下去哟。"

"戒指怎么跑你那里去了?"我换了一种语气。

"问得好。"对方说道,"在我来说,有很多东西要同你解释。换言之,我也有很多东西想通过你的渠道得以交换。"

我咬牙问道:"清井的那个儿童乐园是你建的吧?"

"问得有点儿接近了,但事情并非你所想象的那样。总而言之,现在还不是回答你的时候。"

我不再追随对方的话头,转而回复平静:"可以出来见个面吗?"

"荣幸之极。半小时后,游泳池见。"

我转而低头往泳池的方向看去,波光粼粼的泳池——想必高我两层的对方正以同样的姿势同样的角度看着同样的水面。

二十五分钟后,我乘电梯下到十一楼,走到空中花园。游泳池的灯已经熄了,阒无一人,只剩若干盏应急照明灯伴着四周星辰般的霓虹将池水染成奇妙的色调,映现出变幻不定的辉光。城市的喧嚣在四周远远地鼓荡，反衬出这里一股过度人为的寂静——一池位于喧嚣中心的平静。

2065还没来。我找了一张靠近露台栏杆的躺椅坐下，湿润的南风悄无声息地晕染着夜，从我这个角度看去，游泳池四角的高高的救生椅俨如几个沉默寡言的守护者。吸足了潮风的树叶无声无息地发散着饱载着水汽的植物馨香。

我将躺椅略略折起，抵靠着椅背看水。池中的微浪像是被四周车流的喧嚣所蛊惑，呈现出不可触碰的迷离的波光。

瞥见入口闪现的人影时——我心下倏然一动，此人的身影轮廓，好像似曾相识，莫不是曾在什么地方与其打过照面？

那人身影近了以后，我才蓦然想起，这家伙昨天早上便在游泳池看见过，其时这里不过寥寥三五人，这家伙仰面坐于躺椅上闭目休憩来着。

人影沿着长长的池边径直朝我走来。他身穿一件哑灰色的府绸衬衫——棒球帽没有戴，长而笔挺的西裤，裤子颜色近乎深白，在夜色中很是抢眼。怎么看都像是威严而富有小市民意味的重点高中训导主任那类角色——与沙说的中学老师层次上略有不同，但比在电话中样态显得更为实诚一些。

"来很久了？"2065在我侧旁拉了一张躺椅，将椅面略略转向我，是一张瘦长而自持的中年男子的脸。

"不，也刚到。"我说。近了看来，他比中学训导主任那类角色更多了几分世故，不管怎么说，是那类走在街上擦肩而过能够立马忘掉但近距离接触后印象尤深的人。

"想必我是你不中意合作的那种类型。"2065凝视着我，说，"不管怎么说，合作还是得看内容的，你不这样以为？"

我没有回答，只默然看着他因霓虹辉光而变幻着红紫色泽的鼻翼。

"就这件事本身来说，我也好，你也好，都不过是其内在链接的一环。我们都无法窥到全貌，实际上有无全貌也并不要紧——我们所要做的只是井井有条地梳理其中端倪，并尽已所能地作出归置。"

他的说话方式不知何故令我想起先生，当然先生从来或说任何时候都没用过这么直接的、傲慢的措辞，或许是星光、池水、月色和霓虹混同使然罢了。

"来此地等你，是为了将此事趋向融合。也许你已经注意到了，事情正在慢慢往它该有的方向蜕变，我们所要做的，就是使之浮出水面。"2065就此打住，从裤兜摸出烟盒和打火机，打开盒盖，抽出一支，衔在嘴上，就着烟头打着火，他的脸一下被殷红的火焰拉长，尔后又恢复原样。他深吸一口气，似在等待我开口。

"想就合作的内容加以了解。"我说。

"呵，"2065轻掸烟灰，"你开摩天轮，我坐摩天轮。实际地归纳起来，就是这么简单。当然，往里说肯定不尽如此。"

"嗯？"

2065颇有意味地看着我："那个图形你晓得了吧？人形图画。"

我用手指弹着椅把，不置可否。

"据我了解，图画你已经发现了，原型也找到了。这一点就不用我明说了吧？"

我沉默。

对方嘿嘿一笑，原有的瘦而长的面孔被打破，露出其原本的质地——如果面容也有现实性面目和本来面目之分的话。"承认也好，不承认也罢，我只能明着说了去，我们需要那幅图画的实际映像。所谓实际性的映像，就是这幅画原本所指向的精神世界，唯有沿着实际映像，才能进入鹤之场所。"

"哦？"

"怎么样，有点意思了吧？"2065眯着眼看我，"说到底，大家都一股脑儿地往鹤之场所奔走——世界逐渐倾斜，往那个固有的场所。然而归根结底，没有实际的映像，谁也不得其门而入。"

"不明白。"

"一开始我也同你一样，苦心孤诣，灰头土脑。处处碰壁后我明白了一个道理：人只有依附未知的事物，才能找到已知的东西。"他掸了掸烟头，继而将烟衔在嘴里，徐徐吸一口，道，"你知道那老头儿吧？就是沙的爷爷。"

我点点头。

"老头儿起先是我们组织里的一名承上启下的人物，代号为Ckkk，当然他那时候还不老，充其量不过三十出头。三十岁出头负责承上启下事务算得上是年轻有为，研究干得风生水起，一般性的重要决策也须经他的研究报告考量后方可定论。这等人物在组织声名赫赫一段时间后突然销声匿迹，杳无影踪——那时期抗战刚结束不久，组织上大部分人马尽心尽力归整于内部世界的重构，

Ckkk 的消失在很长一段时间内引发了种种猜测，众说纷纭，有人说他是苏美间谍，也有人认为他早已被暗杀，说他解甲归田隐居山林的也大有人在。

"最后有人在电报局认出 Ckkk，那已是新中国成立后，一九五一年的事情了。其时 Ckkk 已不复当年风头，不过是个老实沉闷、秃头凸肚的报务员。对这一发现组织上下都很震惊，甚至当时派了不少当朝元老来说服他归队组织，Ckkk 均摇头婉拒。"

2065 轻叹一声，低头将烟头捻灭在身后的花坛里。

"作为组织内部大名鼎鼎的天才人物，有如此巨大变化显然对当时的在野人物打击甚大，"2065 摇摇头，"谁也不知他经历了什么——将年少有为的青年化为一个神经兮兮、说话怪气的中年胖子。

"组织上派人暗中跟踪观察他的日常起居，打算务必搞清这一点。毕竟，关键人物的关键去向对整个组织来说影响甚大，若是发现有威胁性的因素，第一时间除之而后快是必须的。"

"这期间发现了鹤的场所？"我问。

对方摇摇头，眼神聚焦成光束凝视池水。"若是那样简单便好，"他转过头来看着我，"知道吗，知道老头子何以敦促你来找鹤吗？"

我一声不吭，头开始隐隐作痛。

"那小女孩肯定也跟你讲了老头子的怪异举动，在我们看来，那不是怪，是一种合力——鹤的场所与现实世界联合作用力下的不完全结果。当然，鹤作为本体并没有在老头身上出现。"说到这里，2065 轻轻咳嗽一声，"其时间是一九六三年，我们费了整十二年才了解到蛛丝马迹。当然我们现在也已知道，老头本身有心要突破它，这几年处处找鹤，同鹤作对来着。"

"按照你们的了解，从 Ckkk——也就是老头子身上发现了鹤的踪迹，从这个线索追查下去能找到突破口？"我问。

"起初我们是有这个想法，但一番调查下来收获不大。毕竟老头本人只是一个表象，而不是实质。实质在这儿，"对方将凝视池水的目光收束于手头的烟盒，百般盯视着这个铁制的长方体，"在那幅图上。我们只有根据那幅图画的实际映像，才能真实卓然地进入鹤之场所。"

我不再言语，转而注视稍远一点的跳台、救生椅，以及与跳台救生椅连成一线的远处的高楼。夜色中，这一切由点线面构成的黑魆魆的实体，影绰而有质。

"去卫城。"2065 将目光从烟盒上抽离，转而看我，缓缓说道，"我们有足够的证据证明那幅图的实际映像在卫城——你所要做的就是找到它，发动它，你开摩天轮，我坐摩天轮，由此抵达鹤之场所。"

"好像在说茶马古道。"我说。

"鹤的场所与现实世界之间作用力愈来愈趋于紧张，从 Ckkk，从鹤的消失之种种迹象都可以看得出来，达到一定临界点之后必然'吧嗒'一声——世界归于一派杳然。"

"毕竟卫城是要去的，但从我的角度不可能作出什么允诺。"我说。

"说到底，怕还是因为我是你不中意合作的那种类型。"对方说，"不过，你开摩天轮，我坐摩天轮，这种合作方式一开始就注定好了的，跟抬脚走路一个道理。"

"恕我不能认同。"我说。

"也罢。"2065从兜里掏出自己的名片，递了过来，"到了卫城有情况直接同我联系——依我看，到时候你自然会认同这种合作方式，箭在弦上，不得不发。"

我把名片接了来，塞进裤兜。

"那么，卫城见。"2065拍拍裤腿，起身打算走，我截住话头："阿挚的情况，究竟怎样？"

他停住步子，仰头看着夜空良久，之后慢慢开口道："你会知道的，不过需要时间。"

时间。

2065走后我又看了半小时池水。扑朔迷离的水面吸收了整个宇宙的天光。

27

翌日早上，我醒来后快手快脚地刷牙漱口收拾行李，并给沙的房间打电话。沙接电话时声音含含糊糊的，我同她说七点半带着行李在自助餐厅准时集合，准备八点出发前往卫城。还没睡醒的沙不情不愿地"唔"了一声，终究还是答应下来。

当沙背着大背包戴着太阳帽出现在餐厅时，我已经吃得差不多了。我边给沙切烤肠边说昨晚同 2065 见面的事，大致说了下找人形图案的事，老头子方面则略去不提。沙喝着奶茶啃着法式面包，一言不发地听着。

我突然想起，拿出手机问她是否见过这个图案。

沙眯着眼睛看了小半晌，陷入思索，其神情就像目睹海啸里长出的一小片森林般古怪。

"喂，怎么样？"

"没见过。"沙摇摇头，"到底是什么？"

"眼下还不清楚。"我收起手机塞到裤兜里，将杯子里的红茶喝完，"走吧，我们去卫城按图索骥。"

从北泽经过甸口、都门，直奔卫城——2065 出现后，事情出现跳跃性进展，目标前所未有地明晰，这种明晰蕴含着更大更憯然的不确定性。我发动"骆驼"，疾驰上了高速。坐在副驾驶的沙一边嚼着香口胶一边用平板电脑查阅卫城的资料，看得聚精会神。朗朗阳光洒在车里，似要穿透车内人的心脏。

便是明媚成这种程度的阳光。

中午我们停车在高速公路休息站的快餐餐厅吃了饭，肉卷鸡蛋饭和拉面的滋味都差强人意。休息的当儿我在旁边报刊亭买了份报纸，在加油站加满油，随即开车上路。我集中精力专注开车，沙则半看不看地注视着四周的景致，顺利的话，不到晚饭时间便可抵达卫城。

2065 的话时不时地在脑海中闪现，我久久地，从未这么久地，沉默不语。

　　四小时后，车子从高速公路上下来，沿着弯弯曲曲的海滨公路行驶。沿途低低绕飞的海鸥，时不时掠过的巨大的家用电器广告牌匾，挨挤在海边滩涂上一小片一小片废弃的民房，这座城市在我们还未进入之前便宣告了其荒芜之势。

　　进入卫城已差不多六点，以饱满的夕光为底色的老城看上去如同二十世纪八十年代初的挂历画上的景色。驱车驶过半凋敝的宽敞的街道，两座砖瓦结构的林立着的老房子，小杂货店、水果铺子、米店、糕点店一间连着一间，定睛一看还有麻将馆、金铺和典当行。

　　"到了？"沙问。

　　"到了。"我的语气淡得出乎自身意料。

　　由于时间尚早，我驾车沿着卫城中心街道缓缓驶着，慢慢消化这里的一切。卫城不大，差不多是沿着海边建筑的弧形区域，南北两城被入海的河流一分为二。从地图上看，其形状犹如沿水趴着的半片花生壳。

　　我问沙想住什么样的宾馆，沙趴在车窗上边看边踌躇。差不多一圈驶下来，住的地方仍没有着落。一个卖玉兰花的妇人在红灯等车当儿隔着车窗冲我们兜售她的花，沙把车窗摇下来，要了一扎白涩涩的玉兰花。

　　"你好，请问你知道这里哪有宾馆吗？"趁沙把车窗摇上去之前，我隔着沙的座位问道。

　　结着花纱围巾的妇人摇摇头，嬉笑着再次提起竹篮冲我兜售

· 283 ·

她的花。

"宾馆,住的地方。"沙重复一番。

妇人没头没脑地指着远处一座米黄色的砖瓦结构小楼嬉笑,我们看过去,那房子上写着"卫城税务局"。

这什么跟什么啊。

踌躇的当儿,绿灯亮了,我轻踩油门,从卖花的女人身边驶过。

兜兜转转,沙说累了。也许是玉兰的香气在车子内氤氲的缘故,空气甜美得让人觉得可疑。最终我在一座淡米黄色的小楼前停下,因楼前牌匾写着"爱国旅社"。

"住这个?"

"嗯,好。"

沙答应了,我便在门口找地方停了车,下来到后备厢拿行李。守门的大爷一脸狐疑地看着我和沙——可能是车子大了点,风尘仆仆的样子又与这里格格不入。

虽说是家老式旅馆,设备倒是一应俱全。热水淋浴、空调、彩电,虽旧但配备齐全的小型冰箱无不昭显出这个国营旅馆昔日的气派。要了两个套间,我提着沙的行李送她回了房间。沙一脸郁闷地跟在我的身后,进了房间,伸个懒腰打开窗户探头往外看。

很远很远的地方是海。看得到,但听不见涛声。隔着厚厚的防波堤,是一片无垠的滩涂。

"休息会儿?"我把背囊给沙放下,"吃饭的时候我来叫你。"

"嗯。"沙没回头,趴在窗台上活像个冻僵的小老鼠。

回房后我检视了房间各处，打开窗子通风。咸腥的海风夹杂着植物的清凉浸满了整个房间，我外套也没脱，倒在床上闭目小憩。整日的驾驶并未带来什么疲劳，或是由于目的性过于明确肯定，我多少觉得此行有些沉重。

自出发以来，先生没有再来过任何指示。2065某种程度上似乎有着先生的影子，咄咄逼人地将我往那条路上赶。我竭力回想着那个人形图案，愈回想愈模糊，中间还夹杂着萨也的音容，那个十指纤纤的青年人，他的发肤和人形图案的轮廓糅合为一体，形成一个崭新的青年仙鹤君朝我走来。

——这是故事的结局。

我等了很久，等青年仙鹤君走过来，不料来的却是阿挚。昔日头发短短的阿挚，现在连最后一根发丝也不见了。只见光溜溜的没有头发的阿挚冲我大力地摇着手，叫我不要往那上面爬。那上面，说的一定是摩天轮。

我没有啊。我大声地吼着，我说我没有往那上面爬。阿挚大声地喊我下来，喊着喊着，她的头上齐刷刷地长出了翎毛，看上去简直快要飞起来似的。

我大汗淋漓地往那上面爬着，一边爬一边喊，我没有爬啊。阿挚揪了一把头发往天空中吹，那些翎毛飞得很高、很快，一下子就快要淹没了我的肩膀。

爬到顶你就糟糕了。青年仙鹤君二话不说拽住我的右腿，一下子噌噌噌地爬到我的头上去了。

我爬得非常快，一时半会儿停不下来。于是就停立在半空中与仙鹤君进行着殊死的搏斗，一边搏斗一边绞杀自己身上长出来的鹤翅膀。不知哪里来人告诉我这是梦境，但我没有搭理，依然故我地噜噜噜、打打打、爬爬爬。

不知过了多久，我的确是醒来了。一醒再醒。我发现自己躺在陌生的房间陌生的床上，晦暗的海风从窗户灌进来。天黑了四分之三，还有四分之一是永远黑不完的。我打了一个激灵确认自己的身体以及这一切的存在。

果然是醒来的。不能再往别处醒了。

起身后我发现自己大汗淋漓，手腕的表指向七点四十五分。我匆匆翻开背囊找了两件换洗衣物，到浴室拧开热水开关冲了个澡。陌生的浴室，陌生的身体。在镜子前重新确认自己，我穿好衣服，走出浴室，给沙打电话。

不知何时下起雨来。我向来以为沿海的小城不适合下雨，但还是下了。淅沥沥半无声的雨水和着电话信号音，过了很久沙才接起电话。

"饿了吗？"

"早饿了。"

"在哪里？吃饭去。"

"楼下，游戏室呢。"

"等我，这就来。"

玩游戏的沙伶俐如"昨"——"昨"指的是第二次见她时在电玩城开赛车的她。在爱国旅馆隔壁一家游戏室，沙聚精会神地摇动操纵杆打街头霸王,她周围的三五个男孩,"啧啧"有声地对她的打法指指点点。

我一过去就抓着沙的胳膊从人群中往外走,沙气得不得了,"喂喂喂,你神经啊。"

我不言语,只一味抓着她的胳膊朝前走,直到门外的大马路上才放下她来。

"干吗,神经啊。"

"小心被活老虎吃掉。"

"你才是老虎。你是全世界最烂的老虎。"

我摸摸沙的头:"走吧,吃饭。"

沙的样子看上去多少有些不情不愿:"不想吃了。"

"不吃准备喂老虎?"

我们一路斗着嘴,来到一家看上去生意不错的小餐馆。我点了蒜蓉菠菜、豌豆汤、烤鹅和胡萝卜鱼饼。等饭菜上来的当儿,我们喝着无酒精的菠萝啤。沙问我刚刚为什么生那么大的气。

我顿了顿:"女孩子要有点旅游常识晓得不?"

"旅游常识?"

"出门要和同伴打招呼啦,在陌生的地方不要跟着陌生人走啦,要随时接电话啦,不要随便在人多的地方乱玩啦等等。"

"噢咦?"沙吐了吐舌头,表示惊讶。

"记住自己的年龄、身份,啧啧啧,刚才那种地方,初来乍到的不要随便去玩,何况又是一个女孩子家的。"

"啊,对不起,没注意。光知道跟家里一样玩来着。"沙偏着脑袋,好像力图把我的话消化成自己的一部分。

饭菜上来,我们慢慢地吃着,中午囫囵吞枣的高速路快餐早已化为无物,眼下热乎乎的豌豆汤和鱼饼正抚慰着我们的胃。

"喂,想去海边玩。"沙突然说。

"唔。"

"毕竟来了海边嘛,又说要同你商量。"

"唔。"

"那就这么定了。"

"唔。"我点点头,仰头将一杯菠萝啤纳入喉咙,灌入胃里。

第二天太阳艳丽得有些刺目。才不到九点,阳光便迫不及待地渲染了整个城市。从旅社出来,暖暄的景致失去了日常惯有的明度和锐度,椰树、花坛、小吃铺子、来往车辆和兜着渔网的渔民,感觉像是胶片被提高饱和度之后的产物,昨日的夜雨痕迹一扫而空。

沙将昨日买的玉兰花掐了两朵别在太阳帽上,之后一本正经地戴上太阳镜,穿上在北泽买的凉鞋,坐上副驾驶。

"啧啧。"我说。

"'啧啧'是什么?动物、植物还是飞行员?"

"都是又都不是。是一切性感的代名词。"

"啧啧,不好意思。"沙说。

海其实离我们很近。但据旅社前台的服务员说,海港码头里离这里有十来公里,码头风大且开阔,附近有很多海鸟,鹤也为数不少。

沿海公路只有一条，我们出得城来，以和昨日相同的速度相同的方向开往码头。一路上同载着鱼的小型货车和拖拉机擦肩而过，仔细看去，还有运载其他货物的车。此时明媚景致中想起2065说的话，联想到这已经是鹤的旅程的最后一段，不免心有戚戚。我拧开收音机，想听些古典乐或是轻松的钢琴爵士，不料一段海湾民谣扑面而来，大约是海滨小城特有的电台节目吧。曲子里唱的是：

　　西海岸　啊西海岸
　　一平是海　一平是山
　　旧年有人通做伴
　　今年为何阮孤单
　　日头你那会对阮一直看
　　海泳笑阮无伴
　　等着海水乎阮脚冷心也寒
　　西海岸　啊西海岸
　　何时即有人会来
　　安慰阮的心肝

本来也不至于中意听这样的曲子，但在这种地方这等情境下听来却觉得慰藉。如若不听，怕是有什么要辜负了似的。

卫城海港其实是个不大的货运码头，远远看去，集合着三五艘不大的货轮，似动非动地在港头游移。沿岸散着几个穿着橙色服装的码头工人，怎么看都不像是在忙碌。

我在靠近港口的地方停了车,同沙两人漫步在码头。海风极其快意,阵阵吹动人的衣衫,沙的花裙子被风吹得鼓鼓的,宛如灯笼。沙问我这里见得到鹤吗,我说不晓得。沙对我的答案很不满意。

"什么时候看到鹤,什么时候我们回去。"

"是啊,也只能是这样。"不知出于什么缘故我这样回答了她,大约心里隐隐觉得这便是来此的初衷。

我们穿过码头,一路沿着防波堤走下去。太阳炽烈,照在身上却不怎么热。眼下尚是春天,日头还未达到沸点。远眺过去,海水粼粼,淡金色和不易分辨的白银色跃动在水面,炫目得没有尽头。——好久之前我曾这样走路来着,那次是和萨也。那种水和这里的水别无二致,走在水边恍然极了。

沙大概也爱走,一路上她轻巧地走在我的前面,太阳帽沿和裙子时时被风鼓起,让她看来比实际更小些。我们是迎着日光走的,所以她的实际样貌在光里也不大看得清。这孩子走得离我远了,才深而又深地感到她的羸弱。

防波堤上有个两米宽凹槽,凹槽那一头连着类似发电站样式的小屋。走到那处我停下来,大声喊沙,问她要不要停下来坐一坐。那孩子只顾摆着手,索性走得更远了。我只得漫漫然地随她走了下去。

海太大而路很长,这种走法实际很难有实感。一开始只晓得时间是春日上午,坐标是卫城,走得久了渐渐地这种判断也归之于无。这是普通的海,沿途的滩涂、岩石和砂土也是相当没有特色的沿海景致。一路没有遇到什么人,游人是没有的,渔民和附近的农民也就三三两两，在极其渺远的滩头，几近无人。走得久了心思渐被这种空乏取代。

沙却在前头走得极其认真。很长时间她都没有停下来等我的意思，只偶尔回头看我，神情和举止都在光里辨认不清。我想这孩子大概是极其中意出门旅行的，一到新的地方便咋咋呼呼相当奔放，该是遇到什么会被吸引的东西了吧。

从防波堤口下来，我们走到了沙滩。潮褪去后露出一大片平整的湿润润的沙滩。沙的脚印一只接着一只落在这片平整里。走在沙滩里起初有点慢，久了渐渐也就快了。走在沙滩上才辨得清海水的颜色是这样淡而稍带混沌，裹挟了岩石和沙土的浪，又重滑落到海里去。贝壳很少，偶尔见到干涩的海藻和易拉罐一类的垃圾，显示着这个小城的海的贫瘠。

贫瘠。与光鲜的度假海滩的景致判然有别，是无人问津的平平常常的海。

沙似乎走得更快了，一抬头发现她已经攀上了前方相当高的砂岩，怡然地坐在七八米高的山头冲我挥手，娇艳的衣服和尽是枯草的岩石在海风中凸显，她那样子看起来陌生得很。

待我攀坐在她身畔时，她正支着脑袋直直地注视着海面。看样子已看了有相当一段时间。

"风大。"她说。

"喝点什么吧。"我从包里拿出无酒精啤酒递过一罐给她，自己也拉开易拉环就着风喝了起来。一张口喝进去好多风。

"看见什么了？"我问。

沙摘下墨镜转而打量我的脸："傻气。"

我放倒身子仰卧在枯草上，灌入眼帘的瓦蓝非常刺目，如此辽阔的万丈晴空赤裸裸地呈现于我面前。我想同沙说点什么，但身畔的沙似乎沉默得紧。想起几天前我曾与萨也同样坐在水边仰视天空，冥冥之中似有什么就要呼之欲出却又哽在半途。我闭上眼睛，任凭初春的日头直落在额头、鼻翼和脸颊，这里的阳光是夹杂着海水味儿的，照在脸上黏黏的暖。

"这里的海，是涩的。"沙冷不丁冒出一句。

我起身蜷坐，眯起眼睛细细地往远处望去，海愈望愈远愈不见尽头。"涩的？"我问。

沙没有回答，眼神仍看着海面："起身继续走吧。"

我将喝完的空罐子收拾好，拉了沙的手往山岩下走。从山岩下来，一路上除了沙滩仍遇到不少岩石和滩涂。沙在前头照走不误。老实说，沙也好，萨也也好，这种直愣愣的走法有生以来我还是头一回见到。

潮腥的海、苦烈的光，沙子一粒粒地渗到了鞋里，走起来涩涩的。我看远处的沙脱了凉鞋光着脚在走，于是也学她。脱了鞋的脚，不多时便赤辣辣地觉着热，于是沿着被水浸润了的滩地走，被一阵接一阵的细浪裹挟脚跟。

"死了。"沙在远处说。只见她俯身蹲着对着面前什么东西细细察视，两只凉鞋仍在身畔，肩上挎着的小包也耷拉在沙地上。

"什么？"我走过去，问。

是白色的死去的凝然美丽的鹤。作为鹤厂工人来说，目睹的活着的鹤有千千万万，死去的鹤也为数不少。然而这种姿态这种死法我还是头一次见。在半漂泊的撞击着鹤尸身的细浪中，这物态有着凝然的不可预期的美丽。

或者已经不能称其为鹤了。鹤的精魄鹤的意志被从中抽离后，这具尸身昭显出一股无可琢磨的存在感。垂落眼帘的死去的鹤浸在半边海水中，濡湿的羽毛蜷曲得很紧致，一下下拍打它的海水，犹如马上要把它惊醒的样子。如此美丽的死法，活像所有的生的状态不堪一击。

"死了。"沙又喃喃重复一遍刚才的话。

这死去的鹤为我们解释了死去的意义。我蹲在沙身畔同她一起认真地看它。阳光，海水，仙鹤，这具冰冷昂然的躯体躺在湿漉漉的沙地上，日光之下，一派荼蘼。我很难再对其作出什么判断，只一味地看个不休。

"为它做点什么吧。"沙说。

"好。"

我用双手小心地拢起死鹤，捧起来往前走。死去的鹤有种异乎寻常的质感，硬邦邦的僵死的躯壳捧在手里，感觉凝滞却不失温柔——总体说来那是一种无法言喻的触感。

沙跟在我身边，我们一路走一路找合适的地方。她在一处丰满的浮有浅草的沙丘停下来，说这里合适。我看了看她，默不作声地放下鹤，同沙一起掘起坑来。

正午炽烈的阳光让四周的景致失去分辨率，沙石、远处的灯塔和山峦正白刷刷地发生着不可预知的形变。我和沙沉默不语，两人低头约莫挖了十分钟，一个一米多深的坑洞渐渐浮涌出海水来。

"这里能行？"我问沙。

她点点头，毫不犹疑。

我再次捧起鹤，小心地将其往下放。涌出来的海水吞没了这具躯壳，只剩小半片白羽毛在哑蓝色的海水中若浮若现。

沙往坑洞里推着沙子，我遂同她一起用沙子填满坑洞。填得满满的微有些浮起的沙丘看起来和这一片满地的沙子没有任何不同。在相当长的时间里，沙像注视月球表面般怡然平静地看着这处浮沙。

我用尚还留着黏沙的手握住她的手，她依偎似的把脸颊靠在我的肩上，一动不动地贴着，像是倦怠的猫。"死了。"她说。

"是啊。"我说。

"鹤竟是这样子的。第一次见着的鹤，是死了的鹤。"

"活着的也好，死了的也好，是端端正正触目难忘的美丽的鹤。总算见到了，不是吗？"

"嗯。"沙松开我的手，蹲下身来，"可以在那上面画点什么吗？"

"画吧。"我说。

她小心翼翼地抚平沙面，反复地抚，将那一方沙面抚摩得平平展展的，接着伸出食指指尖轻轻画起来。我入神地盯着她的指尖笔触，仿佛她将自身及我的一部分眼神糅汇了进去似的。看了许久我终于看出她画的是那个，那个昨天早上我给她看的人形图案。

"画了这个啊。"我说。

"想画这个，"沙抬起头转而注视我，"看到它就浮现你给我看的那幅图案来，想把它画在这里来着。"

我对着她画的图案思索良久。这似乎意味着：凡事如出一辙。

"我感觉到了鹤的阴影，"沙说，"它其实没有死，它就在那个影子里。我把这个画在这里画出来，因为它很像鹤的影子。"

"你说的很对，"我说，"不是很像，也许它就是。"

28

返程的路上突然下起瓢泼大雨，犹如整个海底倾倒过来泻落在沙滩上，雷声轰鸣，天色黑如日暮，我们两个走在渺茫的天地间，被淋成了落汤鸡。狼狈是自然的，这种雨的下法让人没有办法不狼狈。浩渺的涛声和雨水声激荡成一片，目力和听力均模糊不清。

没带伞，四周也没有可供躲避的地方，我和沙找了块朝外凸起的岩块靠着权作避雨。雨势应和着闪电，一阵比一阵激越。沙的衣服裙子早已淋湿，我的衬衫牛仔裤自然无法幸免，湿得犹如过了水。我们站在岩石边，各自抱着胳膊，心照不宣地不提那沙地和沙地上的画——不过半晌，便被雨打风吹去。

回到旅馆已是傍晚时分，沙没精打采昏昏沉沉，怕是得了重感冒。感冒的沙说话声音哑得像猫叫。我在门口的药店买了感冒药，并让旅馆服务员做了姜煮可乐，告诉她吃完药趁热喝下去再睡个好觉，第二天醒来便天朗地清——对于把沙弄得生病感冒这件事我多少有些内疚，某种程度上，她大约是因为鹤的死亡受到了创伤的，我想。

路遇死去的鹤这件事使我大为感伤——不可能不感伤，长久以来追逐的鹤之精神领地忽然被死亡掠夺一空，只剩得近乎浮肿般的美丽。我也好，沙也好，目睹这一情景无论如何是备受打击的，某种精神性的抚慰被全然剥夺，露出赤裸裸的现实性界面——我们的世界与鹤的世界交接的这部分，已是如此的脆弱不堪和亟待解决。

感觉埋在沙土下的死鹤就像反铺在桌面的扑克牌，我们在牌面做下印记，等待着谁和谁翻过牌面告诉我们谜底。到了这个时候，我也只能与2065联系，并做好返程的准备了。

从淋得透湿的裤兜掏出2065留下的名片，我拿在手里看了几分钟，这才拨通电话。

"弄好了？"电话里2065的声音接近于真空的平淡。

"可以这么说。"我说。

"那么，明天上午九点在咖啡馆碰头如何？具体事情见面时谈。"

"好吧。"我放下听筒，怔怔地望着窗外夜幕中淡黑色的海发呆。

第二天起床后，我到楼下吃早餐，顺便买了一份带到沙的房间，沙正没精打采地靠在床头拿着平板电脑玩游戏。我叮嘱沙吃了药，吩咐她没事别乱跑。沙歪着脑袋用疑惑的眼神盯住我半晌，好半天才答道："好吧。不过……"她眨着眼睛慢慢地说："你现在是要去见 2065 吧？"

"是啊，有事要谈。"我说。

"我明白啦，"沙抱着平板电脑一本正经地说，"记得问他要戒指。我只知道，有了戒指大概就好办。"

我答应了沙，摸了摸她的头："如果事情顺利的话，明天就可以回去了。"

沙仿佛没听见，若有所思地看了我一会儿，继续低头玩游戏。

咖啡馆位于卫城老区的旧马路上，看起来隐蔽而幽静。从出租车上下来，我推门进店，发现 2065 早已坐在角落等我。这家伙身穿一件藏青色长袖恤衫，捧着一张《卫城早报》，边喝咖啡边看，咖啡已喝了大半，烟灰缸里落着两根烟蒂，看样子已坐了有相当一段时间。

我落座，要了杯奎宁水，一言不发盯视着专心读报的 2065。2065 看上去似乎连我的到来都没注意到，他翻动报纸，啜饮咖啡，一连串动作连贯而纯熟，基本上不受我及我的到来之打扰。我喝了口水，低声清了清嗓子，咳嗽一声——以此方式确认我的存在，2065 只抬头看我一眼，转而低头看报，读得仔细而又尽兴，仿佛那才是他未竟的作业。

无奈，我低头看表，九点差五分。看来这早到的五分钟是他与我之间的距离。

时间一分一秒地过去，我注视着桌上高脚杯里奎宁水泛出的细小泡沫在光线中折射出的痕迹，对方的手、T 恤衫领子和派克钢笔在水泡中折射出不符合现实的安详样态。也许2065是要在我面前展示读报的安详样态也未可知，我索性直直地察看他的面容，比之先前晚上在游泳池所见的黏黏糊糊含混的训导主任式的容貌，多了几分意味深长的洗练的傲慢。说到底，这副尊容的人物，无论在哪种情况下都属于我不甚中意打交道的角色。

九点一到，2065放下报纸开了口，时间之精准俨如新闻发言人。"很高兴能够走到这一步。"对方的话里似乎没有高兴的意味。

我用指尖轻触桌面，不自觉地将听觉的注意力从耳朵转移至指尖，又从指尖反转至耳朵。

"接下来的事情，跟我先前说过的一样，你开摩天轮，我坐摩天轮。具体说来，不外乎八个字，"2065以近乎不可思议的无表情的眼神盯着我，"折返现场，即刻动手。你我联手，通过操控按钮将事物调谐到事先设定的频道，只要频率吻合，凡事无不豁然开朗。"

我合拢双臂，就其所言加以思索。"恕我无法理解，第一，你的说法有何实际依据？第二点，我何以见得要与你合作？"

2065大概预料到了我的问话内容，端起咖啡轻啜一口，继而缓慢而有力地将眼神对准我的鼻翼，仿佛要将我面颊的一部分看穿了似的，道："蒙贵女友之建议。"

"你是说阿挚？"我脱口而出，感觉问到嘴边的话毛毛涩涩的。

对方轻点头："你不是很想知道我同她的实际交流情况吗？认真说来，这就是交流结果。"

我感到胸口一阵发蹙，突然冒起想抽根烟的念头。好久没抽烟了，将抽烟的欲念按压下去后，我连着喝了两口冷水。

"经由与贵女友所进行的精神性沟通，我们对整件事情得出了一致的看法，通过操控按钮将事物调谐到事先设定的频道，只要频率吻合，凡事无不豁然开朗。"

2065 的话，让我一阵默然。阿挚离家出走后居然与这等人物作所谓的沟通，实在令我费解。待我开口时，发现自己的声音里有造作的冷峻："具体说来，是什么样的精神性沟通？"

对方像政治性报道节目里语气生硬的播音员那样说道："本来这种事，并不在我解释的范畴内。"2065 的语调慢得惊人，"贵女友身上存在某种天然的，一触即发的鹤性禀赋——不知道你晓不晓得，我想你是知晓一二的，据说你与她相识之初便是基于这个缘由。这种禀赋的进化使得她不自觉地走上这条道路，既是出于实际情感需要也是出于政治需要。政治需要这一点，我想就不用我多说了。

"从这点看，她的裂变可以说是自然而然的结果，就你们的说法而言，她去了别的地方，变成了别的人，并且不会再回来了。"2065 边说边确认我的表情，"这种裂变为我们提供了一种便利，组织上的人及时有力地抓住了这个机遇，利用戒指与她进行精神性对接——准确说来，是我在负责这件事。这么解释，你大概清楚了吧？"

"在没有见到她本人之前，我无法确认这个说法。"我想起那日在北泽同沙坐摩天轮时，阿挚打来的那个仓促的电话。

"此事想必对您来说颇为费解。"对方继续不动声色地陈述道，

"即便是在我们而言,能解释的层面也颇为有限。"

我沉默不语。男侍走过来往桌上杯子续咖啡。邻座传来一片笑声,使得我的沉默格外难堪。

"就理解的层面来说您可以持保留意见,但事情不得不做——你开摩天轮,我坐摩天轮,这是天经地义、简明扼要的事情。"

"想看看那枚戒指。"我盯视2065的眼睛,"它来自老头子那里,不是吗?"

对方眼角沁出一丝微笑,如冷剑出鞘的微光。"戒指的确是关键,也的确来自老头子那边。我没记错的话,一开始贵女友的确把它留给了你。不过,最终把握机遇的是组织及组织上的人,不是吗?"

我低低喟叹一声。

2065保持着眼角沁出的冷剑一般的笑,端起咖啡喝了一口。

我竭力地维持着虚空处的沉默,力图从中理出头绪。阿挚的音容笑貌宛如水中明月般静静浮上心头,稍作思考,便碎成水花片片。

"此外没什么想问的了?"他说。

"如果能够将那枚戒指物归原主,对您的提议我可以做出某种程度上合理的配合。"我说道。

2065摇摇头:"到现在你还不明白,把握机遇的是组织及组织上的人,你我只不过是整个事情链条上无足轻重的一环。戒指在谁手里已经不会改变整个事情的走向,我劝你最好想明白这一点。"

我喝掉剩下的奎宁水,将高脚杯中的细小气泡收进胃囊,进而进入了更深更冷静的沉默空洞,潜藏其中静静思考。"不成,"

我说，声音坚定得令自身都一震，"对不起，我恐怕无法配合您的提议。"

对方面容没有出现任何可以称之为表情的回应，眼角沁出的笑仍是在的，却像锈死的机车链条般卡死在脸上。少顷，他道："对于你的答复，个人只能表示遗憾。实际上事件的进程并不受你我或是贵女友之选择意志所影响，其有自身运作规律。到底——我也只能讲到这里，如果您回到清井之后对此事的想法有所改变，随时同我联络。只不过，"他顿了顿，"你开摩天轮也罢，不开也罢，整座摩天轮迟早会焕然启动，往那个方向奔转。"

我一声不吭，只专心凝视放在桌上的高脚杯里的空气，对于2065的说法，我无从辨别，也不打算辨别。

五分钟之后，对方察觉到整个谈话已然告终，转而抬腕觑表，在桌面压下几张零钞后欠身立起。"事情到了临头怕不是你我的个人选择所能够决定的。个体意志对整个机构来说不过是蚍蜉撼树。也罢，就此告辞。"

2065走后，我仍盯视高脚杯里的空气不止。十五分钟后，我问侍者要了一杯白兰地，抽烟的念头早已杳然，但多少想喝点什么。如果可以的话，我宁愿将思绪清除一空，只剩一分一秒消逝的时间。

蚍蜉撼树。一个匪夷所思的形容。

返回旅社，我问沙感冒好点了没，可以的话即日启程回清井。沙窝在房间里的沙发上，双手垂抱着平板电脑细眯着眼睛看我。

"唔……"她像嗅什么气味一样用鼻子靠近我，动作令人联想起哺乳动物辨别对方时使用的鼻息。我被她闻得有些发僵。"好吧，那就回去，"她退回来，仰起双手拢抱着自己的后脑勺倚在靠垫上，"你的心情我明白了。不说我也理解你的意思。"

我点点头，感到极端的钻心的疲累遍布骨髓。

一切很快就要昭然若揭了。唯独我被孤零零地抛弃在意识的河流，无法动弹。等回到出发地，要好好地睡上一觉。从不闻不问的睡眠中得到启发和抚慰。

29

翌日早上，我给航空售票处打电话订了下午的机票，又联系了当地的代驾公司，让他们派人将车开回清井——旅途已告一段落，没有必要再长途跋涉。事情处理妥当，我让沙收妥行李，待在房里继续休息，出发时间再来接她。自己则到旁边的咖啡馆边喝咖啡边等代驾公司的人来。海风穿过落地窗撩动着连日来疲惫的神经，重新想象了一遍死去的鹤的容颜，我发现竟同阿挚留在我心头的容貌连成一体。

飞机起飞时间是下午四时五十七分。我拎着沙的行李，沙拿着她的背包。置身于人来人往的机场大厅，被萎谢如浪花的人潮所裹挟，我无缘无故吁了口气。这段旅途延亘不断的扑朔场景很快就要发生转换，仿佛什么即将失而复得似的。

上了飞机，靠着座位靠枕，我闭目冥想。空姐清脆的播报音一遍又一遍在耳畔重复，我倏然睁眼转动脖子，感觉那里头骨头咯吱咯吱作响。

"喂，起飞了哒。"旁边的沙转过头看我，"困了就睡吧。"

30

三个月过去了。我始终没让摩天轮在下午的三点二十五分多停留一分一秒。干涩晴朗的五月，阳光像是开封的凤梨罐头那样倾巢而出，洒得儿童乐园角角落落都是。栀子花开得尤为茂盛，那种炽白色耀得让人双目都睁不开来。我也好，同伴也好，照例战战兢兢地值守岗位，摩天轮则依然故我地沉浸于蓝天白云中徐徐旋转，仿佛同人间同我们没有什么干系。给阿挚打过电话，照例是空茫的信号音。不管怎样，电话还是要打的。每次打前我都这样想，准确来说那是一种近乎执念的活法。偶尔想起来，我会去那个遇见过她的海豚小区徘徊，即使什么也不干，在树下逗留片刻也是好的。沙回到爷爷身边，送她回去时我同老头子见了一次面，谈到2065所说的事情。老头子嘿嘿地笑着，不承认也不否认。在我看来，老头子实际上早已明确了组织的宗旨，在做法上也有其主张和想法。我对沙大体上解释了一下她爷爷的处境，叫她不要担心。沙淡淡地回应了一句"好的"，大约真的是长大了。

鹤飞回的那天，我和沙正走在游乐园的小路上。大约没有人觉得有何不同——谁会知晓鹤曾经在人间消失了那么长的时间呢？

沙蹲在林荫小路上失声痛哭。我问她哭什么，她说她想哭。

毕竟看见了鹤。她从兜里掏出戒指拿给我看:"其实那枚戒指爷爷早就从 2065 手里拿回来了。没有告诉你,是因为不想你再费心。"

我拍打着沙的肩膀,让她一阵接着一阵哭下去。天空翠蓝得可疑,我怔了半天迟迟无法确认鹤的存在。

"用这个东西,同她联系看看。"沙把戒指递到我手里。那戒指闪亮得像一团光,我用手捂住了它。

"没关系,鹤也好,人也好,都好好地在呢。"我说。